ANTANARIVO
MADAGASCAR

Dar es Salam
DODOMA
TANZANIA
Iringa
Selous
Game Reserve
Kigoma
Ujiji
Sumbawanga
Tunduma
KIGALI
BURUNDI
BUJUMBURA
OF CONGO
Kalambo
Falls
ZAMBIA
LUSAKA
MALAWI
LILONGWE
HARARE
ZIMBABWE
MOZAMBIQUE
SWA
MBA
MASERU
LESOTHO
SOUTH
AFRICA
CAPE TOWN
Okavango
Delta
Maun
BOTSWANA
GABORONE
WINDHOEK
NAMIBIA
Skeletons
Coast
ANGOLA
LUANDA
KINSHASA
BRAZZAVILLE

AFRICA

2000 km
1000
500
1000 miles
0

José Luís Navarro García

Coordinación editorial: M.ª Carmen Díaz-Villarejo
Maquetación: Gráficas Auropal, S.L.
Diseño de cubierta: Silvia Pasteris
Ilustración del mapa: José Luis Navarro

© Del texto y las ilustraciones: Mikel Valverde, 2009
© Del texto e ilustraciones del Cuaderno de Viajes: Mikel Valverde, 2009
© Macmillan Iberia, S. A., 2009
   c/ Capitán Haya, 1 - planta 14. Edificio Eurocentro
   28020 Madrid (ESPAÑA)
   Teléfono: (+ 34) 91 524 94 20

   www.macmillan-lij.es

Primera edición: marzo, 2009
Segunda edición: abril, 2010
ISBN: 978-84-7942-449-7
Impreso en Gráficas Estella (España) / *Printed in Gráficas Estella (Spain)*
Deposito legal: NA-1247-2010

GRUPO MACMILLAN: www.grupomacmillan.com

RITA Y EL SECRETO DE LA PIEDRA NEGRA

Mikel Valverde

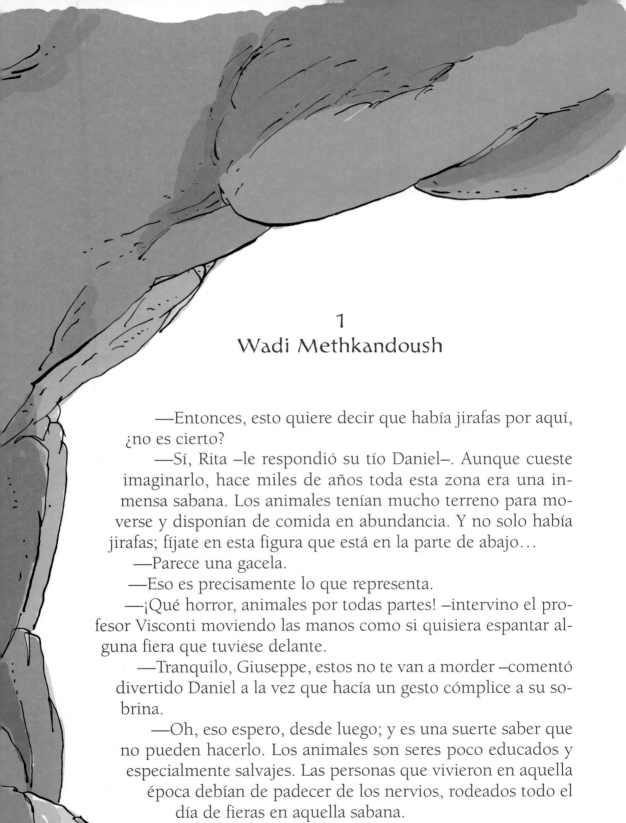

1
Wadi Methkandoush

—Entonces, esto quiere decir que había jirafas por aquí, ¿no es cierto?

—Sí, Rita —le respondió su tío Daniel—. Aunque cueste imaginarlo, hace miles de años toda esta zona era una inmensa sabana. Los animales tenían mucho terreno para moverse y disponían de comida en abundancia. Y no solo había jirafas; fíjate en esta figura que está en la parte de abajo…

—Parece una gacela.

—Eso es precisamente lo que representa.

—¡Qué horror, animales por todas partes! —intervino el profesor Visconti moviendo las manos como si quisiera espantar alguna fiera que tuviese delante.

—Tranquilo, Giuseppe, estos no te van a morder —comentó divertido Daniel a la vez que hacía un gesto cómplice a su sobrina.

—Oh, eso espero, desde luego; y es una suerte saber que no pueden hacerlo. Los animales son seres poco educados y especialmente salvajes. Las personas que vivieron en aquella época debían de padecer de los nervios, rodeados todo el día de fieras en aquella sabana.

—¡Debió de ser terrible, primitivo, espantoso!
—añadió el italiano con una mueca de pavor.

—Al menos, tenían caza en abundancia.

—Pero, Daniel, no se pueden hacer escalopines Gorgonzola a la veneciana con carne de jirafa, ni de león. Además aquellos hombres no conocían la pasta; y dime, ¿cómo puede vivir una persona sin comer macarrones o espaguetis cinco veces por semana? Yo te lo diré, amigo mío: tristemente.

—¿Había leones? —preguntó Rita sin poder evitar cortar al profesor Visconti.

—En la sabana, siempre que hay animales herbívoros, los depredadores no andan lejos —contestó su tío—. Aún no hemos visto a ninguno de ellos representado en las rocas que estamos estudiando, pero según el profesor Walloski, esto debía de estar lleno de leopardos y leones.

Rita sintió un ligero estremecimiento, tal vez producido por la corriente de aire que había en el lugar… o tal vez no.

—¿En serio?

—Y no solo eso; estamos seguros de que también había elefantes, rino…

—Oh, amigos ¿por qué no hablamos de cosas más agradables? —interrumpió el profesor Visconti—. Su sobrina ha llegado hoy mismo y tendrán mucho tiempo para charlar de bestias. Hoy es un día de celebración por la llegada de nuestra invitada, y he encargado a nuestro cocinero que preparara una cena especial: tallarines Piazza San Marco. Y yo debería regresar para ver si el chico está cociendo correctamente la pasta.

—Iremos todos, es tarde —añadió Daniel.

Era cierto: la luz de la tarde apenas iluminaba ya la cavidad rocosa en la que se encontraban y los tres se dirigieron hacia el campamento.

Tomaron un té y Daniel presentó a Rita al resto de la expedición, mientras el profesor Visconti discutía sin parar con el cocinero.

—¡La cena está lista! —anunció por fin este último.

Aquella noche cenaron en el exterior y colocaron la amplia mesa y las sillas fuera de la lona que cubría el comedor. El grupo cenó a la luz de unas velas, bajo un manto infinito de estrellas.

—Le falta un toque de especias, pero hemos hecho lo que hemos podido, amigos —comentó el profesor Visconti con falsa humildad.

—Está muy rico, enhorabuena a los dos; y gracias —respondió Rita.

—De nada —agradecieron Visconti y Musa, el cocinero.

—Bienvenida a Wadi Methkandoush, y bienvenida al desierto del Sahara —dijo entonces el profesor Walloski, a la vez que todos dejaban sus platos y aplaudían.

Wadi Methkandoush: un lugar apartado en medio del desierto. Ese es el nombre por el que se conocen unas formaciones rocosas que se encuentran en el sur de Libia. Allí, una calurosa mañana de otoño, un camionero descubrió numerosas pinturas y grabados mientras descansaba a la sombra de unas rocas. Y ahora, años más tarde, gracias a un convenio entre varias universidades y el gobierno libio, la expedición de la que formaba parte Daniel se había acercado al lugar para estudiarlos.

Había muchas imágenes en las rocas, más de las que pensaban, y por ello habían decidido prolongar la estancia durante algunas semanas más, a pesar de que estaba a punto de comenzar el caluroso verano.

—¿Cómo una niña de tu edad ha venido hasta aquí? –preguntó sin rodeos el profesor Walloski.

—Tío Daniel me dijo que había sitio en la expedición y me invitó a venir…

—Sí, pero en este lugar no hay mucha diversión.

—Bueno, mis amigos han preferido ir de campamento durante las vacaciones, pero yo he pedido a mis padres que me dejaran venir con mi tío. Él viaja mucho, siempre está de un lado para otro y lo veo muy poco. Estando con él lo pasó bien.

—No se preocupe, profesor, Rita no molestará en el trabajo de campo –intervino Daniel–. Ya le he explicado cómo vivimos aquí y ella ha aceptado venir, a pesar de todo. Creo que se adaptará a este sitio y, tal vez, incluso pueda echarnos una mano.

—Mmmm… –murmuró Walloski, quien era el máximo responsable de la expedición–. No hay problema, profesor Bengoa, pero su sobrina ha de respetar las normas del campamento.

—Lo hará, no se preocupe –afirmó decidido Daniel mientras guiñaba un ojo a Rita.

—Ah, la vida en el desierto durante el verano es dura, sofocante y calurosa –intervino con su tono cantarín el profesor Visconti mientras gesticulaba con el tenedor envuelto en un tallarín–; pero siempre que tengamos pasta y agua para hervirla, podremos sobrevivir. No te preocupes, amiga.

—Agua… –repitió Daniel viendo que las botellas que estaban sobre la mesa se encontraban vacías.

—Está junto a las rocas, ya voy yo –dijo entonces Íñigo, un joven estudiante que formaba parte del grupo y con quien Rita había viajado desde el aeropuerto de su ciudad a Trípoli, la capital de Libia.

Desde allí habían hecho el resto del trayecto en todoterreno hasta Wadi Methkandoush.

El joven se levantó y se calzó las botas, tal como estipulaba la primera de las reglas que el quisquilloso profesor Walloski había estable- 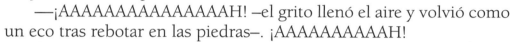 cido para cuando algún miembro del grupo se aproximara a la zona de las rocas.

Y fue precisamente aquel hecho el desencadenante de todo lo que ocurrió después.

—¡AAAAAAAAAAAAAAAH! –el grito llenó el aire y volvió como un eco tras rebotar en las piedras–. ¡AAAAAAAAAAH!

Daniel y Musa se pusieron en pie de un salto y corrieron hacia el joven, quien se agarraba con fuerza uno de sus pies descalzos.

—Tranquilo, chaval, ¿qué ha ocurrido? –le trató de calmar Daniel mientras lo sujetaba e intentaba que se sentara en la arena.

—¡Algo me ha mordido en el pie! ¡AAAH! ¡Duele…!

Musa le quitó el calcetín y observó la mordedura con gesto serio. No había duda.

—Una víbora –dijo.

Rita, que se había acercado a interesarse por lo ocurrido, dio un brinco al oír aquello.

El estudiante había obedecido la primera regla del profesor; pero, tal vez por los nervios del primer día, la prisa por coger las botellas o simplemente por un despiste, se olvidó de la segunda regla: tenía que haber mirado dentro de las botas antes de calzárselas, para com-probar que no hubiera en su interior ni serpientes ni escorpiones. Y la mala suerte había querido que una pequeña víbora, atraída por el calor, se hubiera refugiado en una de sus botas.

—¡El botiquín! –exclamó Visconti mientras se dirigía lo más rá-pido que pudo a uno de los vehículos.

—Ya les he dicho mil veces que hay-que-res-pe-tar-las-nor-mas –insistía nervioso el profesor Wallosky dando vueltas alrededor del herido, sin saber bien qué hacer.

—No se enfade con el chico, ha sido un despiste, es su primer día aquí. Le pondremos el suero y en unas horas se recuperará –intentó animarlo Daniel.

El joven ya no gritaba. La temperatura le había subido y se encontraba en un estado febril. El veneno de la víbora comenzaba a actuar.

—Giuseppe: ¿el suero?

Pero el profesor Visconti no contestaba. Tras unos instantes, asomó desde detrás del vehículo y se acercó al grupo congregado alrededor del joven. Su expresión no presagiaba nada bueno.

—No hay suero. Se ha terminado –soltó con una voz apenas audible.

Nadie dijo nada, todos se miraron con los ojos muy abiertos y el pánico reflejado en sus rostros. Sin aquel suero que se utilizaba para casos extremos de mordeduras de serpientes venenosas, el joven estaba perdido.

Tampoco Walloski habló en principio: él era el responsable de hacer la lista de lo que había que reponer en el campamento y se le había olvidado añadir el suero.

Solo después de un momento de tenso silencio, aulló:

—¿Y ahora qué hacemos?

Rita respondió encogiéndose de hombros.

—Tranquilicémonos… encontraremos una solución –acertó a decir el profesor Munif.

Fue la profesora Pasteris quien, reaccionando con energía, sacó al grupo de aquel estado de conmoción en el que se encontraba.

—Lo más importante es estabilizar al chico, está temblando –dijo tapando al joven con unas mantas.

Trasladaron al estudiante y lo colocaron junto a la hoguera.

—Hay que conseguir ese suero como sea. ¿Cuánto tiempo tenemos? –preguntó.

Todos miraron al profesor Munif y sobre todo a Musa, el cocinero, quien había vivido en el desierto desde su infancia y conocía bien la vida en aquel lugar.

—Eso depende de su fortaleza física… El veneno de estas víboras es muy fuerte, pero a veces el cuerpo es capaz de contrarrestar en cierta medida sus efectos antes de que estos lleguen a ser… mortales.

—Y eso, ¿cuándo puede ocurrir? –preguntó secamente Daniel.

—Ya he dicho que depende…

—¿Cuánto tiempo? –insistió Walloski.

—Tal vez cuarenta y ocho horas, o tal vez setenta y dos… como mucho.

—¡Tres días! –no pudo evitar exclamar Rita.

—Bien, teniendo en cuenta que la carretera que lleva a Ghât está cortada, el hospital más cercano es el que se encuentra en Sabhâ. Hay que tratar de llegar hasta allí, conseguir el suero y regresar –intervino decidido el profesor Walloski, quien parecía haber recuperado las dotes de mando–. Iré yo. Musa, vienes conmigo; tú conducirás.

Todos asintieron sin decir palabra.

Aquel silencio reflejaba el estado de ánimo de los componentes del grupo. Sabían que era muy difícil recorrer aquel trayecto, pues no había carreteras asfaltadas y era muy fácil perderse en la inmensidad del desierto o caer por los barrancos que a veces se abrían de forma inesperada en las zonas de piedras y rocas. Ni siquiera contando con la habilidad de Musa y su conocimiento del terreno tenían la garantía de que se pudiera hacer ese recorrido en menos de tres días.

El joven estudiante seguía temblando y en ese momento estaba comenzando a delirar.

—Hay que intentarlo, no queda otro remedio –dijo la profesora Pasteris mirando con mucha seriedad a sus compañeros.

—Tal vez sí –dijo entonces una voz.

Todos le miraron. Era muy joven, de apenas diecinueve años y pequeña estatura. Tenía un incipiente bigote y era tan educado y discreto, que muchas veces nadie se daba cuenta de que estaba presente. Sin embargo, los pocos que le conocían bien sabían que era una persona inteligente y curiosa. Ayudaba a Musa en la cocina y se encargaba de hacer un poco de todo en el campamento.

—¿Y bien, Nadim? –inquirió la profesora Pasteris.

—Se trata de la piedra negra.

Casi todos arrugaron a la vez nariz y ojos, en un gesto de extrañeza.

—¿La piedra negra? –se le escapó a Rita.

Solo Musa, Daniel y el profesor Munif quedaron pensativos, pues alguna vez habían oído hablar de aquella piedra.

—Es un remedio para las mordeduras de las serpientes –continuó Nadim–. Se trata de una piedra que es preciso colocar directamente sobre la mordedura, sujetándola con una cuerda. La piedra va absorbiendo poco a poco el veneno a la vez que cambia de color; y tras unas horas, logra hacerlo desaparecer completamente. Luego, hay que dejarla durante una noche en un vaso de leche para que se descontamine y recupere todas sus propiedades.

—¿En serio? –apuntó con una mueca de incredulidad la profesora Pasteris.

Daniel hacía esfuerzos por recordar.

—En alguna ocasión he oído hablar de esa piedra –dijo por fin–. Creo que los miembros de una congregación religiosa guardaban su secreto.

—Efectivamente, unos misioneros: se los conoce como los Hermanos Blancos –puntualizó Nadim.

—Sí, es cierto –corroboró el profesor Munif.

—Tiempo atrás, algunos de esos misioneros descubrieron que los integrantes de una tribu que vivía en lo más profundo de las selvas africanas empleaban los poderes curativos de esas piedras –continuó diciendo el joven pinche–. Les costó mucho tiempo que los curanderos de la tribu confiaran en ellos, pero finalmente les dieron algunas piedras y les revelaron el secreto de su origen.

—Ya, pero ninguno de nosotros tiene una de esas piedras, ¿no es cierto? –preguntó la profesora.

Rita, un poco desconcertada por el giro que iba tomando el asunto, se encogió una vez más de hombros y susurró:

—Yo no, desde luego.

—Ni yo, pero he oído que hacia el sur hay un pueblo donde vive uno de esos misioneros –contestó Nadim.

—¿A qué distancia?

—No estoy seguro. Un pastor de camellos me dijo hace poco tiempo que había conocido a uno de ellos y había tomado un té en su casa: estaba hacia el sureste.

Musa confirmó con un leve movimiento de cabeza lo que su ayudante de cocina había dicho.

—También yo he tenido noticias de ese hermano blanco –asintió.

—¡De acuerdo! Iremos también a buscar a ese misionero y una de sus piedras! –concluyó Daniel.

Rita no pudo evitar un bote al escuchar a su tío.

Decididamente aquello comenzaba a complicarse.

—Un momento, profesor Bengoa –graznó el profesor Walloski–. Yo soy el máximo responsable de la expedición y no permitiré ningún tipo de aventura que se salga de las normas. La universidad ha pagado este viaje para que investiguemos estos grabados y no para que vayamos por ahí buscando hermanos blancos.

Daniel y el profesor Visconti no pudieron evitar lanzar una mirada de ira al jefe de la expedición.

—¡En las normas no ponía que una víbora fuera a morder a uno de los nuestros! –bramó el profesor Visconti.

Mientras se desarrollaba la discusión, la profesora Pasteris intentaba aliviar con paños húmedos al joven estudiante.

—Señor Walloski, este es un caso excepcional. Las normas han de servir para ayudarnos. Cuando nos ponen obstáculos, tal vez haya que cambiarlas –insistió Daniel–. Por favor, denos permiso para buscar a ese misionero mientras usted viaja al hospital. Así tendremos dos opciones. La vida de este joven está en juego.

—Señor Bengoa, las normas son las normas. Una leyenda que se conoce de oídas no es una razón suficiente para saltarse una de ellas.

Entonces Nadim, que se había quedado en un segundo plano, dio dos pasos al frente y dijo con firmeza:

—No es una leyenda, lo de la piedra negra es cierto.

—¡Hay que intentarlo! –exclamó el profesor Munif.

—¡Sí! –añadió Rita dejándose llevar por la euforia.

Todas las miradas estaban clavadas en Walloski y, en ellas, el viejo profesor podía leer de forma nítida lo que cada miembro del grupo pensaba. También en la de aquella niña recién llegada.

—¡Está bien, profesor Bengoa, vaya si quiere en busca de su piedra! –gruñó al fin Walloski–. Pero quiero que sepa una cosa: no me gustan los tipos como usted, que aprovechan cualquier excusa en los viajes de trabajo para meterse en líos. He oído cosas sobre usted, y nada buenas, créame. Parece ser que a menudo se le olvida que le pagan por ser profesor y no un aventurero –el jefe de la expedición lanzaba las palabras de su boca como si fueran piedras–. Le aviso, Bengoa: ¡Tiene tres días para estar de regreso en el campamento, ni uno más! Y recuerde –añadió luego–: usted se va de este campamento bajo su responsabilidad. No me llame si se mete en problemas ajenos a la investigación de estos grabados.

Daniel aguantó con paciencia la perorata del jefe de la expedición. Y en cuanto este se dio la vuelta, contento consigo mismo por su discurso, se puso en marcha sin tiempo que perder.

—Nadim…

—Yo conduciré, señor Daniel. Le llevaré hasta el misionero –le respondió este con una mirada que inspiraba confianza.

—¿Podrás hacerlo?

—Sin problema –respondió el joven sacando de uno de los bolsillos del pantalón el documento que lo acreditaba como conductor.

—Me apunto –añadió Visconti–. No dejaré que vayáis solos. Además, esta noche hemos terminado con casi toda la pasta que nos quedaba en el campamento. Tal vez camino de la misión podamos encontrar un mercado donde vendan espaguetis.

En ese momento, Daniel miró a Rita.

Aún resonaban en su cabeza las palabras del profesor Walloski. "Los tipos como usted que aprovechan cualquier excusa en los viajes de trabajo para meterse en líos", había dicho. Lo cierto es que Daniel había viajado en innumerables ocasiones por diversos lugares, y en algunos casos le habían ocurrido aventuras increíbles. Sin embargo, si se ponía a pensarlo, todas aquellas ocasiones en que había vivido uno de esos episodios arriesgados tenían algo en común: su sobrina siempre había estado presente.

Y ahora ella estaba de nuevo allí, mirando hacia el suelo con una expresión teatral, como si nunca hubiera roto un plato.

—Rita, ¿quieres venir?

—Vale.

En apenas unos segundos, los conductores se subieron a los *jeeps* y encendieron las luces.

Pronto, todo estuvo listo para la partida.

El profesor Walloski y Musa se dirigirían hacia el norte, en busca del hospital, mientras que Daniel, Visconti, Nadim y Rita lo harían en dirección sur, con la esperanza de dar con el misionero.

La profesora Pasteris y el profesor Munif, junto al resto de los miembros del equipo contratado para atender a la expedición, se quedarían en el campamento al cuidado de Íñigo.

—¿Preparados? –consultó Daniel a sus compañeros de viaje.

—Sí, señor –respondió Nadim.

—Preparadísima –dijo Rita.

—¿Alguna norma que cumplir? –preguntó con ironía Visconti.

—Sí, todos los que estamos en este grupo hemos de respetarnos y ayudarnos. Lo demás lo iremos viendo por el camino –comentó el tío de Rita–. Ah, y una cosa más –añadió–. Nadim, no me llames "señor", por favor.

Las manos que salían por las ventanillas se agitaron a modo de despedida. Mientras, junto al fuego, la profesora Pasteris y dos trabajadores del equipo atendían al joven estudiante.

Los motores comenzaron a rugir con fuerza como si dos de las fieras grabadas en las rocas hubieran resucitado miles de años más tarde y se dispusieran a recorrer de nuevo aquella llanura, ahora de arena.

Las estrellas parecían temblar en el cielo contagiadas por el movimiento de los vehículos.

—¡En marcha! –gritó Daniel.

2
Bandidos en la frontera

El cielo había adquirido un tono añil pálido; algunas estrellas parecían alejarse y perderse en él.

Estaba a punto de amanecer.

El vehículo se había detenido junto a la entrada de un pequeño cañón o *wadi*.

El profesor Visconti y Rita roncaban en el asiento trasero.

—¿Sabes dónde nos podemos encontrar? –preguntó Daniel.

—No estoy seguro –respondió Nadim–. Tal vez nos hemos desviado un poco del rumbo. Hace dos horas que no veo las marcas que indican la ruta que lleva hacia el sur.

—Mmmm…, no podemos parar. Nos guiaremos por la brújula y continuaremos.

—De acuerdo.

Atravesaron un valle lleno de piedras y luego una llanura arenosa. Ya en las horas más calurosas del día, encontraron refugio a la sombra de una inmensa roca solitaria en medio de aquel desierto, y allí descansaron un rato.

Tras reanudar la marcha, vieron las huellas recientes de varios neumáticos que habían pasado en su misma dirección y las siguieron. Aquella tal vez fuera una ruta frecuentada por camiones; eso era al menos lo que parecía.

No tardaron mucho en ver una nube de polvo que se acercaba a ellos: era un vehículo.

Al poco rato, Daniel y Nadim charlaban con el conductor del camión.

—¿Qué os ha dicho? –preguntó Visconti ante la mirada atenta de Rita en cuanto los dos regresaron al coche.

Fue Nadim el que contestó después de unos segundos:

—Dice que hacia el sur, en la zona de las montañas, vive uno de los misioneros.

—¿Y qué problema hay?

—Al sur de Libia no hay montañas –dijo con una mueca de desánimo Daniel.

—Entonces, ¿qué hacemos? –intervino Rita.

—Si estáis de acuerdo, podemos seguir esta ruta durante un día más e intentar dar con el misionero. Si en veinticuatro horas no lo encontramos, lo más prudente es regresar. No podemos hacer más –propuso Daniel.

A todos les pareció una idea sensata y, tras beber un poco y reponer fuerzas, el todoterreno se puso de nuevo en marcha.

Las horas pasaban de forma monótona e incómoda dentro del vehículo, que no paraba de dar botes mientras discurría a través de aquella pista llena de baches. Viajar de aquel modo era muy fatigoso.

Rita se protegía como podía del polvo que entraba en el coche por todos lados y, a través de la ventanilla, veía pasar el mismo paisaje de forma repetitiva.

Un ambiente de pesadez y de apatía se había adueñado de todos.

Sin embargo, el vehículo no paraba; habían puesto gasolina gracias a los bidones que llevaban y ahora parecía que una fuerza innata lo moviera y lo empujara a tragar kilómetros.

Estaba a punto de anochecer y Nadim pensaba en hacer una pequeña parada para tomar el té cuando Rita vio algo.

—Allí hay una luz –dijo.

Unos segundos y varios metros más tarde, los demás también la divisaron.

Se hallaba en una pequeña elevación del terreno. Era una construcción de adobe, baja y alargada, y junto a ella había dos chamizos de menor tamaño.

Cuando el todoterreno estaba a punto de aparcar junto a dos camiones que se hallaban estacionados a un lado del edificio, los rodearon varios hombres armados, que habían salido de la parte posterior.

—Tío… –murmuró Rita asustada.

—Tranquila –le dijo Nadim con la escasa confianza que le quedaba.

Tras unos instantes de tenso silencio, un hombre se acercó hacia la ventanilla del copiloto.

Vestía uniforme militar de camuflaje y, aunque su caminar era pausado, golpeaba el suelo con cada uno de sus pasos. A Rita le recordó un oso gordo y pesado, pues era alto y tenía una buena barriga. Pero, a pesar de ello, sus movimientos delataban cierta agilidad.

Los mofletes que ocupaban casi todo su rostro acentuaban la expresión de sus ojos, en los que se reflejaba una chispa de malicia.

—Buenas tardes, amigos; bienvenidos al Chad –los saludó.

—¿Al… Chad? –dijo Daniel con sorpresa.

—Sí, señor, al mismo Chad. Todo lo que le rodea ahora mismo pertenece a nuestro país; desde la más pequeña piedra a la más grande de las montañas, incluido su coche, ¡ya te digo! ¿Pueden decirme adónde se dirigen? –añadió.

—Ve…, verá…, nosotros… –intentó decir Daniel, ante la mirada fingidamente severa del jefe de los soldados.

—Perdone –intervino Nadim–. No creíamos que estábamos tan al sur. Venimos de Wadi Methkandoush, en Libia. Estos señores son profesores que están trabajando allí en un hallazgo arqueológico.

—¿Y eso qué significa?

—Ellos estudian las pinturas y grabados que se han encontrado en unas rocas.

—Ah, ya te digo, son estudiosos, gente de libros, universidades y todo ese rollo.

—Sí.

—¿Y la niña? –preguntó, señalando a Rita.

—Es mi sobrina –acertó a decir Daniel.

—¿Qué hacen tan lejos de ese lugar?

—Estamos buscando a un misionero, a un hermano blanco. Nos dijeron que uno de ellos vivía por aquí, pero parece ser que nos hemos alejado mucho de nuestra ruta. No se moleste por nosotros, regresaremos.

—Mmm… –gruñó el hombre, sin hacer mucho caso de sus últimas palabras–. Ya te digo, ¿para qué quieren verlo?

Parecía imposible que el hombre dijera cinco frases sin soltar aquella muletilla que, seguramente, se le habría pegado de algún personaje de una serie de televisión.

—Necesitamos medicinas. Uno de los arqueólogos está enfermo y pensamos que el misionero tal vez pueda tener lo que necesitamos para curarle –dijo adelantándose Nadim.

—¿Es eso cierto?

—No es solo cierto, señor, sino que es ciertísimo –dijo entonces desde el asiento de atrás Visconti.

—Totalmente –corroboró Rita a su lado.

El hombre del uniforme enarcó las cejas y miró a los cuatro viajeros con expresión severa.

—No es muy normal que cuatro personas pasen por aquí en busca de medicinas. No, no es normal; y aún diría más: es irregular.

—No se preocupe, señor…

—… comandante: comandante Lucius.

Daniel adoptó el tono más amable que pudo:

—Comandante, no queremos molestar, ni aún menos incumplir la ley, de modo que regresaremos y volveremos hacia el norte. Sin duda nos hemos desviado del camino que…

—No se puede dar la vuelta, está prohibido. Esta zona está plagada de bandidos –le interrumpió Lucius. Luego añadió–: Han de seguir hacia delante, es el único camino que pueden tomar. Pero no se inquieten, les dejaremos pasar y no los retendremos, siempre que tengan el permiso especial.

—¿"Permiso especial"? –preguntó Visconti.

—Para pasar por aquí hace falta un permiso especial que solo se puede conseguir en la capital, Yamena; aunque en este caso, ya que ustedes van a una misión humanitaria, tengo potestad para extenderles uno por transporte excepcional. Siempre que ustedes lo paguen, por supuesto.

Los tipos que rodeaban el vehículo les sonreían con ironía sin soltar las armas.

—Es mejor que aceptemos –dijo entre dientes Nadim.

—Eh, claro, claro, comandante Lucius, pagaremos –accedió Daniel.

—¿Prefieren el permiso especial de clase uno o el de clase dos?

—¿Qué… quiere… decir?

—Si es de clase dos tendremos que registrar todo el coche para comprobar que ustedes no son en realidad unos contrabandistas que pretenden introducir algún tipo de mercancía ilegal en nuestro país. Para ello tendríamos que revisar todo el coche y desmontarlo pieza a pieza, tornillo a tornillo, cosa que nos llevaría nuestro tiempo –el comandante esbozó una mueca que quería ser una sonrisa amable y agregó–: Claro que con el permiso de clase uno se evitarán la molestia, aunque es un poco más caro.

Nadim, Rita y Visconti, todos a la vez, hicieron una señal a Daniel, indicándole que eligiera la segunda opción.

—Oh, no se molesten, cogeremos el permiso especial de clase uno.

—De acuerdo, perfecto, les extenderé el permiso, solo necesito ver sus pasaportes. Aunque no sé si van a llegar muy lejos sin coche…

—¿Cómo dice? –la cara de los cuatro palideció de repente al oír aquello.

—Ya les he dicho que el vehículo en el que están ahora pertenece al Chad y en cien kilómetros a la redonda yo soy la máxima autoridad aquí. No se preocupen, se lo alquilo a buen precio –les propuso.

—No sé si tenemos dinero para pagar todo… –comentó el profesor Visconti.

—¡Eso no es problema, estoy seguro de que ustedes llevan cosas que pueden compensar el dinero de estos "impuestos", ¡ya te digo! –respondió el rufián con una sonrisa burlona mientras miraba por la ventanilla el interior del vehículo.

—De acuerdo –aceptaron resignados.

Algunos minutos más tarde, los hombres armados que estaban delante de ellos les franquearon el paso y el todoterreno abandonó el lugar.

—¡Bienvenidos al Chad, ya te digo! –gritó el comandante a modo de despedida mientras sus hombres celebraban aquel engaño entre risas y gritos de euforia.

Se había hecho de noche. Los focos del coche eran como dos pequeñas luciérnagas en constante movimiento en la inmensidad del desierto.

—¡Nos han engañado! –gritaba indignado Visconti.

—Nos han estafado –precisó Rita.

—Eso es más correcto –señaló Nadim.

—Al menos estamos todos bien; sin dinero pero todos juntos y sin problema, eso es lo más importante –comentó Daniel–. No te preocupes, Giuseppe: cuando encontremos un teléfono, llamaremos para anular las tarjetas de crédito que nos han quitado.

—¡Precisamente, mi teléfono móvil era un regalo de mi querida esposa y ahora está en manos de esos ladrones!

Nadim no pudo evitar una mirada cómplice dirigida a Rita y a su tío antes de decirle al italiano:

—Daniel tiene razón, olvídese del dinero y las cosas que hemos perdido. Esos tipos son muy peligrosos, lo más importante es perderlos de vista y mantenerse lo más lejos posible de ellos. Y alégrese, aún nos queda algo –añadió mientras sacaba de un escondite debajo de su asiento su reloj y un pequeño ordenador portátil.

—¿Eran soldados? –preguntó Rita.

—Tal vez sí y tal vez no… –contestó el propio Nadim.

—¿Qué quieres decir?

—Es posible, aunque lo más probable es que sean un grupo de bandidos o tal vez de mercenarios o desertores que se dedican a robar a los viajeros. Si te topas con ellos, no queda otro remedio que aceptar el chantaje, siempre que sea posible.

—¡Pues vaya…! –refunfuñó Rita.

—No te preocupes por la cámara de fotos, yo te regalaré otra cuando regresemos a casa –le consoló su tío.

—Ya, pero me voy a quedar sin hacer fotos de todo lo que veamos.

—Abre los ojos y vive cada minuto intensamente, Rita; así quedará todo grabado dentro de tu corazón y lo llevarás siempre en tu interior –le aconsejó Nadim hablando con una voz pausada, como la de los presentadores de programas de radio nocturnos.

—Vale, me fijaré mucho en las cosas y todo eso, pero a mí me gusta ver las fotos de los sitios y de la gente después de un viaje –insistió Rita.

Daniel sabía lo que quería decir su sobrina y entendía su rabia.

Aquella pequeña cámara de fotos que habían tenido que entregar a los bandidos había sido un regalo de cumpleaños y, además, era la primera vez que viajaba con ella.

Le propuso algo:

—Rita, hace años, antes de que se inventaran las cámaras de fotos, los viajeros dibujaban lo que les llamaba la atención. Tal vez tú puedas hacer lo mismo. Esos merluzos no han querido llevarse mi lápiz, ni el pincel y la cajita de acuarelas que traía.

—Tampoco se han quedado los libros, ni mis cuadernos de apuntes –añadió Visconti–. Tengo uno sin empezar: te lo regalo, y también un rotulador y algunas pinturas de colores.

—Así podrás apuntar o plasmar en imágenes lo que más te guste del viaje –le sugirió su tío.

—Vale –aceptó Rita tomando el cuaderno y las demás cosas.

—Si hubiéramos llevado un tesoro en libros, seguro que ese Lucius nos habría dejado pasar sin pedir nada. A esos tipos les da un repelús en cuanto ven un libro –comentó Daniel.

—Sí, el comandante Lucius no parecía un erudito, desde luego –opinó el italiano.

—El comandante "merluzo" Lucius querrás decir –intervino Nadim.

—No, más bien *Merluzus* Lucius –dijo Rita.

—¡¡¡Ja, ja, ja, ja!!!

Por primera vez se escucharon risas en el coche desde la partida de Wadi Methkandoush.

Nadim era incansable; estaba acostumbrado a viajar y conducir por pistas y caminos, y no aceptaba que le relevaran en el volante. De ese modo iban más rápido.

A pesar de lo ocurrido, no olvidaban el motivo por el cual habían partido y sabían que el tiempo se les estaba agotando.

Era noche cerrada, y ahora el chico extremaba la prudencia al volante. Pararon en medio de la oscuridad y consultaron de nuevo el mapa.

—Estaremos por aquí, en el interior del Chad –comentó Daniel señalando un punto–; bastante más al sur de lo que pensábamos llegar. Habremos atravesado la frontera más o menos por este lugar…

—Sí –confirmó Nadim–; y por lo que dijo el conductor del camión con el que nos cruzamos, el misionero vive en un lugar rodeado de montañas muy altas. Solo puede tratarse de un sitio: la zona de los montes Tibesti.

—"La zona"… Todo habría sido más fácil si hubiera concretado el nombre del pueblo –opinó el tío de Rita.

—Tranquilo, lo encontraremos… y, al menos, con el ruido que arman estos dos, no necesitamos la radio para mantenernos despiertos –dijo Nadim, señalando al profesor Visconti y a Rita, que dormían hechos un ovillo y sin parar de roncar.

3
El misionero de los montes Tibesti

Llegaron a media mañana, cansados y polvorientos.

Lo habían logrado.

Al final, la cosa había resultado sencilla. El macizo montañoso de los montes Tibesti, unas formaciones de increíbles peñascos y cañones, resultaba inconfundible en medio del desierto.

No les había costado mucho dar con una aldea, y allí sus habitantes les habían indicado el lugar donde vivía el hermano blanco.

Nadim detuvo por fin el vehículo.

La casa del misionero estaba a unos cientos de metros de un pequeño pueblo de casas bajas de adobe y arenisca construidas junto a un palmeral, al final de un estrecho valle.

Se hallaba junto a un talud de tierra y rocas y era una vivienda de adobe con un muro bajo a uno de sus lados.

—¡Holaaaaa! –dijo a modo de saludo Visconti.

Nadie respondió, así que se acercaron hacia la puerta, que estaba entreabierta.

—¡Este misionero es un desastre! –exclamó Rita nada más ver aquel espectáculo.

El italiano también se quedó sorprendido.

—Si mi mujer viera esto –dijo–, le daría un patatús, seguro. Mi querida Nicoletta… en cuanto ve un calcetín fuera de su sitio, pone el grito en el cielo.

La estancia estaba destrozada: ropas y objetos de todo tipo aparecían tirados de forma desordenada por el suelo, algunos hechos añicos. No había espacio que no estuviera ocupado por algo y apenas se podía dar un paso allí dentro.

—Vaya, veo que han regresado –dijo una voz a sus espaldas.

Vestía de blanco, con un pantalón y una camisa amplios. También él era blanco de piel y Rita no hubiera sabido decir si era joven o mayor, alto o bajo, gordo o flaco.

Lo cierto es que, en medio del silencio y con aquella mirada tan intensa, la figura del misionero imponía respeto.

Fue Daniel el que habló:

—No entendemos a qué se refiere, nosotros acabamos de llegar y no…

El hermano blanco no le dejó terminar la frase.

—Ustedes han estado aquí hace unas horas y han destrozado mi casa. ¿Es que no han encontrado lo que buscaban? Díganme lo que desean.

—Sí, bueno, necesitamos algo… –farfulló Visconti.

Daniel le hizo un gesto. Era mejor que se callara; la situación era delicada y Giuseppe tenía el don de estropearlo todo con su falta de discreción.

—Es la primera vez que estamos aquí, nosotros no hemos hecho esto –insistió el profesor Bengoa.

—No les creo.

—Es verdad. Ellos son científicos y arqueólogos; venimos desde Wadi Methkandoush, en Libia; ha ocurrido una desgracia y necesitamos su ayuda —intervino Nadim.

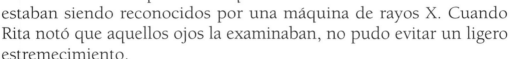

—Sí, es así, lo juro —remarcó Rita.

—Niña, no jures —le soltó el misionero.

Su mirada se hizo más penetrante. Ahora sus ojos escrutaban de modo intenso a cada uno de los cuatro; a los miembros de la expedición les dio la impresión de que estaban siendo reconocidos por una máquina de rayos X. Cuando Rita notó que aquellos ojos la examinaban, no pudo evitar un ligero estremecimiento.

—Holaaaa, je, je; vaya jaleo, ¿eh? —saludó moviendo una mano para disimular el miedo.

Finalmente el misionero relajó la mirada.

—¿Tienen sus pasaportes? —dijo.

Minutos después, los cuatro ayudaban al hermano blanco a ordenar sus pertenencias. El misionero había comprobado sus identidades; y eso, unido a su peculiar examen de cada uno de ellos, había logrado que su hostilidad desapareciera.

Sin embargo, el gesto serio y reconcentrado no se había borrado de su rostro.

—A nosotros también nos han robado, o algo así. Ha sido el comandante Lucius en el puesto de la frontera —comentó Rita intentando romper el hielo.

—Eso no era un puesto fronterizo —respondió el hombre, que en ese momento estaba intentando recomponer una estantería—. Ni Lucius es un comandante del ejército. Él y sus hombres son bandidos, mercenarios que cuando no se dedican a robar por su cuenta, se venden al mejor postor. En África hay muchos como él, y por desgracia hay mucha gente que se sirve de ellos para conseguir lo que quiere.

Rita fue la única que al escuchar aquello pareció un tanto sorprendida.

Una vez colocados los estantes en su lugar, el misionero observó:

—Ustedes se encuentran muy lejos de esas pinturas que están estudiando y antes han dicho que necesitaban mi ayuda. Como ven, no tengo mucho que ofrecer, y ahora aún menos.

—A un chico de nuestro grupo de trabajo le ha mordido una víbora –dijo entonces Nadim–. No teníamos medicinas para tratarlo y...

—... puede morir. Necesitamos la piedra negra, luego se la devolveremos –le ayudó Daniel.

—Vaya, parece que todos se han puesto de acuerdo.

Los cuatro amigos pusieron cara de sorpresa; nadie entendió lo que había querido decir el misionero, pero siguieron con la labor de ayudarle a recoger.

Poco más tarde habían adecentado bastante el lugar y aquello volvía a parecer un pequeño hogar; humilde y desabastecido, sí, pero al menos la casa tenía de nuevo un aspecto habitable.

Para alegría de Visconti, encontraron intacta una caja de espaguetis, y mientras este se encargaba de preparar la comida, el hermano blanco les narró lo acontecido en las últimas horas.

—Sería hace tres días cuando recibí una llamada de teléfono de uno de los superiores de la congregación. Me alertaba de algo: las casas y residencias de varios hermanos habían sido asaltadas.

—¿Querían robarles? –preguntó Rita.

—Sin duda, y eso que vivimos de forma austera, como ustedes mismos pueden comprobar.

—¿Qué buscaban entonces? –insistió intrigada la niña.

—Nuestro secreto: la piedra negra. Ustedes la conocen y tal vez hayan oído hablar de su origen.

—Así es –le confirmó Daniel.

—Al principio, los curanderos de la tribu a quienes nuestros hermanos vieron utilizarlas les dieron algunas piedras. Pero, sin embargo, ante la insistencia de los misioneros, los curanderos les revelaron el secreto de su procedencia. Esto ocurrió hace años, y desde entonces

hemos guardado la promesa de utilizar las piedras para salvar vidas sin pedir nada a cambio —continuó el misionero—. Y tal como se prometió, hemos mantenido el secreto del origen de las piedras. Pero ha pasado mucho tiempo, han sido muchos los curados con ellas y su existencia ha corrido de boca en boca.

—Pero eso no es malo, ¿no? –opinó Rita.

—No necesariamente; pero sí lo es en la época en que vivimos. Si no se difunde de la manera adecuada…

—¿Qué quiere decir? –preguntó Nadim.

—El dinero y la ambición mueven los corazones de muchas personas, y estas son atrevidas y cada vez más poderosas. No se conforman con lo que tienen, son implacables y voraces; cada vez necesitan más, son como animales. No, son peores: al menos los depredadores de la sabana solo atacan cuando necesitan comer.

El profesor Visconti sintió un escalofrío al imaginarse un depredador, ya fuera de la sabana o de la selva tropical.

La intensa mirada del hombre ahora estaba cargada de una melancolía que también se reflejaba en el tono de su voz:

—No son buenos tiempos para un remedio curativo que se aplica gratis, ¿saben? En la conversación, el superior me hacía saber que había recibido ofertas de una empresa muy importante a cambio del secreto de las piedras. Por supuesto, mi superior no reveló nada, y por ello comenzó a recibir amenazas –el misionero miró profundamente a los ojos a cada uno de los cuatro amigos antes de añadir–: Alguien está detrás del secreto de las piedras negras, y no es precisamente para curar a un enfermo como es su caso.

—Pero ¿quién puede hacer eso? –preguntó Visconti.

—Alguien a quien no le importe ganar dinero a costa del sufrimiento de los demás, y de esos hay muchos hoy en día, ¿no cree? Imagínese que saben de dónde sacamos nuestras piedras –siguió diciendo el hermano blanco–. Si encuentran el lugar, podrían extraer grandes cantidades de ellas y comercializarlas. Con una buena campaña de *marketing* podrían ganar mucho dinero, millones. Aunque, claro está, las personas más pobres no tendrían dinero para poder comprarlas: precisamente los más afectados por las mordeduras mortales de las serpientes.

—Sí, pero si la gente llegara a enterarse… –sugirió Visconti.

—Oh, vamos, sin duda la empresa que hiciera eso se cuidaría de comprar espacios en los periódicos y en la televisión para aparecer como una firma moderna y comprometida que invierte en solucionar algunos de los problemas de los más desfavorecidos; e incluso harían alguna campaña de ayuda a los pobres de África, para que todos pensaran en lo solidarios y buenas personas que eran.

—Si eso ocurriese, ustedes y nosotros podríamos denunciarlos –intentó decir Rita.

—Somos misioneros y vivimos y trabajamos en África, pero sabemos cómo funciona el mundo. Aquí todos lo saben, no están aislados, existe la televisión e internet, y por eso tenemos la seguridad de que nadie nos escucharía; ni a ustedes tampoco, lo siento –concluyó el hombre con una pizca de amargura en sus palabras.

—Entonces, usted no ha revelado tampoco el secreto, ¿verdad? –inquirió Daniel.

—No, sea quien sea quien ha venido a buscarme no me ha encontrado. Por suerte he estado dos días ayudando en la escuela de un pequeño poblado no muy lejos de aquí. De todas formas, no habría podido hacerlo; en realidad, no sé nada.

El misionero sonrió al ver la cara de estupefacción de sus interlocutores.

—El secreto de la piedra negra fue revelado solamente a dos de nuestros hermanos, los que estaban presentes en ese momento –el misionero hizo una pausa para beber un poco de agua antes de continuar–: Si bien aquella situación fue providencial, desde entonces y como norma de la congregación, se decidió que solo dos de nuestros hermanos supieran el origen de las piedras. Así se conservaría mejor el secreto. Los demás tan solo las tenemos, pero no sabemos de dónde proceden.

—Nosotros la necesitamos; un estudiante de la excavación está mal… –le interrumpió discretamente Rita.

—Sí, lo sé, pero no puedo ayudarlos: los que asaltaron mi casa se han llevado la que tenía. Lo lamento mucho.

El desánimo y la tristeza se adueñaron de todos los que compartían la pequeña estancia. Rita, su tío, Nadim y el profesor Visconti habían recorrido cientos de kilómetros con la esperanza de salvar a Íñigo y ahora veían cómo toda aquella ilusión que les había dado fuerza para llegar hasta allí se diluía en unos segundos. El misionero, en cambio, era presa de un terrible desasosiego.

—¡Por favor, ayúdenme ustedes a mí! –rogó–. Mucha gente puede perder la vida si las personas que han estado aquí siguen robando las piedras; o, lo que es peor, si descubren el secreto de su origen.

—¡Pero nosotros no podemos hacer nada! –exclamó Visconti.

—Ustedes tienen un vehículo y pueden llegar hasta el lugar donde se encuentra el hermano Obudu en Camerún, y avisarle de lo que está ocurriendo. Hace semanas que es imposible contactar con él –el misionero insistió–: Es muy importante que lo hagan… Él es uno de los dos hermanos blancos que conocen el secreto del origen de la piedra negra. Por favor, díganle que corre mucho peligro y que se reúna lo antes posible con el hermano Delacroix. Es vital que le digan este nombre –la inquietud y la desesperanza se habían adueñado del hombre–. No puedo recurrir a nadie más, y ya saben que aquí son muy difíciles las comunicaciones y apenas hay recursos. Y los gobiernos, en caso de que quisieran, no pueden hacer nada contra ese tipo de gente. Se lo suplico, la vida de muchas personas corre peligro, ¡¡ayúdennos!!

El hermano blanco estaba en un estado de excitación tal que había tomado por los brazos a Rita y a su tío. Sus pupilas eran dos luces oscuras que les taladraban la mirada implorando ayuda. Era muy difícil resistirse.

—Haremos lo que podamos…
–respondió Daniel.

—¡No! No quiero que me diga eso; ¡quiero que me dé su palabra!

Las manos del misionero ahora apretaban más y parecía que aquellos ojos los miraran desde lo más profundo de la Tierra.

—Primero hemos de hablar con el campamento de Wadi Methkandoush; salimos del lugar para intentar salvar la vida de una persona y de momento no podemos dar un paso más si no es para ayudar al chico que dejamos allí herido –observó Daniel.

—Aún conservo mi teléfono móvil –dijo por toda respuesta el hermano blanco ofreciendo el aparato al tío de Rita.

Daniel se acercó a un rincón de la habitación y marcó el número de Walloski.

Sonaron tres tonos antes de que una voz gritara desde el otro lado del teléfono:

—¡A ver, dígame!

—Hola, profesor Walloski.

—Profesor Bengoa, ¿dónde se ha metido? ¡Han pasado ya dos días desde que salió de aquí!

—Verá, es que nos ha costado un poco encontrar al misionero.

—¡No me diga que ha conseguido esa maldita piedra!

—No, el hermano blanco no la tiene.

—¡Ja!, ya le advertí que todo eso de la piedra era una paparrucha, pero usted y los demás se empeñaron en que debían ir. Bengoa, ¿me escucha? ¡Vuelvan inmediatamente!

—Profesor, ¿cómo está el chico?

—Está bien, recuperado del todo. Al día siguiente de partir, Musa y yo nos encontramos en medio del desierto con un convoy del

Ministerio de sanidad libio que abastecía de medicinas a los hospitales del sur. Nos dieron todo lo necesario y hasta un médico vino con nosotros al campamento, ¿qué le parece?

—¿Entonces el chaval se ha curado?

—¿Es que no escucha cuando le hablo? No se preocupe más del chico y póngase en camino, si no lo está ya. A propósito, ¿desde qué teléfono me está llamando?

—Eeeeh…, es una larga historia.

—Espero que me la cuente pronto en el campamento.

—No sé…

—¿Cómo que no sabe?

—Es que igual tenemos que ir a Camerún para hacer un recado.

—¿A Camerún? Bengoa, ¿me está tomando el pelo?

—No, lo digo en serio. Verá, las cosas se han complicado y hay unas personas que están en peligro y es posible que tengamos que ayudarlas.

—Pero ¿quiénes se creen que son ustedes? ¿Los cuatro samaritanos? Vuelvan inmediatamente, ¿me ha oído? –aulló el profesor Walloski.

—No tardaríamos mucho, se lo prometo –le respondió Daniel.

—Escúcheme: si no regresan en veinticuatro horas voy a enviar por *mail* un informe a su universidad solicitando que le abran un expediente por abandono de sus funciones de investigador y robo de material.

—¿Robo?

—El vehículo que llevan, los ordenadores y hasta la última página de su bloc lo ha pagado la universidad para realizar un trabajo de investigación, no para irse de vacaciones aventureras. No se salte las normas, Bengoa, o pagará por ello.

—Señor Walloski, tiene que escucharme…

—No, escúcheme usted a mí: dígales al chico de los recados y al profesor Visconti que si no los veo aquí mañana están despedidos. Usted está en una situación peor: cuando termine de redactar el informe de la universidad, haré una reclamación a la Interpol para que lo detengan por ladrón.

—Pero, señor Walloski…

—¡Nada de señor Walloski! Usted y esa niña son los culpables de todo, ¡no tenía que haber permitido que ella visitara el yacimiento!

—No se meta con mi sobrina, profesor.

—¡Y usted no se meta en más líos! Regrese o le prometo que haré todo lo que pueda por verle fuera de la universidad y entre rejas.

—Creo que esto se va a cortar, profesor Walloski, casi no le oigo.

Era cierto. La voz del jefe de la expedición apenas le llegaba. De pronto el tío de Rita oyó un "¡Escúcheme… Se lo advierto!" y se cortó.

Daniel pulsó el botón rojo y se quedó observando la pantalla apagada con mirada reflexiva, como si esperara que allí fuera a aparecer algo que le ayudara a encontrar una solución a aquel dilema.

Rita, Nadim, Visconti y el misionero le miraban expectantes.

—El estudiante está bien, hubo suerte –dijo por fin–. Encontraron un camión con medicinas y un médico.

Los músculos de sus caras se relajaron y de sus bocas salió un suspiro de alivio colectivo.

—¿Y los gritos? –preguntó Visconti.

—Ya conocéis a Walloski.

—¿Qué ha dicho?

—Que si no regresamos en veinticuatro horas, hará lo que esté en su mano por dejarnos en el paro a todos –respondió serio, sin decir nada de la posible denuncia a la Interpol.

—¿Va a conseguir que cierren mi colegio? –preguntó ella con alegría.

—Tú no entras en el lote, Rita.

Hubo un momento de silencio y todos fijaron sus ojos en el hermano blanco, cuya mirada había recuperado la intensidad y la fuerza anteriores.

—¿No puede utilizar el teléfono para hablar con su compañero? –le preguntó Daniel.

—Es imposible la comunicación con el lugar donde él se encuentra.

—Me lo imaginaba…

El misionero esperó unos segundos antes de decir, escogiendo muy bien las palabras:

—¿Me ayudarán a mí y a todas esas personas inocentes que pueden morir?

Los cuatro tenían la mirada baja, clavada en aquella tierra ocre que era el suelo de la vivienda.

Se miraron de reojo.

—Ya arreglaremos las cosas con Walloski cuando regresemos –rompió el silencio el italiano mirando a los demás, quienes parecieron hacer un gesto de asentimiento.

—¿Me dan su palabra? –insistió el misionero.

—Le doy mi palabra –aceptó Daniel.

—Yo también –añadió Rita.

Nadim dijo lo mismo que tío y sobrina.

—Tiene la palabra de un veneciano y, además, la comida está lista –concluyó Visconti poniendo sobre su pecho la mano con que sostenía la cuchara de palo.

Tras la comida, pasaron la tarde charlando sentados a la sombra de unas palmeras que había cerca de la casa del misionero.

Rita tomó el cuaderno y, tímidamente, comenzó a dibujar.

—Tendrán que atravesar todo el Chad en dirección sur; la misión que está a cargo del hermano Obudu se encuentra al norte de Camerún, en los montes Mandara. Con la ayuda de la gente del pueblo podré conseguirles provisiones y combustible para el camino y les dejaré el material de acampada de que dispongo –les indicó el misionero.

—De acuerdo –asintió Daniel.

Rita no daba crédito a lo que estaba oyendo. Dejó el cuaderno e hizo un gesto a Nadim para hablar con él en un aparte.

—¿Pero vamos a ir de verdad a buscar a ese hermano Obudu?

—Hemos dado nuestra palabra.

—Sí, claro, pero…

—En África, cuando uno da su palabra ha de cumplirla; eso lo sabe todo el mundo, incluido tu tío y Visconti.

Vaya, resultaba que los africanos eran un pueblo cumplidor y ella no lo sabía. Pero estaba en África, y entre africanos y no africanos empeñados en comportarse como tales. Rita se daba cuenta de que de nuevo se abría ante ella la posibilidad de vivir una aventura, y de las gordas. Sin embargo, también intuía que ello conllevaba incomodidades y peligros.

Además, por primera vez en su vida sintió algo: era una especie de carga que se había instalado dentro de ella. No le hacía daño, ni era excesivamente molesta, pero la sentía, estaba ahí. El misionero había dicho que la vida de muchas personas dependía de ellos, y ella notaba cada letra de aquellas palabras, cada gramo de aquella responsabilidad.

Se acordó de sus amigos, que a esas horas tal vez estarían paseando por la montaña, andando en bicicleta o navegando con sus monitores en kayak, actividades catalogadas como deportes de riesgo y dio un suspiro.

—Está bien, cumpliré mi palabra –murmuró.

Antes de regresar a la cabaña para organizarlo todo, el misionero pareció recordar algo:

—Ah, y otra cosa: cuando lleguen ante cualquiera de los hermanos blancos, enseñen esta cruz que les doy –dijo, sacando de uno de los bolsillos de su pantalón, envuelta en un pañuelo, una cruz cuyos brazos se bifurcaban en sus extremos en dos partes curvas. Era de

plata ricamente decorada–. Es una cruz de bienvenida; cuando la vean, todos los misioneros de nuestra congregación sabrán que ustedes son amigos y van en son de paz. Toma, guárdala tú –dijo alargándosela a Rita.

—Vale –respondió ella, guardándola con cuidado en uno de los bolsillos de su mochila.

No tardaron en hacer los preparativos; decidieron salir al amanecer. El hermano blanco les dio los últimos consejos:

—Es conveniente que atraviesen el Chad lo más rápido que puedan. El país está en guerra y verán muchos controles del ejército; pero tengan cuidado, hay numerosas bandas de desertores, bandidos y soldados incontrolados que podrían causarles problemas –luego añadió–: Eviten pasar por zonas pobladas y descansen de vez en cuando. Aún tienen que cruzar parte del desierto y ya saben que el calor es muy intenso. Conservo una brújula, llévensela. Con ella y los mapas que les he dejado no deberían tener problemas para llegar.

—Gracias, la mía me la robó el comandante Lucius –observó Daniel.

—Ah, otra cosa y muy importante: les daré pastillas para combatir la malaria. Deben tomarse una a la semana; procuren hacerlo el mismo día y a la misma hora, no lo olviden. Supongo que se pusieron el resto de las vacunas.

Todos asintieron.

—Los montes Mandara…, qué nombre tan misterioso –no pudo evitar decir Visconti.

—Sí que lo es. La gente que los habita son de la etnia kapsiki; son gente muy acogedora, aunque…

—¿Aunque…? –preguntó Rita.

—Es un lugar donde hay mucha tradición de brujería.

—¡Glup! –se les escapó a la niña y a Visconti a la vez.

Después de cargar el vehículo, se dispusieron a ir a descansar antes de emprender el viaje que los llevaría al África negra, un lugar hermoso y misterioso según contaban todos los que habían estado alguna vez allí. Un sitio que parece impregnado de una fuerza telúrica que contagia a todo viajero que pasa por allí y le obliga a volver; algo para lo que no existe vacuna.

—¿Saben por qué desconfié tanto de ustedes la primera vez que los vi? –comentó el misionero antes de irse a la cama–. Los confundí con una banda de ladrones de tumbas.

—¿Ah, sí? ¿Y eso por qué? –preguntó un tanto intranquila Rita.

—Uno de los hermanos misioneros que ha trabajado en Egipto me contó que una banda, encabezada por una niña pequeña y morena, había desvalijado numerosas tumbas de los antiguos faraones.

—Oh, qué cosa tan rara –disimuló Rita, sin poder evitar un punto de inquietud.

—Sí, debió de ser una profesora sin escrúpulos, experta y muy ladrona.

—¿Por qué dice "debió"? –preguntó intrigada.

—Porque la muy canalla desapareció en una de las tumbas que quería robar. Debía de ser una estúpida avariciosa.

—¡Oiga, un respeto, una profesora no se merece que se hable así de ella!

—Ya está bien –terció Daniel, quien veía que su sobrina estaba a punto de perder los papeles–. Es tarde y debemos ir a descansar. Perdone a mi sobrina, hermano, está un poco excitada por todo lo que está ocurriendo.

—Lo entiendo, todavía es muy pequeña.

—¡¡Yo no soy pequeña!!

—¡Rita, a la cama! –bramó Daniel.

Aún era de noche cuando se levantaron. Tras un frugal desayuno montaron en el vehículo. El ruido del motor interrumpió el canto de los pájaros madrugadores.

Se pusieron en camino y pronto perdieron de vista la casa del misionero, y unas horas más tarde habían dejado ya muy atrás los montes Tibesti.

4
Sarewa

Tras dos jornadas de viaje el paisaje comenzó a cambiar: abandonaban el desierto y se internaban en una región de sabana. Se encontraban en el extremo sur del Chad, muy cerca del lago del mismo nombre. Pequeños poblados aparecían cada vez con más frecuencia ante sus ojos.

—Nos estamos acercando a Camerún: es tal como nos dijo el misionero —comentó Visconti.

—¿Saben por qué se llama así el país? —preguntó entonces Nadim.

—No —respondieron los demás.

—Cuando llegaron los primeros hombres blancos, encontraron que la costa era un lugar rico en camarones y por eso llamaron al lugar "Camerún".

—Camarones… —dijo Rita pensativa.

—Son como gambas, pero en grande —le explicó Daniel.

—¡Estupendo!

—Oh, no me hablen de comida —suspiró el profesor Visconti—; llevo dos días sin comer pasta y no sé si mi metabolismo podrá soportarlo una jornada más.

Las costas que aquellos marineros portugueses encontraron plagadas de camarones muchos años atrás se encuentran al sur de Camerún, junto al océano Atlántico. Ellos se acercaban al país por el extremo norte, muy lejos de las gambas, de las playas de arena fina, y de las selvas y junglas tropicales del país habitadas por los pigmeos.

Atravesaron la frontera sin incidencias y siguieron hacia el sur, pasando de largo los pueblos habitados por las mujeres calabaza. Los caminos aparecían cada vez más frecuentados por gente que iba andando o en bicicleta y que los saludaba al pasar.

El paisaje había cambiado definitivamente.

Recorrían una zona de suaves colinas. Había comenzado la temporada de lluvias y los campos verdes de hierbas altas se extendían ante sus ojos.

Árboles frondosos aparecían aquí y allá, a veces jalonando el camino, y algunas parcelas cultivadas anunciaban la presencia de las aldeas.

El vehículo se quejó y rugió al subir una cuesta prolongada, pero finalmente coronaron un pequeño puerto de montaña. Fue entonces cuando vieron las moles de piedra verticales que se levantaban sobre los promontorios, dominando los campos verdes y custodiando las pequeñas colinas que las rodeaban.

Allí estaban: los montes Mandara.

No tardaron en llegar a Rumsiki, el pueblo más grande de la zona, habitado por gentes de la etnia kapsiki.

Era un pueblo grande y ordenado. Una carretera atravesaba la calle principal. La mayoría de las casas eran de cemento con techo de chapa, y las había de dos alturas, aunque a lo largo de la población se sucedían todo tipo de construcciones, todas muy sencillas. Había varias tiendas donde parecía venderse de todo y una escuela que daba la impresión de estar recién construida.

Un arroyo discurría cerca, paralelo a la carretera, y algunos árboles aparecían aquí y allá, en medio del pueblo, dándole al lugar un aire acogedor.

Abriéndose paso entre los niños que rodeaban el coche y siguiendo las indicaciones de un joven que apareció entre la gente, llegaron a lo que parecía un restaurante.

—¡Bienvenidos a Chez Dembo, aquí podrán comer y descansar! –les dijo, nada más bajar del coche, un hombre regordete vestido con una camiseta del equipo de fútbol del Milan.

Los cuatro se dejaron caer en unas sillas; estaban fatigados y hambrientos.

—¿Qué desean comer los señores y la señorita?

—¡Un buen plato de camarones! –casi gritó Rita, excitada

con la idea de llevarse algo a la boca.

—Yo tomaré un plato de raviolis con salsa de nueces *à la Fenice*. Pero, por favor, sirva la *mozarella* en un bol aparte –dijo Visconti.

—Yo, un filete de carne con patatas –añadió Daniel.

—Yo comeré lo que haya –concluyó Nadim.

—Oh, amigos, no se preocupen; en unos minutos estará todo listo, en Casa Dembo tenemos de todo, je, je –respondió con una sonrisa el tal Dembo.

Mientras tomaban un refresco y esperaban, se acercó a ellos el chico que les había guiado hasta el local. Era poco mayor que Nadim, alto, un poco desgarbado y de cara despierta. Vestía una camisa de colores llamativos, vaqueros y unas sandalias oscuras y llenas de polvo que se confundían a primera vista con sus pies. Traía consigo dos bolsas llenas de objetos de artesanía y collares.

—Hola, amigos, tengo las mejores mercancías de Rumsiki, no encontrarán mejores precios –los saludó mientras extendía algunos de sus productos sobre una esterilla.

—Lo siento, chico, aunque quisiéramos no podríamos comprar nada. El único dinero que tenemos lo vamos a gastar en esta comida –respondió Daniel girándose sobre la silla en la que estaba recostado.

—Está bien, comprendo; ustedes me han caído simpáticos y les haré un descuento, será un buen precio.

—No es cuestión de descuentos, chaval; estamos sin blanca –intervino Visconti.

—¿En serio?

—Te doy mi palabra –dijo Rita.

—Mmm…, ya decía yo que ustedes no parecían turistas.

El chico tenía razón, los cuatro estaban sucios y con la ropa llena de polvo tras el viaje. No eran los típicos extranjeros que en muy pocas ocasiones paraban por allí, cargados con sus cámaras de fotos, ansiosos por fotografiar todo cuanto encontraban a su paso.

—No importa –y, extendiendo su mano derecha, añadió–: Me llamo Sarewa. Si quieren, los puedo ayudar en todo cuanto necesiten. Lo que sea, confíen en Sarewa.

—Yo soy Rita.

También los demás saludaron al simpático joven.

—Estamos buscando a un misionero, un hermano blanco –dijo entonces Nadim.

—¿Son ustedes religiosos?

—No, es por un asunto.

—De acuerdo, entiendo, es algo para lo que es preciso ser discreto. Iré a informarme por ahí y luego les diré algo. ¿Ya tienen sitio para alojarse? Avisaré a mi primo Sasi, él tiene habitaciones –dijo el chico mientras saltaba el pequeño muro que separaba la zona del comedor de la calle.

—¡Pero si te hemos dicho que no tenemos dinero! –le gritó Visconti.

—No hay problema, Sarewa se ocupa de todo –respondió antes de desaparecer entre dos casas.

Algunos niños los miraban con curiosidad desde la calle y la gente que pasaba cerca los saludaba; eran la novedad en el pueblo y todos querían verlos.

A Rita le costaba acostumbrarse a ser observada.

Sin embargo, todo ocurría de un modo tranquilo y plácido. Ninguno de los cuatro recordaba que los hubiera sonreído y saludado nunca antes tanta gente. Se estaba bien en Rumsiki.

—¡La comida está lista!

Dembo apareció acompañado de un chico con dos grandes bandejas rebosantes de pollo, arroz y patatas.

Nadim había tenido razón al pedir lo que hubiera. Nadie protestó y todos comieron con voracidad.

Al poco rato apareció Sarewa.

—Ya sé dónde está el misionero: es un pequeño poblado de campesinos. Yo les puedo llevar hasta allí.

—De acuerdo, ¿podemos ir ahora? Tenemos prisa —observó Visconti sin dejar de untar un trozo de miga de pan en la salsa que quedaba en una bandeja.

—Imposible.

—¿Por qué? —preguntó Rita.

—Se juega la final de fútbol juvenil de Rumsiki; es el partido del año. Hoy vamos todos a animar a nuestro equipo. No encontrarán a nadie que los lleve a ese lugar.

—Pero nosotros tenemos nuestros planes; ya te hemos dicho que tenemos prisa, es urgente —dijo algo inquieto Daniel, moviéndose en la silla.

—Oh, amigos; están en África, no hagan planes ni tengan prisa. Aquí, si las cosas se hacen en su momento y con calma, salen bien; no hay problema, mañana iremos a ver al misionero.

Un poco más tarde, Sarewa los acompañó a la especie de campamento donde se hallaban las habitaciones que alquilaba su primo.

Sasi era un joven algo mayor, de veintisiete años. Llevaba la cabeza afeitada, era fuerte y no muy alto, lo que le daba aspecto rocoso. Tenía unos labios muy gruesos que no abandonaban nunca la sonrisa; parecía estar encantado de todo lo que pasaba a su alrededor. Y es que ellos eran los primeros clientes del lugar, que aún estaba en obras.

—Hola, amigos, gracias por haber escogido mis instalaciones para alojarse –saludó cortésmente, con las formas de un verdadero director de hotel.

—Hola –le respondieron los integrantes del grupo.

El campamento lo constituían unas construcciones redondas y sencillas, de paredes encaladas y techos de paja, que se elevaban un metro por encima del terreno, apoyadas en plataformas de cemento. Se accedía a ella por unas escaleras y dentro estaban las habitaciones.

Junto a las cabañas había un comedor con unos bancos corridos y un tablón apoyado sobre caballetes que hacía de mesa. Al lado, estaba lo que parecía una cocina.

El sitio se encontraba a las afueras del pueblo, separado del camino principal por un estrecho sendero.

Mientras se instalaban, Sarewa los dejó y se marchó en dirección al pueblo.

—¡Hay que ver, este chico no para! —dijo Daniel.

—¿Habéis visto? ¡Hay duchas! —exclamó Rita saliendo de su habitación.

—Las habitaciones están muy bien, son limpias y espaciosas: hemos acertado al hacer caso a Sarewa —asintió Nadim.

Se habían reunido en la entrada de la choza que ocupaban Nadim y Visconti, donde había un amplio espacio con unas sillas. El veneciano descansaba sentado en una de ellas.

—De acuerdo, el sitio es muy bonito y el alojamiento estupendo, pero no sé cómo vamos a pagar esto —dijo Visconti algo preocupado—. Sarewa ha dicho que nos va a ayudar, pero yo creo que nos está liando.

—Yo también pienso lo mismo —opinó Daniel, mientras se acomodaba en otra de las sillas.

—No parece mal chaval, creo que podemos confiar en él —intervino Nadim.

—Claro que sí —afirmó Rita.

Los cuatro amigos dejaron pasar el tiempo allí sentados, descansando. Era la primera vez que tenían sensación de reposo desde que habían salido precipitadamente de Wadi Methkandoush.

Al cabo de un rato, Sarewa apareció por el camino que llegaba hasta las chozas andando con ese caminar suyo, como si contoneara muy suavemente su cuerpo delgado y fibroso.

—Vengo a avisarlos –anunció con una sonrisa–. Dentro de una hora va a comenzar el partido y ustedes serán los invitados de honor. Descansen y tomen una ducha si quieren, luego vendré a buscarlos –añadió antes de desaparecer de nuevo.

—¿Lo veis?

—Sí, este Sarewa no se está quieto ni aunque lo aten –dijo Daniel.

—No, lo que yo digo es que es un buen chico –le replicó Rita.

5
El brujo de Rumsiki

Un gentío rodeaba el terreno de juego.

Las porterías eran tres palos atados con cuerdas y apuntalados con unos clavos, y las líneas de demarcación, unas rayas de cal temblorosas.

Sin embargo la ilusión, la alegría y la vitalidad que se respiraba por la disputa de un partido de fútbol en aquel lugar olvidado del mundo, era muy superior a la que se vive en los grandes estadios de las ligas europeas.

Habían colocado un banco de madera para que aquellos visitantes inesperados presidieran el encuentro y pudieran verlo cómodamente sentados.

Era un orgullo para todo el pueblo que el día de la final del campeonato comarcal de fútbol unos extranjeros acudieran a ver el partido.

A pesar de que los dos equipos estaban dispuestos, el partido tardó en comenzar ya que un grupo de burros se había metido en el campo y mordisqueaba la hierba del círculo central.

Cuando por fin todo estuvo listo y los pollinos fueron desalojados, el árbitro dio el pitido inicial.

El equipo visitante fue el encargado de poner el balón en juego y desde los primeros minutos comenzó a dominar el partido.

—Huyyyyyyyyyyyy –se oyó después de que los visitantes lanzaran su primer tiro a puerta, que salió varios metros por encima del larguero.

La gente, emocionada, animaba sin parar a los jugadores.

Sin embargo, una voz resonaba por encima de todas: la de Visconti.

Había tomado partido por el equipo del pueblo de Rumsiki y de pie, en la banda, había asumido el papel de entrenador. El veneciano no paraba de moverse, gesticular y gritar, dando indicaciones a los chicos.

—¡¡¡Defensaaaa, la defensa!!! ¡¡*Catenazzioooo*, hay que defendeeeeer!! –vociferaba.

Los jugadores de Rumsiki le miraban y sonreían.

—¡Atráaaaaas, atráaaaas, sin perder la posición! ¡¡Haced un cuatro-cuatro-dos!! –gritaba Visconti.

—¡¡Cuatro-cuatro-dos!! –animaba la afición del equipo de Rumsiki imitándole con un cántico improvisado.

Nadim y Daniel también aplaudían con pasión al equipo local.

Sin embargo, Rita se aburría y, más que el desarrollo del partido sobre el irregular terreno de juego, miraba las imponentes montañas que asomaban detrás de una colina.

—¿No te divierte el partido? –le preguntó Sarewa, quien no dejaba de estar pendiente de sus invitados.

—Psé… Preferiría ir a dar un paseo, si no se enfada conmigo la gente de tu pueblo.

—No te preocupes, ni siquiera se darán cuenta; están demasiado metidos en el partido, como tu tío y tus amigos. Vamos, te acompaño.

Abandonaron el lugar con discreción y pasearon por las calles desérticas del pueblo. De vez en cuando, Rita le pedía a Sarewa que le esperara un poco, pues se sentaba en una esquina para hacer en su cuaderno el esbozo de algún detalle que le resultaba interesante.

—Veo que te gusta dibujar –le comentó el joven.

—Sí, y además no me queda otro remedio si quiero tener alguna imagen de recuerdo. Unos bandidos me robaron la cámara de fotos.

—Tal vez sea mejor. De este modo harás muchos amigos; la gente te verá con simpatía y admiración. Pocos se toman la molestia de venir a dibujar nuestros hogares y nuestros pueblos.

Llegaron caminando hasta las últimas casas.

Se oyó un clamor en la lejanía; el equipo de Rumsiki debía de haber metido un gol.

Frente a ellos, al otro lado de un barranco, una inmensa mole de piedra parecía vigilar la entrada del pueblo.

—Este lugar… –dijo Rita.

—¿Te gusta?

—Sí, es muy bonito y algo… misterioso…

—¿Qué te han contado? –le preguntó Sarewa.

—He oído que por aquí hay brujos.

Por un instante reinó el silencio. Luego el chico le preguntó:

—¿Quieres que vayamos a ver a uno?

—Vale.

Sasi los condujo en su viejo coche por una pista de tierra que ascendía zigzagueando por la ladera de una montaña hasta el lugar donde se terminaba el camino.

Al lado de un oscuro precipicio y junto a dos árboles se alzaba una choza, que tenía la entrada protegida por un entramado de cañas.

Tras dejarlos allí, Sasi regresó para continuar viendo el partido.

—Vive aquí –dijo Sarewa–. Sabe leer el futuro con la ayuda de unos animales. ¿Estás segura de que quieres verlo?

—Sí –dijo Rita. Aunque lo que en realidad pensó fue: "Será mejor que entre ya que he llegado hasta aquí. Esta gente es muy hospitalaria y, además, no sé lo que puede llegar a hacer un brujo de Rumsiki si rechazo entrar a visitarle".

Con paso inseguro siguió al joven, quien rápidamente desapareció tras la puerta de una de las chozas mientras ella esperaba en el patio rodeado por la empalizada. Las paredes de aquel recinto estaban llenas de máscaras, y en medio había un taburete con una figura tallada en la parte central.

Sarewa no tardó en aparecer.

—Ha dicho que te recibirá –dijo–. Primero debes sentarte en ese banco y mirar fijamente las máscaras. Luego, cuando una de ellas te elija, debes entrar por la puerta. El brujo te estará esperando. Dame el cuaderno y la mochila: no debes tener ningún objeto que moleste a tu espíritu mientras la máscara lo busca.

Rita iba a decir algo así como: "Lo siento, lamento no cumplir mi palabra. Dadas las circunstancias, yo me largo de aquí.". Pero ya era demasiado tarde; Sarewa había cerrado el cercado y ella se encontraba sola en el patio.

Se sentó en la banqueta, tal como le había indicado su amigo, y comenzó a mirar las máscaras. En ese momento se dio cuenta de que también a su espalda había unas cuantas.

No comprendió lo que había querido decir Sarewa con eso de que una máscara le hablaría ni tampoco aquello de su espíritu; pero,

tal vez fuera por pensar en ello o por otra cosa, lo cierto es que Rita comenzó a notar un ligero mareo.

Quiso descansar la vista y mirar al suelo, pero una fuerza invisible la obligaba a mirar las máscaras. La cabeza cada vez le pesaba más, pero no podía dejar de contemplarlas.

Sentía todos aquellos pares de ojos vacíos clavados en ella.

Todas eran diferentes y tenía la impresión de que cada una de las máscaras, con sus bocas abiertas e inmóviles, quería decirle algo. No podía ser, pero incluso creía oír sus voces.

Intentó pensar, pero no podía. Una energía extraña la envolvía y las máscaras que la rodeaban comenzaron a moverse. Primero las de un lado, y luego las del otro.

Después empezaron a girar a su alrededor, cada vez a más velocidad. Ella estaba allí, en medio de ellas, sin voluntad para actuar.

Las máscaras seguían rodeándola y ahora podía escuchar la voz de cada una de ellas. Todas decían lo mismo: "Yo te elegiré".

Rita sentía que estaba en medio de un torbellino de rostros tallados, sin ser dueña de su cuerpo.

Las máscaras la envolvían, amenazantes, intentando atraparla.

Notaba en el pecho una presión cada vez mayor que pronto se le hizo insoportable, mientras aquellas caras esculpidas en madera no paraban de hablar y de girar a su alrededor en un remolino sin fin.

Las voces cavernosas que salían de aquellos labios sin vida golpeaban su cerebro una y otra vez intentando adueñarse de ella.

Parecía que la cabeza le iba a estallar de un momento a otro cuando, de repente, se oyó decir a sí misma con un grito:

—¡Tú eres mi máscara!

Al momento sintió que su pecho se aliviaba y se despertó de esa especie de éxtasis. Con sorpresa, comprobó que tenía una de las máscaras en la mano.

Se levantó y entró por la puerta.

La habitación estaba oscura, salvo un espacio que quedaba iluminado por una linterna atada de forma tosca a una de las ramas que había en el techo.

El brujo estaba de cuclillas en el centro de la estancia, bajo la luz.

Era un hombre extremadamente delgado, de barba blanca y brazos muy largos. Un gorro cubría su cabeza y vestía una camiseta de manga larga sobre la cual se había echado una tela de color ocre. Los pantalones le quedaban grandes y calzaba unas viejas alpargatas.

A su lado tenía un recipiente de barro del tamaño de un cubo.

—No esperaba que una *nasara* quisiera venir a conocer su futuro. Siéntate frente a mí —le dijo a modo de saludo.

Rita hizo lo que el hombre le indicó.

—Veo que tu espíritu ha sido elegido por la máscara de guerrero. Ella ha sido la que ha ganado la batalla a todas las demás; esa puede ser una buena… o una mala señal. Eso depende de lo que sea que te empuje a pelear.

Ahora veremos lo que dicen los cangrejos.

"¡Cangrejos! –pensó Rita con la máscara sobre su regazo–. Este brujo va a leer mi futuro con unos bichos de río".

—Sí, son unos animales de río, *nasara,* pero ellos me abrirán la puerta que nadie puede abrir –comentó el hechicero leyendo sus pensamientos–. Tu espíritu ha elegido una máscara y ya estás dispuesta para conocer tu futuro.

El brujo volcó el cubo y varios cangrejos rodaron por el suelo. Los animales corrieron desordenados hasta que se acercaron a Rita en una especie de baile sincronizado.

El adivino se fijó atentamente en los movimientos de los crustáceos y, después de unos instantes de reconcentrada observación, comenzó a hablar con una voz de ultratumba:

—Vas en busca de algo junto a tus amigos… Son piedras… oscuras como la noche, que guardan un secreto… Es una misión importante…, pero sois muchos los que vais tras las piedras…, y unos que también las persiguen son malvados… Para ellos es un tesoro…

Los cangrejos se movían cada vez más rápido alrededor de Rita. El brujo, tras unos segundos de pausa, continuó:

—… Es peligroso…, muy peligroso… Pero habéis dado vuestra palabra… y queréis ayudar… Tened cuidado, los animales pueden devoraros… y los hombres también… Ellos son los peores…, están dispuestos a matar por conseguirlas…

Los cangrejos no paraban de moverse.

—… Debes tener mucho cuidado… Veo un puente roto… y a la policía tras de ti… Te veo dentro de un avión… Veo comerciantes en un mercado… y a ti entre ellos… Veo sangre en un río… Veo a *simba* a unos centímetros de ti…, dispuesto a matarte… Haz caso a tu espíritu guerrero… No desesperes nunca… Es preciso que pelees o estás perdida… Eres una guerrera…, tienes que luchar… No te rindas…

Los cangrejos corrían a su alrededor a gran velocidad y el brujo hablaba elevando cada vez más el tono de voz.

—Veo sufrimiento… Y lucha… Veo coches lujosos… y veo un gran lago… y un valle perdido rodeado de montañas… Veo un laberinto de agua… Elegid bien el camino entre los cauces… Veo guerreros y soldados que disparan… Veo esqueletos…, muchos esqueletos en una playa… y a uno de tus familiares atrapado en un barco de color rojo… Cuídate del comandante… y del hombre de las cicatrices en las manos… Él es el más peligroso y el peor de todos… Ten mucho cuidado con él… –de repente, presa de la excitación, el brujo comenzó a gritar–: DEBERÁS ESCOGER DE ENTRE TODAS LA MÁSCARA DEL GUERRERO, NO TE EQUIVOQUES…; SI NO, ESTÁIS PERDIDOS… ES LA MUERTE… NO TE CONFUNDAS… TÚ ERES LA ELEGIDA…

Tras decir esto, el brujo se calmó y entró en una especie de letargo. Rita se dio cuenta de que los cangrejos habían vuelto al cubo de donde salieron.

Todo quedó en silencio.

—¿Me puedo ir? –preguntó la niña un rato después.

—Sí –respondió el hombre con voz serena.

Al pasar de nuevo por el cercado de cañas, Rita dejó la máscara sobre el taburete. Nadie le había dicho que lo hiciera, pero ella sabía de algún modo que tenía que hacerlo.

—¿Qué tal ha ido? ¿Te ha dicho muchas cosas? –le preguntó Sarewa cuando la vio salir.

—Psé, sí; cosas de brujos, ya sabes –le respondió Rita intentando disimular la impresión que le habían causado las predicciones del brujo.

No tenía ganas de hablar ello, y Sarewa lo captó.

—He llamado a mi primo para que venga a recogernos; llegará de un momento a otro. Mira, creo que es ese coche que sube por ahí –dijo señalando el punto de color que ascendía por el camino.

Cuando llegaron al pueblo, una multitud les impedía el paso. Iban cantando y gritando de alegría y no les dejaron pasar hasta que Sasi hizo sonar el claxon varias veces. Todo el mundo estaba exultante y llevaban a hombros a… ¡Visconti!

—¡Hemos ganado, Rita, hemos ganado! –le gritaba.

Daniel y Nadim se encontraban también entre la multitud que coreaba el nombre del italiano y se dirigía al bar de Dembo.

—Ven con nosotros a celebrar el triunfo, Rita, ¡lo pasarás bien! –le gritó su tío.

—¡Vamos, Rita! –le animó Nadim, que iba abrazado a varios jugadores.

—¡No, gracias, estoy cansada. Nos veremos mañana para ir a la misión –les respondió.

Sarewa también se sumó a la fiesta, pero Rita se fue a su habitación dejando atrás el barullo de la celebración.

Estaba muy inquieta por lo que había dicho el brujo. Algo le empujaba a creer en aquella especie de predicciones. Sin embargo, cuando conseguía racionalizar lo ocurrido, llegaba a la conclusión de que era absurdo que alguien pudiera ver el futuro por medio de unos cangrejos amaestrados.

Aquello no tenía sentido, las cosas terribles que había contado el brujo no podían llegar a ocurrir, era imposible.

Al día siguiente encontrarían al misionero en los montes Mandara, le darían el mensaje que les había encargado el hermano blanco del Chad y regresarían a Wadi Methkandoush sin más.

Y ahí se acabaría todo.

Rita no pudo seguir pensando; estaba muy cansada y, casi sin darse cuenta, se quedó dormida.

6
En los montes Mandara

Debía de ser tarde, pues ya hacía rato que Sasi había preparado el desayuno.

Rita había desayunado con él y ahora jugaban una partida de mancala mientras aguardaban a los demás.

El primo de Sarewa había tenido tiempo de enseñarle a jugar durante la espera. Estaba moviendo algunas de sus semillas por los huecos del tablero cuando oyó un ruido.

—Buenos… días… –dijo Visconti asomando por la puerta de su habitación.

—Holaaa… –apareció saludando Daniel, que esa noche había compartido habitación con Nadim y con el italiano–. Ayyyy… qué dolor de cabeza.

Casi al instante aparecieron Nadim y Sarewa.

—Je…, je… Buenas noches… Eehhh… No, buenos días.

—Sí… Eso… Buenas… a todos… Huy…

Rita estaba muy enfadada.

—¿Se puede saber dónde os habéis metido? Tenemos que ir a buscar al misionero y dar con él antes de que comience a apretar el calor. Hemos recorrido un montón de kilómetros para llegar hasta aquí, y ahora que…

—Por favor, querida sobrina, no grites tanto –le interrumpió Daniel–. Esta mañana estamos un poco enfermos.

—Ay, amiga mía, algo debió de sentarnos mal ayer –añadió Visconti con voz de convaleciente.

—Sí, ya…; eso es por la fiesta de anoche.

—Pero, amiga mía, yo no recuerdo haber bebido nada que no fuera zumo de limón; en serio –le dijo el flamante entrenador del Rumsiki Fútbol Club.

—¡¡¡Ja!!!

—Vamos, Rita, no te enfades. Ayer fue un día muy especial, nos dejamos llevar por la euforia… Nos liamos… No te enfades, por favor –intentó calmarla su tío–. Saldremos en unos minutos.

Cuando aquella panda de juerguistas hubo desayunado, montaron todos en el todoterreno y se dirigieron a las afueras del pueblo. Allí Sasi regresó al campamento con el vehículo mientras los demás siguieron a pie guiados por Sarewa.

—La misión se encuentra en el poblado de Rufta, llegaremos en unas tres horas –les dijo el chico.

El sol de la mañana había dejado paso a las nubes, y el cielo se mostraba ahora cubierto de unos espesos nubarrones.

Caminaron por una vereda que discurría entre unos prados suavemente ondulados, muy cerca de los imponentes farallones, a través de un paisaje de vegetación baja, piedras y rocas.

—Son montes sagrados –les dijo Sarewa.

—¿En serio? –preguntó Rita.

—Sí. En ellos se encarnan los espíritus de nuestros antepasados que de este modo se unen a la tierra y a las fuerzas naturales para protegernos.

—¿Crees en ellos? –quiso saber la niña.

Él dudó un poco antes de responder:

—Soy un kapsiki; la gente de mi etnia cree en estas cosas, son animistas.

—¿Y tú?

—No les he ofrecido nunca sacrificios –contestó Sarewa–, pero cuando paso al lado de alguno de ellos siento que una fuerza misteriosa los envuelve y que cuidan de mí.

Rita volvió a mirar una de aquellas rocas que parecían tener un alma propia y surgir de la tierra, y apretó el paso. Aquel sitio era de veras un lugar misterioso.

Dejaron atrás algunas cabañas aisladas junto a las que se veían algunas reses y cultivos de mijo y maíz, en un paisaje de un intenso verde oscuro.

Rita no podía quitarse de la cabeza lo dicho por el brujo. Aquellas frases inconexas estaban llenas de advertencias, y una sombra (tal vez de miedo, tal vez de duda), comenzó a planear en su interior. ¿Y si las predicciones llegaran a ser ciertas?

Mientras caminaba, intentaba recordar cada una de las palabras que había dicho el adivino; ahora lamentaba no haberlas apuntado en su cuaderno el día anterior. Sin embargo, las voces chirriantes de sus compañeros no le dejaban concentrarse.

—Entonces yo le dije al siete, Al Batouri: "Sube a rematar, chaval, que quedan diez minutos y estamos empatados, hombre" –decía a gritos Visconti.

—No, pero la clave estuvo en el cambio que yo, ¿eh?, YO te dije que hicieras.

—En cuanto salió Lisala, empezamos a dominar el partido –respondía eufórico Nadim.

—Ganamos por la defensa, la defensa –insistía levantando la voz Daniel.

—Esto es insoportable, por favor. Sarewa, vamos un poco más rápido, no los aguanto cuando se ponen así –le indicó Rita al guía acelerando el paso.

Por un puente de madera atravesaron un río, que bajaba muy crecido por las lluvias, y luego ascendieron una pequeña colina.

La lluvia los sorprendió cuando tenían a la vista las primeras cabañas del pueblo, aunque a los tres amigotes no pareció importarles mucho y no apretaron el paso.

El poblado de Rufta lo componían varios asentamientos de cabañas distribuidos en torno a una gran roca.

Algunas de las chozas se encontraban en pequeños terrenos despejados, dentro de plantaciones de maíz, y otras, en la pendiente de una colina alrededor de la cual pastaban rebaños de cabras y algunas vacas cuidadas por niños.

El grupo se refugió en una de las cabañas propiedad de una familia amiga de Sarewa. La vivienda se hallaba oculta en medio de un maizal.

—Dicen que la misión está junto a la fuente, no muy lejos de aquí —comentó el joven tras intercambiar unas palabras con los habitantes de la choza.

Cuando dejó de llover, los cinco se dirigieron al lugar en busca del hermano Obudu.

"Pronto terminará todo", pensó Rita.

Un niño, excitado por aquella inesperada visita, los acompañó, y a él se unieron otros más por el camino.

Los tres amigos seguían comentando con humor las incidencias del partido del día anterior; pero, cuando vieron la casa, las risas desaparecieron de golpe.

La misión, una pequeña construcción de cemento marrón con tejado de uralita, tenía la puerta arrancada de sus goznes.

Dentro, tal como se imaginaron, estaba todo destrozado.

Rita se quedó pálida.

—¡Maldita sea, otra vez han llegado antes que nosotros!

—Sí, pero ¿quién...? —preguntó Visconti a sabiendas de que nadie conocía la respuesta.

Daniel no podía ocultar su inquietud.

—La cuestión es si, sea quien sea el que haya hecho esto, ha encontrado al misionero...

—El misionero se marchó hace dos días y se fue solo, yo lo vi —dijo entonces el mayor de los niños que los habían acompañado—.

Era por la mañana, muy temprano –continuó explicando el muchacho–. Tenemos vacaciones en el colegio y yo estaba cuidando las cabras de mi familia. Se alejaba por el camino de Gamba y andaba de una forma muy rara.

—¿Qué quieres decir? –preguntó Nadim.

—Caminaba de forma apresurada y de vez en cuando paraba como para comprobar que nadie lo seguía. Yo creo que tenía mucho miedo.

Rita se había puesto alerta.

—¿Y alguno de vosotros ha visto al que ha hecho esto?

—No –respondió una chica mayor que se había unido al grupo cuando pasaban por la fuente–. Pero ayer por la tarde la cabaña estaba en buen estado; yo lo vi, vivo aquí al lado.

—¡Hace tan solo unas horas que han estado aquí! –exclamó Rita.

Sarewa miraba sorprendido a unos y a otros sin entender nada. Daniel se dio cuenta de su desconcierto.

—Creo que te debemos dar una explicación de todo lo que está ocurriendo, pero eso podría ponerte en peligro –le dijo.

"Peligro": esa era una de las cosas que había dicho el brujo de Rumsiki. Y Rita creía recordar algo más… ¡Sí! Había dicho que eran muchos los que iban tras las piedras. Los bailes de los cangrejos y las palabras del brujo ahora le parecían proféticas, aunque no lograba recordar el resto de lo dicho por el adivino; pero de lo que en ese momento estaba segura es de que se trataba de cosas terribles.

—Tío Daniel –dijo–, esto se está poniendo feo.

—Sí, yo también pienso lo mismo.

Los dos profesores, Nadim y Rita quedaron un rato pensativos, con la mirada perdida más allá de las montañas. Tal vez buscaban las rocas del desierto del Sahara, donde aún estaban las tiendas de campaña y sus sacos de dormir, o sencillamente tenían ganas de regresar a su casa.

—Hemos dado nuestra palabra de ayudar a la gente –rompió el silencio Daniel.

—Sigamos adelante –añadió Rita.

—Hasta el final –intervino Nadim.

—De acuerdo –aceptó Visconti.

—No hay problema, Sarewa los ayudará –dijo entonces el joven camerunés moviendo afirmativamente su cabeza.

Preguntaron en las chozas cercanas a la fuente y en una de ellas les dijeron que el mejor amigo del misionero era, sin duda, el señor Bocaranga. Sin tiempo que perder siguieron un estrecho camino junto a un riachuelo rodeado de mucha vegetación y se dirigieron al lugar donde vivía ese hombre.

Cuando llegaron a las proximidades de la cabaña, los recibió una lluvia de piedras.

—¡Cuidado!

Visconti esquivó una que iba directamente a su barriga y con un salto evitó que otra de gran tamaño le golpeara en una de sus rodillas. Pero no pudo esquivar la piedra que le golpeó en medio de la frente y lo tumbó al suelo.

—Amigos… , si no salgo de esta… envíen mi cuerpo a Venecia… y díganle a Nicoletta, mi mujer, que mi último pensamiento fue para ella –dijo antes de desmayarse.

La cabeza del señor Bocaranga asomó tras un árbol.

—No den un paso más o les ocurrirá lo mismo que a su compañero –los amenazó.

—¡Somos amigos, pare ya! –gritó Daniel mientras intentaba sacar al herido del campo de tiro.

La lluvia de piedras no cesaba.

—¡¡Largo de aquí, rufianes!!

—¡Señor Bocaranga –intervino Rita–, no queremos hacerle daño! Venimos de parte de otro hermano blanco, él nos dio una cruz de bienvenida.

—¡He dicho que se marchen si no quieren que acabe con todos!

—¡Lo que le digo es cierto! Se la voy a lanzar para que lo compruebe usted mismo. Usted que es amigo del hermano Obudu debe de saber bien lo que significa –y tras decir esto, Rita lanzó la cruz envuelta en un pañuelo en dirección a los matorrales, de donde procedía la voz del anciano.

Unos segundos después, dejaron de caerles piedras y el señor Bocaranga apareció tras la espesa maleza que rodeaba su choza.

—Está bien, acérquense… y traigan al herido.

Los cuatro amigos entraron en la vivienda del anciano llevando a cuestas al profesor Visconti. El señor Bocaranga lo tumbó en un camastro, le limpió la herida y le puso un trapo viejo en la frente a modo de venda.

—Es todo lo que puedo hacer, aquí no hay médico ni tenemos medicinas. Se curará…, espero –se disculpó.

—Mmm…, ¿dónde estoy? ¿Es esto la plaza de Santa Margarita de Venecia? –dijo Visconti volviendo en sí de la conmoción.

—No amigo, sigues en Camerún –le señaló Nadim.

—¡Oh, no!

La choza era muy humilde, como las del resto del poblado.

El anciano les ofreció cerveza de mijo. Rita prefirió comer solo un plátano.

El profesor Visconti se había incorporado y los demás se habían sentado a su alrededor mientras apuraban los cuencos de cerveza y la fruta. Daniel tomó la palabra:

—Somos amigos, venimos de parte de un hermano blanco que vive en el Chad, al norte de aquí. Hemos hecho este viaje con la intención de advertir al hermano Obudu de un peligro y para darle un mensaje. ¿Qué ha ocurrido?

El anciano dudó.

—Confíe en nosotros –le intentó ayudar Rita tomándole del brazo.

El señor Bocaranga comenzó a hablar:

—Hace dos días llegó un mensaje para el hermano Obudu; lo trajo uno de los niños del pueblo. Era una nota en la que había dibujada una cruz de bienvenida y que alguien le había dado desde un coche que pasaba con el recado de traerla a la misión y entregarla al hermano blanco. El misionero me enseñó el papel. Le advertían de que corría grave peligro y que tenía que huir.

—¿No ponía nada más en la nota?

—Eso era todo, el hermano Obudu se marchó ayer mismo y esta noche la misión ha sido asaltada. Cuando ustedes han llegado, estaba preparando mis cosas para marcharme yo también. Me voy a casa de mi hermano, al otro lado de las montañas; aquí no me siento seguro, puede que esa gente vuelva y se entere también de mi amistad con el misionero.

—¿Y no le dijo el hermano Obudu si en realidad iba a buscar a otro hermano?

—No, sencillamente huyó.

—¿Sabe adónde se dirigió?

El anciano dudó de nuevo, pero finalmente dijo:

—Me advirtió de que se iba al gran lago donde vivió el Gran Padre blanco. Me dijo que aquel era un lugar seguro. Pero, por favor, no digan nada a nadie, es un secreto.

—No se preocupe, últimamente estamos acostumbrados a guardar secretos –comentó con algo de ironía Visconti mientras apuraba su cuenco de cerveza.

Daniel, Rita, Visconti, Nadim y Sarewa agradecieron al hombre su hospitalidad y se dispusieron a abandonar la cabaña.

—No queremos molestarle más, señor Bocaranga –le dijo Daniel–. Hace bien en abandonar el pueblo, cada vez estoy más convencido de que esa gente que asalta misiones es muy peligrosa.

—¿Saben quiénes son? –preguntó el amigo del misionero.

—Lo cierto es que no –admitió Visconti.

—Ni idea –aseveró Rita.

El anciano se levantó y los acompañó afuera.

—¿Qué van a hacer ahora? –les preguntó.

—Aún tenemos un mensaje que dar al hermano Obudu –respondió Daniel–. Adiós y muchas gracias –se despidió después.

—Muy rica la cerveza –apuntó Visconti.

—Una cosa –les gritó el hombre cuando estaban a punto de desaparecer en un recodo del camino–. ¿Por qué lo hacen?

—Le dimos nuestra palabra al hermano blanco –contestó el italiano.

—Por ellos, lo entiendo –dijo Bocaranga señalando a Sarewa y a Nadim–, pero ustedes tres son *nasaras* y ellos no acostumbran a cumplir lo que dicen.

—¡Nosotros, sí! –respondió Rita con un gesto de despedida.

Después regresaron a la cabaña donde se habían refugiado de la lluvia. Allí los aguardaban sus mochilas.

En la choza no había muebles, nada excepto dos recipientes de barro, un tronco y una esterilla.

Los habitantes de la vivienda trabajaban en la plantación de maíz y los niños pequeños jugaban fuera; todo parecía tranquilo y aquel era un lugar discreto.

Había llegado el momento de contarle todo a Sarewa.

El peligro parecía cada vez más cerca y sin embargo el joven camerunés había permanecido a su lado ofreciéndoles su ayuda sin pedir nada a cambio, ni siquiera una explicación.

Se sentaron en corro y Daniel le contó todo lo ocurrido desde la noche en que la víbora había mordido al joven estudiante en Libia.

Sarewa escuchó con atención y, cuando el tío de Rita hubo finalizado su relato, respondió:

—No se preocupen, Sarewa los ayudará. Si me lo permiten, iré con ustedes a buscar al hermano blanco.

—Pero, chaval, tenemos que abandonar este lugar y este asunto parece peligroso –le advirtió Visconti.

—Ahora yo también les he dado mi palabra –contestó él con una sonrisa.

—¿Y tu familia…? –le preguntó Rita.

—Soy huérfano y no tengo hermanos. Mis tíos deben de vivir en Yaundé, la capital, pero lo cierto es que no los he visto nunca. En Rumsiki vivo con unos antiguos amigos de mis padres que tienen una pequeña tienda. Siempre me han tratado muy bien.

—¿Pero Sasi no es tu primo? –se extrañó el italiano.

—No, es el hijo de la familia que me acogió, pero yo le llamo primo, aunque para mí es como un hermano. Todos nos dedicamos al comercio y a los negocios y, si viajo con ustedes, estoy seguro de que aprenderé un montón de cosas. Además…

—¿Qué…?

—Estáis un poco locos. Será divertido.

Todos acogieron con alegría la decisión del joven y le aceptaron como uno más del grupo. Era un chico atrevido y vivaz que sabía tratar con la gente y solucionar los problemas como ninguno de ellos era capaz de hacer, y menos en un lugar como África.

—¿Y ahora adónde tenemos que ir? –preguntó entonces Rita.

—Bocaranga ha dicho que el hermano Obudu ha ido al gran lago… y ha hablado de la última morada de un "Gran padre Blanco" –comentó Visconti.

Daniel reflexionaba, buscando un solución a aquel jeroglífico.

—Seguramente se refiera al fundador de la compañía de misioneros, y el gran lago no puede ser otro que el lago Victoria –dijo después–. Es el más grande del continente; tal vez allí haya alguna misión de los Hermanos Blancos.

—Creo que en realidad se refiere al lago Tanganica –intervino Nadim–. Los africanos llamaban el Gran padre Blanco a Livingstone y es casi seguro que lo llamen también así los misioneros. Recordad que Livingstone también era un hombre de religión. El doctor Livingstone –continuó el joven libio– encontró refugio e instaló su casa a orillas del lago Tanganica, que también es muy grande, hasta que le encontró Stanley en una aldea llamada…

—¡… Ujiji! –exclamó Visconti.

—Allí mismo.

—Rita, nos vamos a Tanzania –le advirtió su tío.

7
Camino de Tanzania

Rita estaba sentada en la entrada de la choza intentando recordar una vez más las advertencias del brujo.

—¿Qué haces? Vamos, hemos de partir cuanto antes –le dijo su tío.

—Ya voy, espera un poco, estoy escribiendo algo en el cuaderno antes de que se me olvide.

Había hecho un dibujo de los rasgos que recordaba de la máscara del guerrero y apuntado las frases o los retazos de estas que aún retenía en su memoria.

Sus compañeros de viaje estaban esperándola.

El estado de ánimo del grupo ya no era alegre y distendido como durante el trayecto hasta la aldea; ahora una densa tensión flotaba en el ambiente y todos la respiraban.

Las nubes, de un gris metálico oscuro, se habían enseñoreado del cielo y una luz espesa iluminaba los campos transformando el intenso verde de los prados en manchas azuladas.

Soplaba, cada vez con más intensidad, un viento templado que le daba al paisaje un aspecto sombrío y dramático, como el escenario de una tragedia.

Comenzó a llover de nuevo.

—Regresemos cuanto antes –advirtió Visconti inquieto.

Dijeron adiós a los amigos de Sarewa y, al poco rato de empezar a caminar, los niños del pueblo aparecieron corriendo por la vereda.

—¡¡Han roto el puente!! —les gritaron.

—Han sido unos hombres. Iban cubiertos con sombreros y capas para la lluvia; no los hemos visto bien, pero no parecían del pueblo —dijo recuperando el aliento una niña de pelo corto y ojos grandes.

Aquellas palabras resonaron como campanadas en la cabeza de Rita. Ahora recordaba: ¡un puente roto! Esa era una de las primeras advertencias del brujo.

—¿No hay otro modo de atravesar el río? —preguntó Nadim.

—No, tal como va ahora de crecido —respondió Sarewa.

—¿Y otro camino para regresar a Rumsiki?

—Sí, por las montañas, pero yo no lo conozco.

—¡Yo los guiaré! —dijo la niña de pelo corto.

—¡Y yo! ¡Yo también! —añadieron los demás.

Siguieron a los niños y subieron por una prolongada cuesta que culminaba en un lugar donde había varios túmulos de piedras. Se trataba de monumentos funerarios de rito animista, que habían sido construidos recientemente.

Luego continuaron por una llanura y, tras atravesar un paso entre montes, descendieron un peligroso barranco por un sendero, dejando atrás las plantaciones de maíz y los promontorios más altos.

Horas más tarde llegaron a una pista que llevaba directamente al pueblo de Rumsiki y entonces los niños de Rufta los dejaron para regresar a su aldea.

—Gracias, amigos —se despidió Rita.

—¡¡Adiós y suerte!! —dijeron ellos mientras se alejaban corriendo para volver a sus casas.

El cielo se había despejado y las nubes parecían haber desaparecido por ese día. Un sol de luz anaranjada iluminaba el paisaje y prometía un atardecer cálido.

—No estamos muy lejos del pueblo. Ánimo, llegaremos antes del anochecer –les indicó Sarewa.

Después de caminar un rato, comenzaron a ver las primeras casas de Rumsiki.

Al verlos, un hombre que se encontraba en un prado cercano se aproximó a ellos con un gesto de sobresalto en la cara e hizo señas a Sarewa.

El chico, un poco extrañado, escuchó lo que le contaba. Mientras, el resto del grupo aguardaba, sentados en un pequeño muro de piedra que había junto al camino.

Al rato el hombre se alejó en dirección al pueblo y Sarewa regresó junto a sus amigos con el rostro sombrío.

—Hay problemas –dijo.

—¿Aún más? –se le escapó a Visconti, que estaba agotado por la caminata.

Estaban comenzando a acostumbrarse a aquella palabra, pero no por ello dejaron de quedarse sorprendidos.

—Ha aparecido la policía de Maroua, una ciudad cercana. Los buscan, dicen que ustedes han robado el todoterreno a un centro universitario.

—¡Eso es obra de Walloski! –bufó Visconti.

—Sí: cuando hablé con él en la cabaña del misionero de los montes Tibesti me amenazó con denunciarnos si no regresábamos inmediatamente –admitió Daniel–. No os lo advertí porque pensaba que era un farol; no creía que fuera capaz de hacerlo.

—Ese Walloski es un cascarrabias –soltó Rita.

—Tienen orden de detenerlos y de requisar el coche –advirtió Sarewa.

Rita había comenzado a acostumbrarse a la certeza de las predicciones del brujo de Rumsiki. Esta vez el hombre de los cangrejos tampoco había fallado: la policía los perseguía. Y eso la inquietaba, pues aún faltaban los augurios más escalofriantes.

—Entonces, ¿han encontrado el todoterreno? –preguntó Daniel.

—No, mi primo lo ha escondido.

—¿Y nadie en el pueblo va a delatarnos?

—Por supuesto que no –respondió con seguridad Sarewa–. Nadie hará ni dirá nada que pueda perjudicar al entrenador del Rumsiki, no se preocupen por eso.

Al escuchar aquello, el profesor Visconti hinchó el pecho y sonrió orgulloso.

—¿Y ahora qué hacemos? –dijo Rita.

—No sé... Tal vez podamos hablar con la policía e intentar hacerles comprender nuestra situación –observó Daniel.

—Si tienen una orden no creo que estén dispuestos a entender nada, tienen que cumplirla –le advirtió Nadim.

—Y tampoco es muy probable que asuman la tarea de ir a Tanzania para buscar al hermano Obudu –opinó Visconti recordando la misión que los había llevado a aquella situación.

—Vale, pero ¿qué vamos a hacer? –insistió Rita.

Sarewa, que había estado un rato cavilando, llamó la atención de sus compañeros:

—Les propongo algo –dijo–: puedo plantear a Sasi que venda el todoterreno y las pertenencias que les quedan. Estoy seguro de que él accederá a adelantarnos el dinero que pueda sacar con ello. Con eso nos dará para llegar hasta la ciudad de Garoua y para los billetes de avión a Tanzania.

Los cuatro amigos se miraron.

Vender el todoterreno de la excavación.

Estaban a punto de convertirse en fugitivos –si no lo eran ya–. Era para pensárselo.

Podían entregarse a la policía e intentar aclararlo todo, pero entonces los misioneros y el secreto de la piedra negra quedarían a merced de los que estaban cometiendo los asaltos. "Gente muy peligrosa y malvada", había dicho el brujo de los cangrejos. "Gente a la que no le importa el sufrimiento de los demás si a costa de ello puede ganar mucho dinero", les había advertido el hermano blanco de los montes Tibesti.

—Vale –aceptó Rita.

—¡De acuerdo! –asintieron los tres hombres.

No pasó mucho tiempo hasta que apareció Sasi.

Sarewa contó a su primo lo planeado y este aceptó sin hacer preguntas.

Luego, los cinco siguieron a Sasi hasta una choza abandonada, donde se instalaron para pasar la noche con las mantas y provisiones que les había traído.

—Te dijimos el primer día que no teníamos dinero, Sarewa; no podemos pagarte todo esto… ni lo que estás haciendo por nosotros –le dijo Visconti mientras, tras la cena, descansaban sentados en la entrada de la choza.

—Mi padre siempre me decía que hay que ayudar a los amigos –contestó el chico, permaneciendo de pie junto a un tronco–. No os preocupéis por lo de las habitaciones, estáis invitados –añadió empleando por primera vez el tuteo con ellos.

—Pero apenas nos conoces –intervino Daniel.

—Sí que os conozco. Vinisteis hasta aquí para ayudar a una gente que estaba en apuros y con la intención de ayudar a muchos más; sois buenos amigos. Y recordad que estamos juntos metidos en esto.

—Tienes razón –afirmó Rita.

—Mañana saldremos temprano –agregó el chico antes de encaminarse por una estrecha vereda que discurría entre la maleza en dirección al pueblo.

—Sarewa, ¿adónde vas? –le preguntó ella.

—A despedirme; descansad, nos esperan varios días de viaje –dijo el joven antes de desaparecer entre unos arbustos.

Cuando se despertaron, se encontraron con Sarewa delante de la cabaña con el desayuno listo y varias bolsas, algunas de ellas con ropa.

—Tendréis que cambiaros y disfrazaros, recordad que la policía os busca.

—¿Y esa cabra? –preguntó Rita señalando al animal que estaba a su lado mordisqueando un paquete de galletas.

—Es un regalo de mi familia adoptiva; con ella tendremos leche fresca todos los días.

Daniel, Visconti y Nadim se vistieron con túnicas y gorros para ocultar su aspecto y Rita se puso un pañuelo en la cabeza y unas telas de colores llamativos alrededor del cuerpo.

Poco después, disfrazados de esa guisa, cargados con los bultos y acompañados por la cabra, iniciaron el viaje, como unos más de aquella multitud que cada día camina por las carreteras de África.

—Oye, Sarewa, ¿de qué vamos a vivir cuando se nos acabe el dinero que nos han dado tus amigos de Rumsiki? –le preguntó Rita.

—No te preocupes, ya encontraremos algo. Además, tenemos muchas cosas para vender.

—¿Te refieres a tus mercancías?

—Sí, claro; ahora son de todos, y a todos nos corresponde darles valor, ya que hemos de venderlas y sacar el mayor partido posible.

Rita le miraba sin comprender.

—Aquí las cosas no tienen un precio fijo –añadió el chico–. Hay que regatear con el comprador y discutir el coste de la mercancía hasta acordar entre los dos un precio; una vez que se llega a un acuerdo, este debe ser respetado.

—Ya, hay que cumplir la palabra.

—Eso es. Te enseñaré a regatear y a ser una buena vendedora.

—Vale.

La cabra, a la que llamaron Blanquita a pesar de ser negra, se empeñaba a menudo en morder el culo del profesor Visconti. Pero, aparte de eso, la marcha transcurría sin incidentes.

A veces algún camión accedía a llevarlos gratis durante unos kilómetros o a cambio de unas baratijas. Sin embargo, la mayor parte del trayecto la hacían a pie.

Atravesaron numerosos pueblos y aldeas, pues la mayoría de las poblaciones de África están junto a las carreteras y caminos.

Vieron cabañas de altos tejados cónicos, montañas azules y plantas de bambú tan altas como casas de dos pisos.

Pasaron cerca de enormes plantaciones de palmeras y por orillas de ríos donde encontraron a menudo restos de flores, cerámicas y animales ofrecidos en sacrificio.

A veces se detenían porque Rita quería dibujar alguna cosa o esperaban a Nadim, cuando este iba a rezar a una mezquita.

En alguna ocasión tuvieron que pasar cerca de algún control policial de carretera y en esos casos se mezclaban discretamente con otras personas y caminaban ocultando sus rostros como podían.

Y hubo días que durmieron al cobijo de un árbol, haciendo guardias, pues no se sentían del todo seguros y temían que algún ladrón les robara sus cosas.

A veces, Sarewa extendía sobre una manta sus mercancías y con la venta de unos cuantos objetos sacaban un dinero extra. Con él podían permitirse el lujo de tomar un refresco.

El joven kapsiki era un hábil comerciante y llevaba mucha variedad de productos de todo Camerún: desde piezas de bronce de Foumban hasta cestas kapsikis y relieves bamilekes, además de collares y pulseras.

Daniel era el encargado de administrar el dinero, y lo hacía de una manera rigurosa y eficaz.

Mientras Rita aprendía a ser una comerciante, Nadim charlaba sin cesar con Sarewa, Daniel y Visconti, quienes no dejaban de asombrarse de la cantidad de datos, hechos e historias que conocía el chico.

—Oye, Nadim —le preguntó ella en una ocasión—, ¿por qué siempre estás hablando y preguntando cosas?

—Me gusta aprender —le contestó él con naturalidad.

—¿Para qué? ¿Para enseñar a los demás?

—No.

—¿Te vas a presentar a un concurso de la tele?

—Tampoco.

—Ya. Es para ligar, ¿no?

—Negativo.

—¿Entonces?

—Es divertido.

—¿Divertido?

—Sí, me gusta conocer cosas, sobre todo de otros lugares; lo paso bien.

A Rita aquella respuesta la había descolocado.

Pero lo cierto es que ella misma se dio cuenta de que el joven libio tenía razón. Llevaba varias jornadas caminando y el tiempo se le pasaba volando mientras dibujaba y aprendía un oficio.

En uno de los pueblos por los que pasaron, Rita hizo su primera venta y confirmó las sensaciones de Sarewa: aquella niña valía para comerciar.

Una noche que se alojaron en una modesta casa de huéspedes a las afueras de un pueblo llamado Bore, Nadim les contó a sus compañeros la historia de su familia.

Provenía de una familia humilde de origen tuareg, un pueblo tradicionalmente dedicado al comercio y cuyas caravanas habían llevado las rutas comerciales que iban del interior del continente al norte de África. Siendo muy joven, su abuelo Ibrahim abandonó la tradición familiar y un día partió con su camello para conocer aquellos lugares de los que había oído hablar a los viajeros durante toda su vida.

Años después, cuando sus seres queridos ya lo daban por muerto, Ibrahim regresó al pueblo, se casó y creó una familia.

—Mi padre rompió de nuevo la tradición familiar y no fue ni comerciante ni viajero; se dedicó a trabajar en una fábrica desde muy joven —contó Nadim.

—¿Como tú? —le preguntó Rita.

—Bueno, mi trabajo en la excavación no es tan duro y además yo tuve más suerte. Al menos pude estudiar en un escuela que estaba cerca de mi aldea y eso me permitió pasar mucho tiempo con mi abuelo. Él me contaba historias de los lugares que había visitado, me habló de las ruinas de Cartago, de…

—¿Dónde está eso?

—Fue un imperio que estaba al norte de Libia y Túnez. Lo destrozaron los romanos —le dijo Visconti.

—Sí, bueno, aunque los cartagineses estuvieron a punto de darles para el pelo —observó el tío de Rita.

—Vamos, Daniel, los cartagineses no tuvieron nada que hacer.

—Bla, bla, bla; los cartagineses les dieron una lección y estuvieron a punto de derrotar al imperio de Roma y convertirse en los dueños del mundo. Los romanos no tenían ni idea de estrategia. Disponían de muchos más soldados, eso los salvó.

—¡¿Cómo puedes decir eso?! —se ofendió Visconti—. Eso es una barbaridad. Aunque admito que los romanos no son venecianos y no...

—¡¡Basta!! —cortó Rita a los dos profesores—. Dejadle continuar.

—Bueno, era eso —continuó diciendo Nadim—. Mi abuelo me metió el gusanillo por los viajes y otras culturas. Por eso me ofrecí a una agencia en la cual estaba empleado un hombre de mi aldea para trabajar ayudando en expediciones arqueológicas. Así puedo ganar un dinero, viajar por mi país y conocer a gente de otros lugares.

—¿Y fue así como conociste la existencia de la piedra negra? —preguntó Sarewa.

—Sí: hace ahora un año más o menos, un profesor de la universidad de Nairobi, con el que coincidí mientras trabajaba para una expedición, me contó lo que sabía de la historia de la piedra negra.

—Aquella noche dijiste que estabas seguro de que no se trataba de un leyenda —le recordó Daniel.

—Y acertó —señaló Rita.

—El profesor keniata, después de contarme la historia de la piedra negra y los hermanos blancos, me enseñó la cicatriz de la mordedura...

Visconti lo adivinó:

—Una vez le había mordido una serpiente.

—Sí, tiempo antes, y tenía aún la marca en uno de sus tobillos –asintió el joven libio.

—Y un misionero le salvó la vida con una piedra negra –continuó Rita.

—Exacto –concluyó Nadim.

Con charlas como esta, con las que poco a poco se iban conociendo más, pasaban los cinco amigos las últimas horas del día, tras las duras jornadas de marcha.

El tiempo transcurrió rápido y, seis días después de que salieran de Rumsiki, llegaron a la ciudad de Garoua. Compraron los billetes de avión y, con algo de dinero que sobraba, sumado a lo que habían conseguido por la venta de Blanquita, reservaron habitaciones en un hotel y salieron a cenar.

Cuando les sirvieron la comida, el profesor Visconti se emocionó profundamente. No tenía queso parmesano y la salsa de tomate era muy común, pero el italiano no pudo evitar las lágrimas.

—Amigos…, es maravilloso… comer pasta de nuevo…, es como retornar a casa.

Al oír aquello, Rita dio un pequeño respingo: llevaban varios días sin dar noticias a sus padres. Podrían estar preocupados, y eso que no conocían la increíble aventura en la que estaba embarcada su hija.

Daniel se dio cuenta de la inquietud de su sobrina.

—Tranquila, los llamaremos desde el aeropuerto –le dijo en un susurro.

Sarewa fue el primero en entrar al aeropuerto como medida de precaución, pero allí todo parecía estar tranquilo.

Se habían quitado los pañuelos que les cubrían la cabeza y se habían vestido con las ropas ya limpias con las que habían partido de Libia, para que su aspecto no difiriera mucho del que aparecía en los pasaportes.

Sin embargo, cuando iban caminando por uno de los pasillos, a Rita casi se le hiela la sangre.

—¡Mirad! –avisó a los demás.

En una cabina, junto a un puesto de control, se podía leer en un cartel en letras muy grandes: DELINCUENTES MUY PELIGROSOS, y debajo aparecían cuatro fotos y un número de teléfono al cual llamar de forma urgentísima en caso de que alguien los reconociera.

Se habían quedado paralizados.

El profesor Visconti se ajustó las gafas y se acercó unos metros, hasta que finalmente se colocó apenas a dos palmos del cartel, para luego regresar junto a sus compañeros con una sonrisa de confianza en los labios.

—Tranquilos, no somos nosotros, son dos tipos con pinta muy mala. Lo que ocurre es que han puesto dos veces la foto de cada uno de ellos.

—¡¡¡Ufff!!!

Todos recobraron la calma y continuaron por los pasillos en dirección a la zona de embarque.

Tal vez la orden de captura no había llegado hasta allí, o la policía no pensaba poder encontrarlos en ese lugar; el caso es que el grupo pasó desapercibido por los controles del aeropuerto.

No quedaba mucho tiempo para embarcar en el avión.

—Rita y yo tenemos que hablar con sus padres, vamos a llamar –advirtió Daniel a sus compañeros levantándose de las sillas que habían ocupado en la sala de espera.

—Yo también voy a llamar a mi amada esposa, he de contarle lo de nuestra gran victoria en la final de Rumsiki –indicó asimismo el veneciano alejándose en busca de un teléfono.

Tras recorrer varias salas encontraron uno.

No sabía muy bien por qué, pero lo cierto es que Rita notó algo parecido a los nervios al coger el auricular.

—Papá, hola, soy yo –dijo alegre al escuchar la voz al otro lado de la línea.

—Rita, vaya, por fin has aparecido. ¿Estás bien?

—Sí, muy bien, estoy con el tío Daniel y unos amigos.

—¿Puede saberse dónde os habéis metido? –ahora el tono de la voz de su padre sonaba como el de alguien que está muy enfadado. Más bien enfadadísimo.

—En África… –respondió ella.

—No seas cuentista; deberíais estar en una excavación en Libia y nos han llamado de la universidad diciendo que os habéis ido a recorrer el continente haciendo turismo por vuestra cuenta.

—Bueno, vale, ahora estamos en Camerún.

—¡Entonces es cierto!

—Sí, papá, pero no estamos haciendo turismo. Hemos venido porque tenemos que hacer un recado.

—Señorita, te dejamos que fueras con tu tío para que aprendieras cosas interesantes en aquella especie de campo de trabajo, no para que fueras a hacer recados por África –su padre hablaba ahora con tono irónico.

—Es que he dado mi palabra –se excusó Rita.

—¡Vaya, esta sí que es buena! ¡Ahora te dedicas a cumplir tu palabra!

—Es la costumbre de aquí. Tú eres el que dices siempre eso de "allí donde fueres, haz lo que vieres".

—No seas zalamera, Rita, y no me líes…

—No te preocupes, papá, estamos todos bien. ¿Y Óscar y mamá…?

—Tu hermano y tu madre han ido a comprar unos táper a la tienda de Liu, pero espero que vuelvan a cenar y no le den su palabra y se vayan a China a hacer algún recado. Con una en la familia como tú, tenemos bastante.

—No te enfades, papá.

—Ten cuidado, Rita, y no te metas en líos, que te conozco. Anda, dile a tu tío, si está ahí, que se ponga. Un beso, cariño.

—¡Muac!

Daniel cogió el aparato.

—Hola, Martín…

—Daniel, ¿qué está ocurriendo? ¿Sabes lo que están diciendo de ti en la universidad? –le preguntó el padre de Rita.

—Todo tiene una explicación, no he hecho nada malo, debes creerme —la señal comenzó a escucharse cada vez más baja—. ¿Me oyes? ¿Estás ahí? —insistía Daniel—. ¡¡Todo tiene una explicación…!! —decía casi a gritos.

Pero era inútil. Unos pitidos sonaron en el auricular: la comunicación se había cortado definitivamente.

—¿Es Walloski? —preguntó Visconti, que había aparecido tras ellos.

—No, era mi padre —respondió Rita.

—Vaya, yo apenas he podido hablar con mi querida Nicoletta, la flor más hermosa de Venecia. También se ha cortado. En fin, querida amiga, resignación —dijo con un suspiro teatral el italiano dirigiéndose a Rita y cogiéndola cariñosamente del hombro—. Vayamos a cumplir con nuestra palabra.

En ese momento una voz resonó por los altavoces de los pasillos:

—Pasajeros del vuelo Garoua – Dar es Salaam: embarquen, por favor, por la puerta número seis.

8
Dar es Salaam

Dar es Salaam, en Tanzania, les resultó a primera vista un lugar agradable.

Era una ciudad grande, con un barrio indio muy cuidado y bonito y un gran puerto de mar. La ciudad se halla en el extremo oriental de África y el océano Índico baña aquellas costas.

Había viejos edificios coloniales, grandes avenidas y, sobre todo, mucha actividad en la calle.

Se instalaron en un pequeño hotel cuya dirección les había dado el conductor del *matatu* —como llaman allí a las furgonetas que se utilizan como transporte público–, que les había llevado desde el aeropuerto.

Una vez que se hubieron instalado en el hotel y descansado un poco, se reunieron en la sala de estar que se encontraba junto a la recepción.

Mientras Rita hacía todo lo posible por acomodarse en uno de aquellos viejos sofás, Daniel comenzó a exponer su punto de vista sobre la situación:

—Pienso que lo mejor es que salgamos cuanto antes hacia el lago Tanganica para intentar encontrar al hermano Obudu. Parece que logramos despistar a los tipos que nos cortaron el paso y quisieron atraparnos en los montes Mandara, pero de todas formas no debemos fiarnos. Tenemos que estar alerta y vigilar si alguien nos sigue –sus

compañeros de viaje asintieron y el profesor Bengoa continuó–: Tenemos que atravesar todo Tanzania de este a oeste para llegar hasta Ujiji y la mala noticia es que no podemos ir en avión: no nos llega el dinero.

—Uno de los chicos que trabaja de botones en el hotel me ha dicho que tampoco se puede llegar hasta allí en tren. Ha habido un problema y los trenes no circulan desde hace días –comentó Nadim.

—¿Y si alquilamos un vehículo? –propuso Visconti.

—Tampoco creo que nuestra economía nos permita eso.

—¿Entonces…? –preguntó Rita.

—Solo nos queda ir en transporte público –concluyó Sarewa.

Se pusieron de acuerdo y, después de que Nadim y Sarewa fueran a hablar con sus familias desde el teléfono del hotel, cada uno marchó a su tarea.

Mientras Daniel y Visconti se encargaban de ir a comprar las provisiones y todo lo necesario para el viaje, Nadim se dirigió a la estación de autobuses para adquirir los billetes de algún vehículo que viajara a la otra parte del país.

Por su parte, Rita y Sarewa se encaminaron al mercado con la intención de hacer negocio.

Un sol cálido y amable brillaba en el cielo y la brisa del mar invitaba a pasear por las calles de la ciudad.

Por las carreteras iban y venían vehículos de motor, carros tirados por burros y personas que transportaban mercancías en unas plataformas con dos ruedas muy altas.

Una gran cantidad de gente se movía de forma desordenada por las avenidas, y en cada esquina había pequeños puestos de venta donde se compraba y se vendía de todo.

Tras andar un buen rato y preguntar a varios transeúntes, llegaron al mercado principal: un espacio enorme donde gran cantidad de comerciantes exponían y vendían sus mercancías. Había de todo, desde ropa hasta objetos de cocina, artesanía, alimentos, puestos donde se vendían tornillos y tuercas, motores viejos, teléfonos móviles y un sinfín de cosas.

En un pequeño hueco que encontraron, y tras pedir permiso a los otros comerciantes, Sarewa y Rita instalaron su tenderete.

Llevaban mercancías del otro lado de África y no era muy corriente ver este tipo de productos por allí. Eso, unido al peculiar estilo de Rita, hizo que se ganaran la simpatía de los otros vendedores y la curiosidad de las personas que pasaban por aquella zona del mercado.

—¡Oiga, señora; oiga, caballero, no deje pasar la oportunidad! Compre ahora, aproveche estos precios y no me sea calamidad. ¡Se me acaban, señores! ¡Se me acaban! ¡Me los quitan de las manos! ¡Oiga, señor! —vociferaba Rita imitando a los charlatanes que iban a su ciudad en los días de mercado.

Ella, que a veces se mostraba algo tímida en la vida diaria, se sentía pletórica y sin ningún tipo de vergüenza en aquel lugar tan bullicioso y lleno de gente, lejos de casa y donde no la conocía nadie.

—¡Oiga, caballero! ¡Oiga, señora, compre! ¡Compre, compre ahora! —insistía.

Los curiosos se agolpaban ante el puesto.

Eran muchos los que se animaban a comprar. En un tira y afloja intentaban rebajar el precio lo máximo posible, pero Rita parecía haber nacido para eso y, siempre con alguna excusa, lograba salirse con la suya y vender la mercancía a buen precio.

Mientras esto ocurría en el mercado, en otro punto de la ciudad el profesor Visconti y Daniel hacían la compra en un súper.

—¿Has visto los espaguetis por algún lado?

—Mmm… ¿Qué?

—Los espaguetis.

—Ah, creo que están en el siguiente pasillo, junto a las galletas.

—Compraremos varios paquetes; la pasta proporciona hidratos de carbono y además es excelente para la estabilidad del estómago cuando uno va de viaje… Daniel, ¿me escuchas?

Pero el profesor Bengoa parecía tener la cabeza en otra parte.

—Mira, Giuseppe, compra tú la pasta y las demás cosas, aquí tienes la lista; yo tengo algo urgente que hacer —y, tras decir esto, Daniel desapareció por el pasillo donde se apilaban las latas de conserva.

Pasaron las horas y, en el mercado, Rita y Sarewa habían vendido casi toda la mercancía.

El joven camerunés se acercó a otros puestos para comprar objetos con el fin de poder comerciar a lo largo del viaje. Mientras, Rita seguía intentando engatusar a posibles compradores.

Sarewa quería comprar algunas esculturas típicas de la zona, y ella comenzaba a estar cansada después de una dura mañana de ventas.

Entonces Rita escuchó una voz que le resultó… conocida. Algunos clientes que miraban las mercancías le tapaban el ángulo de visión, pero la persona dueña de aquella risita un tanto guasona se estaba acercando. Cada vez más. Era un hombre, no tenía duda.

Y era un hombre grande, pues la voz sonaba grave y a buena altura.

—¡¡*Merluzus* Lucius!! –gritó Rita en cuanto lo vio.

—¿Eh? ¿Quién me ha llamado *merluzo*? –bufó enfadado el bandido, buscando con la mirada al autor de aquellas palabras.

Rita retrocedió unos pasos, pero tras ella había una pared de arcilla pura y dura.

A los lados tenía los puestos de dos artesanos y, delante, le cerraban el paso los hombres que acompañaban al comandante.

—¡Ha sido esa mocosa! –dijo señalándola uno de los esbirros del bandido.

—¿Por qué me has llamado *merluzo,* sabandija? –le preguntó amenazadoramente Lucius.

—No… Bueno…, perdone… Es que le he confundido con mi profesor de Matemáticas –respondió la niña temblando.

—Hummm…, no debes insultar a tus profesores, pequeña –dijo más calmado el comandante–. Bueno, está bien, te perdono. Olvidaré lo ocurrido… por esta vez, ¡ya te digo! –e hizo una indicación a sus hombres para alejarse de allí. Sin embargo, cuando apenas hubo recorrido unos metros, el bandido se detuvo y se dio la vuelta como un rayo–. Un momento, yo a ti te conozco.

—No lo creooooo –intentó disimular Rita–. Yo paso todo el tiempo estudiando matemáticas… noche y día… sin parar… Números por aquí, ecuaciones por allá…

—No…, no. Tú y yo nos hemos visto en algún sitio…

El rostro de Lucius reflejaba el esfuerzo sublime, excelso, extraordinario que estaba haciendo: pensar, nada más y nada menos. Intentaba recordar dónde y en qué momento había visto a aquella niña. Un poquito más y lo tendría…

—¡¡Ya lo sé!! ¡¡Tú ibas en aquel vehículo que se dirigía hacia los montes Tibesti!! –gritó señalando el lugar donde se encontraba… ¡nadie!

Rita había cogido impulso y, dando un salto, había ido a parar al puesto del vendedor de tambores y, rebotando en uno de ellos, había salido disparada hacia el pasillo que quedaba entre los tenderetes.

—¡Atrapadla, quiero saber qué hace aquí! –bramó *Merluzus* Lucius.

Rita corría lo más rápido que podía por el estrecho pasillo que quedaba entre los puestos, irrumpiendo entre las personas que hacían las compras.

Sentía tras ella los pasos de sus perseguidores. Eran muchos y, poco a poco, iban recortando la distancia que los separaba de ella.

El mercado era un conglomerado desordenado de puestos y a esas horas bullía de gente

—¡Ahhhh, mis jarrones! —chilló una vendedora cuando vio que los hombres de Lucius se aproximaban a toda velocidad a su puesto tras haber tirado a su paso una mesa con sandías.

—¡Niña, ten cuidado! —le gritó a Rita un vendedor de conchas y caracolas de mar.

Por fortuna, de un salto, esquivó los objetos expuestos en el suelo sobre una manta.

Tras doblar una esquina, en un puesto de cucharas y objetos de madera, Rita se dio cuenta de que el grupo de sus perseguidores se había reducido a tan solo dos hombres.

"Creo que los estoy despistando. Ya solo me siguen dos. Continuaré un poco más hasta deshacerme también de ellos", pensó.

Pero, para su sorpresa, pronto comprobó que lo que habían hecho los hombres del comandante era dividirse en distintos grupos para rodearla.

Ahora, entre los tenderetes, veía a varios de ellos y oía las voces de otros que venían de todos lados. Miró hacia atrás, y tampoco por allí había escapatoria.

Estaba rodeada.

En apenas unos segundos, le pondrían la mano encima, ¡tenía que hacer algo!

Miró a su alrededor: había un puesto de cestos, otro de baúles y uno más de telas.

Casi al instante los esbirros de *Merluzus* Lucius se encontraron en aquel cruce de callejones entre tenderetes.

—¿Dónde se ha metido? —preguntó uno, pero ni sus compañeros supieron responderle, ni los comerciantes que se encontraban a su alrededor quisieron hacerlo.

—¡Hace un momento estaba por aquí, es imposible que haya desaparecido! —dijo otro con incredulidad.

—¡Tiene que haberse escondido, busquemos! —ordenó el que parecía el ayudante del comandante.

Buscaron entre los cestos y entre los baúles, y también apartaron las telas del puesto que regentaban una señora y su hija. Luego tiraron las banquetas y las esculturas de madera de un puesto cercano, empujando a todo el que había por allí, fueran niños o ancianos.

Sin embargo, no dieron con ella.

—Se ha esfumado —dijo con malas pulgas uno de los mercenarios.

—¡Sí, maldita sea, se nos ha escapado! Regresemos —decidió el mandamás del grupo.

Cuando los bandidos se alejaron perdiéndose entre los puestos, una niña ataviada con los típicos *kangas* se dio la vuelta.

—Uf, casi me atrapan. Gracias, señora —le dijo Rita a la dueña del puesto, devolviéndole las telas de vivos colores que visten las mujeres de esas tierras.

—De nada, quédatelas, te las regalo. Entre colegas tenemos que ayudarnos y tratarnos bien, y tú eres también una comerciante, uno de los nuestros.

—¿Cómo sabe que yo...?

—En el mercado las noticias vuelan, Rita.

—Gracias a todos, amigos —se despidió la niña de los vendedores.

Guiada por las indicaciones de los comerciantes, no tardó en dar con Sarewa, quien también la buscaba. Avisado de lo ocurrido, el joven había preferido no regresar a recoger las pocas mercancías que les quedaban, para evitar encontrarse con el comandante Lucius.

—¿Estás bien, Rita? –le preguntó el joven.

—Sí, aunque los bandidos de Lucius han estado a punto de echarme el guante. Son los que me robaron la cámara de fotos.

—Recuerdo que me hablasteis de ellos. Será mejor que regresemos.

De camino al hotel, Sarewa le enseñó las esculturas makondes que había comprado y que ahora eran las únicas mercancías que les quedaban.

Eran unas piezas talladas en ébano, una especie de torres formadas por figuras humanas entrelazadas.

A Rita le gustaron mucho. "Las dibujaré", pensó.

Cuando llegaron, los demás los estaban esperando en la sala.

—¿Qué tal os ha ido? –les preguntó Nadim en cuanto los vio entrar por la puerta.

—Bueno, hemos vendido muy bien la mercancía gracias a Rita. Aunque hemos perdido las pocas cosas que nos quedaban –respondió Sarewa mientras se sentaba junto al resto del grupo.

—...Y yo he perdido casi todo el dinero de las ventas. Se me debe de haber caído durante la persecución –añadió contrariada Rita, dejándose caer en el sofá que quedaba libre y hundiéndose en él.

—¿Qué persecución?

Entonces Rita contó a sus amigos lo ocurrido durante la jornada en el mercado y el encuentro con *Merluzus* Lucius y sus hombres.

—Vaya..., el comandante Lucius aquí... –dijo Nadim sin poder ocultar su inquietud.

—¿Será él uno de los que asalta las casas de los misioneros y pretende dar con las piedras negras? –preguntó Visconti.

—No sé… Eso no sería lógico; si así fuera, cuando nos topamos con él en el desierto, no nos habría dejado marchar tan fácilmente –opinó Rita a la vez que reflexionaba intentando ordenar sus ideas.

—Es posible, o tal vez no –la interrumpió Sarewa–. Lo que es seguro es que si ese Lucius y sus hombres han venido a Tanzania no ha sido para nada bueno.

—Mi tío tenía razón, no hay que bajar la guardia –dijo Rita mirando a Daniel, quien parecía absorto en otros asuntos.

—¿Eh…? Sí, hay que estar en guardia, claro –reaccionó él.

—¿Y vosotros? –preguntó Sarewa–. ¿Qué habéis hecho?

—Nosotros hemos comprado provisiones para varios días; creo que tenemos de sobra para llegar a nuestro destino –anunció Visconti.

—Y yo tengo los billetes –comentó Nadim–. He encontrado un hombre que va con su *matatu* hasta Kigoma, una ciudad que está a orillas del lago Tanganica, y se ha comprometido a dejarnos en Ujiji. Salimos mañana mismo.

—De acuerdo –asintieron todos.

Cenaron y se fueron a dormir. El día había sido intenso.

Otra vez más.

—Tío, buenas noches –se despidió Rita.

Pero Daniel apenas respondió con un murmullo.

—Ha permanecido callado durante toda la cena y parecía estar con la cabeza en otro sitio, ¿qué le ocurre? –preguntó Rita a Visconti cuando subían las escaleras para dirigirse a sus habitaciones.

—Hemos estado en un supermercado haciendo la compra y… la cajera…, creo que se llamaba Jessi…

—¿Y…?

—Se ha enamorado.

—Lo que nos faltaba.

9
Perdidos en la sabana

Una vez hubieron montado todos los pasajeros con sus pertenencias y animales, el *matatu* se puso en marcha.

—*Tuende!!* –exclamó Nadim.

—¿Quée? –se sorprendió Rita, quien estaba sentada a su lado.

—Es suajili, la lengua que se habla en esta zona de países que están a orillas del Océano Índico. Así llaman a toda esta parte de la costa. Estoy aprendiendo varias expresiones en este idioma. Si quieres, te digo cómo se dicen más palabras.

—Vale, espera que coja mi cuaderno; las apuntaré –le contestó ella mientras sacaba el cuaderno de la mochila y se acomodaba en su asiento para escribir.

—"León" se dice *simba*.

—Esa palabra me suena, la he oído alguna vez…, pero no sé donde –comentó ella intentando recordar mientras anotaba en su cuaderno.

—La que seguro que no has oído nunca es *kiboko*. Significa "hipopótamo".

—¿No podéis hablar de cosas más agradables? –les interrumpió un poco molesto Visconti, que ocupaba el asiento delantero al suyo–. Hay miles de palabras que le puedes enseñar a la niña sin necesidad de hablar de fieras.

—Estamos en un país donde precisamente la fauna salvaje es muy abundante.

—Brrrr… ¡Ya lo sé! –respondió malhumorado el italiano.

—No te preocupes, Nadim. Al profesor no le gustan nada los animales, les tiene pánico –le comentó Rita en tono confidencial.

—¡Pues a buen lugar ha venido a parar…!

Al abandonar Dar es Salaam, vieron los barrios de chabolas que crecían de forma caótica alrededor del centro de la ciudad y pronto la carretera de asfalto se convirtió en una pista de tierra rojiza que atravesaba una zona de rica vegetación.

El vehículo avanzaba de manera lenta pero constante.

Pararon en una gasolinera y, tras reanudar la marcha y recorrer varios kilómetros, el *matatu* se desvió de la pista principal.

—El conductor me ha dicho que vamos a pasar por un pueblo donde tenemos que recoger a algunos pasajeros más –les explicó un señor que viajaba junto a su nieto.

Habían dejado atrás las pistas anchas de tierra que atravesaban numerosos pueblos, muy transitadas por peatones y ciclistas. Ahora circulaban por un camino más estrecho por donde apenas pasaba gente.

De vez en cuando podían ver algunos monos moverse con rapidez entre las ramas de los árboles y la maleza.

La furgoneta ascendió una cuesta prolongada y luego descendió lentamente y atravesó el cauce de algunos arroyos.

A un lado de la carretera se extendían hierbas altas y cañaverales que llegaban hasta la orilla de un río muy ancho y, mas allá, salpicada de árboles, se divisaba una extensa llanura.

Rita nunca había imaginado que hubiera lugares como aquellos. Ni los documentales ni las fotos podrían transmitir lo que ella sentía al ver desde la ventanilla esos paisajes.

Finalmente el *matatu* detuvo su marcha.

—Estamos en Mloka; descansaremos un rato hasta que vengan los pasajeros que hemos de recoger —anunció el conductor.

Todos los pasajeros bajaron del vehículo.

Daniel había conseguido que otro viajero le dejara hacer una llamada con su móvil y así pudo hablar un rato con su amada; hecho lo cual su mente se instaló de nuevo en aquel estado de obnubilamiento.

Nadim, por su parte, había hecho amigos durante el trayecto y charlaba animadamente con varios de ellos.

—¿A alguien le apetece tomar algo? —preguntó a sus compañeros de expedición.

—No, gracias —le respondieron estos.

Entonces, el chico, en compañía de un matrimonio y de un señor que viajaba con su nieto, se alejó en dirección a una especie de chiringuito que anunciaba venta de refrescos y en el que podía leerse en un cartel: GRAN SHERATON.

—¿Rita, quieres ayudarme? —le preguntó Sarewa mientras instalaba su puesto de venta junto a un árbol.

—No, prefiero dar un paseo, tengo las piernas agarrotadas —contestó ella.

—Como quieras, no hay problema.

—¡Espera, te acompaño! —le gritó Visconti a la niña cuando esta ya se alejaba.

Aquel era un pequeño pueblo tranquilo y muy hermoso, construido en torno a la carretera y en medio de un pequeño bosque de grandes árboles.

Los niños más pequeños del pueblo correteaban alrededor de los viajeros, que eran la novedad de aquella mañana.

Caminaron por los límites de la población y llegaron al río.

—Bajemos a la orilla –propuso Rita.

—Sí, vamos a esa zona, así no molestaremos a nadie –aceptó Visconti.

Unos metros corriente arriba, las mujeres lavaban la ropa y los niños se bañaban en las aguas del río.

De repente, Visconti, alerta y con el ceño fruncido, dio un paso atrás al notar la presencia de unos seres vivos en la orilla.

—¡Son gacelas! –exclamó Rita–. No se preocupe.

Así era: varios ejemplares bebían muy lejos de ellos, al otro lado.

—Mira, allí hay un cartel –dijo entonces Visconti–. ¿Ves lo que pone?

—No, está lejos.

—Mmm… Pone algo como… resss… ¡Maldita sea! El oculista me dijo que con estas gafas vería a doscientos metros de distancia.

—Una cosa es ver y otra leer.

—Sí, pero es que yo lo que quiero es leer ese cartel. A veeerr… Sel… ¡No puedo hacerlo! Cruzaré al otro lado para leerlo bien.

—Vamos, profesor, no me diga que va a cruzar el río e ir hasta allí para leer ese dichoso cartel.

—El cauce está lleno de piedras, mira, no cuesta nada pasar de un lado a otro pisando sobre ellas –dijo Visconti mientras cruzaba el río con facilidad.

En ese momento, los gritos de las mujeres del pueblo y los niños llamaron su atención. Ahora todos ellos habían dejado sus actividades y le decían algo agitando los brazos.

—¡Holaaaa, amigos! –les respondió Rita moviendo también sus brazos–. La gente de África es simpatiquísima, ¿no cree, profesor?

—Vamos, Rita, atraviesa de una vez el río y acompáñame a leer el cartel –insistía el profesor ya desde la otra orilla.

—Está bien, ya voy.

Rita pisó sobre una de las piedras y, al ir a dar el siguiente paso, tuvo la sensación de que se le movía la que tenía debajo de sus pies. Dudó un segundo y luego continuó. Estaba en mitad del cauce y entonces, cuando iba a apoyar uno de los pies, aquello se giró y abrió la boca enseñando unos dientes como cuchillos.

—¡¡¡AAAAAAAH!!! –gritó al otro lado Visconti–. ¡¡¡Son cocodrilos!!!

Rita saltó ágilmente por encima del hocico del animal para apoyarse en su lomo y volver a saltar con unos nuevos saltitos ligeros y rápidos, de auténtica bailarina, hasta alcanzar la otra orilla.

—¡Corra, aléjese –le gritó a Visconti–. ¡¡Los cocodrilos son aún más peligrosos en las orillas!!

Subieron un talud y desde allí observaron la terrible escena. Las gacelas no reaccionaron con tanta rapidez y dos de ellas fueron atrapadas por los cocodrilos. El agua del río se tiñó de rojo.

Y Rita lo recordó.

La profecía del brujo de Rumsiki. Él ya se lo había anunciado.

Y también recordó que lo que había dicho a continuación había sido algo terrible, pero en ese momento no lograba dar con las palabras que había pronunciado el adivino de los cangrejos.

Buscó su cuaderno en la mochila que siempre llevaba consigo.

—¡Vaya momento elijes para ponerte a dibujar! –protestó el profesor.

—¡No es eso! Tengo que buscar algo que apunté… ¡Oh no! –se lamentó.

Tan solo tenía anotadas algunas frases que había llegado a recordar, y entre ellas estaban el vaticinio de la sangre en el río y algunas más. Pero ella sabía que el brujo había hecho otra predicción que no estaba anotada en su cuaderno ni fijada en su memoria. Una predicción escalofriante que no lograba recordar.

Se acercaron al cartel que habían visto desde la otra orilla.

—SELOUS GAME RESERVE –leyó Visconti–. Rita, no me digas que esto quiere decir…

—Creo que estamos en una reserva de caza, la reserva de caza de Selous.

—Luego eso quiere decir que tal vez por aquí encontremos algún cazador…

—… Y seguramente muchos animales.

—¡Qué espanto! Vamos Rita, ¡regresemos cuanto antes!

—No se mueva, profesor.

—¿Por…, por qué dices eso?

Rita los había oído y se había girado muy lentamente. Estaban acercándose al río y, poco a poco, también hacia ellos.

—¡Búfalos!; hay que alejarse de ellos despacio y en silencio…

Visconti estaba al borde de un ataque de nervios.

—¡Rita, no me dejes aquí!

—¡Chiss…! No haga ruido, profesor, y sígame andando lentamente.

Se alejaron caminando de puntillas y, cuando se vieron a una distancia segura, comenzaron a correr lo más rápido que pudieron.

Cuando pararon, habían perdido la referencia del río y el sentido de la orientación: estaban perdidos.

—¿Por dónde crees que andarán los cazadores?

—No tengo ni idea; ¿vamos por allí? –dijo Rita señalando una dirección al azar.

—De acuerdo, tú eres la experta en animales.

Rita no había estudiado mucho del comportamiento animal ni visto demasiados documentales, pero Sarewa le había contado algunas cosas acerca de ellos. Entre otras, que los cocodrilos acostum-

braban a camuflarse en las orillas de los ríos y así atacaban por sorpresa a sus víctimas con unos movimientos muy rápidos; o que los búfalos, a pesar de su apariencia tranquila, eran muy agresivos e imprevisibles.

Caminaron a través de una pradera.

Estaban en medio de la sabana, una ancha llanura de hierba donde crecían de forma caprichosa arbustos y algunas acacias.

La maleza tenía el color amarillento de la estación seca en este lugar del continente y sus pasos, al pisar la hierba, delataban su presencia.

Caminaban vigilantes, alerta.

Tras andar un buen rato, llegaron a una zona donde la vegetación se hacía cada vez más presente. Vieron varios árboles salchicha, llamados así porque sus frutos son como gruesas morcillas que cuelgan de sus ramas y, luego, se internaron en un pequeño bosque de árboles secos, rodeado de matorrales oscuros.

Rita se fijó en que el suelo estaba lleno de pisadas de elefante, pero no quiso decirle nada al profesor para que no se asustara aún más.

Cuando lograron salir de aquel paraje sombrío y caminaban de nuevo por una zona llana y despejada, encontraron una carretera que atravesaba la sabana.

—¡Mire, profesor, una pista de tierra! –exclamó Rita.

—Y allí hay un cartel –observó Visconti señalando una flecha de madera con una indicación escrita que se encontraba no muy lejos de ellos.

—Otra vez con la manía de los carteles…

Corrieron hacia el lugar.

—Tagalala Campsite, a tres kilómetros –leyó Visconti–. Vaya, hay un *camping* por aquí cerca. ¡Qué bien, estamos salvados! Desde allí podremos pedir ayuda. ¿Por qué pones esa cara, Rita? ¿No te gustan los *campings*? –le preguntó el italiano.

—La verdad es que no mucho…

—Vamos, no seas tiquismiquis. Este cartel indica que cerca de aquí hay un lugar civilizado. Ya verás, en unas horas estaremos cantando bajo una ducha; nuestra salvación está cerca.

—De acuerdo, va…

—¡¡¡AAAAHHHHHHHHHHHH!!!

—¿Qué ocurre, profesor?

—¡Allí, detrás del árbol, arriba, encima, subido… HAY UN MONSTRUO! –gritó Visconti.

El animal se movió y salió de entre las ramas.

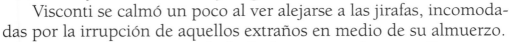

—¡Es una jirafa! No tenga miedo, profesor, no le hará nada.

Junto a ella había otras, comiendo y moviéndose majestuosamente con aquellas maneras suyas tan calmadas y elegantes.

Visconti se calmó un poco al ver alejarse a las jirafas, incomodadas por la irrupción de aquellos extraños en medio de su almuerzo.

Siguieron la dirección de la flecha y no tardaron en llegar a un desvío con una nueva indicación que marcaba el camino a seguir para llegar a la zona de acampada.

Continuaron caminando hasta llegar al lugar. Allí había un pequeño cartel que anunciaba: TAGALALA CAMPSITE. No había duda posible.

—¡Aquí debe de haber un error, esto no puede ser! –exclamó de inmediato el italiano al no ver nada más que un descampado. Su cara era un poema–. Un momento, allí veo algo. Je, je, debe de ser la recepción –dijo después acercándose hacia una estrecha caseta de cemento.

—Profesor, creo que eso es una…

—¡Una letrina! –gritó saliendo del cubículo el veneciano a toda prisa–. ¡A quién se le ocurre construir un váter y no un *camping* como es debido!

Tagalala Campsite era una explanada rodeada de árboles, situada cerca de un pequeño lago. La única señal de civilización que se veía allí eran dos sitios marcados con piedras para hacer fuego. No había recepción, ni duchas, ni siquiera una mínima valla o barandilla; nada de nada, exceptuando la letrina, construida a unos pocos metros con el fin de que los animales no olfatearan los excrementos de las personas que pudieran acampar en ese lugar.

—Rita, ¿tú crees que por aquí habrá muchos animales?

—Mmmm… Creo que sí, profesor.

—Bueno, al menos solo hemos visto jirafas y algunas gacelas –dijo Visconti con un tono con el que pretendía tranquilizarse más a sí mismo que a su compañera.

—Ya, pero recuerde los grabados de Wadi Methkandoush: en la sabana, siempre que hay herbívoros, los depredadores no andan lejos.

—Por suerte parece que hoy se han quedado en casa –observó el profesor.

Rita miró el cielo rojizo. El sol, como una naranja incandescente, desaparecía ya entre las copas de los árboles.

—Tendremos que pasar la noche aquí.

—¿Lo dices en serio?

—Sí, y debemos ir pensando en un sitio para refugiarnos, pronto se hará de noche.

—¿No podemos cenar antes? Estoy hambriento.

—Vale.

Comieron alguna de las provisiones que llevaban en las mochilas.

Para espanto del profesor Visconti y alegría de Rita, vieron un grupo de elefantes que pasó cerca de ellos y también algunas cebras.

"Es maravilloso, esta es su casa, aquí viven tranquilos", pensaba Rita mientras los veía moverse.

"Es horrible", pensaba Visconti por su parte.

—Mire ese árbol, es un baobab –dijo Rita señalando el inmenso ejemplar que presidía la zona de acampada y que tenía el tronco hueco–. Los he visto en fotos en revistas, en casa.

—Muy bien, encantado de conocerlo. ¿Y qué?

—No se me ocurre mejor sitio para pasar la noche que en su interior. Por suerte para nosotros, está hueco.

—¡Pero, Rita, ahí dentro debe de haber gusanos y arañas!

—Seguramente, pero eso es mejor que los animales que puede haber esta noche por aquí fuera.

—¿Tú crees que esta noche van a salir los animales?

— Es lo más probable.

—Pero, Rita, hoy es martes y no creo que haya nada de ambiente una noche de martes en la sabana.

—Profesor, esto no es una ciudad, los depredadores no salen los fines de semana. Para ellos todos los días son iguales –respondió ella con paciencia.

—¿De verdad?

—Claro.

—Hay que ver; además de unos salvajes, esos bichos son unos aburridos. De acuerdo, dormiremos dentro –aceptó Visconti–. Mmmm..., una última cosa, Rita –dijo luego el italiano con cara preocupada–: ¿qué haremos si tenemos ganas de hacer pis?

—Es mejor que no las tengamos.

—¿Cómo?

—No beba agua de la cantimplora antes de ir a dormir, por si acaso.

—Ya, pero si tenemos ganas, ¿qué haremos?

—Aguantarnos, profesor –concluyó Rita.

Limpiaron de bichos el tronco vacío y se acomodaron dentro; con las capas que llevaban para la lluvia taparon el hueco.

Era muy difícil que un animal que pasara por allí en la oscuridad pudiera darse cuenta de que ese tronco estaba hueco por dentro y de que allí estaban refugiados un profesor italiano y una niña.

La noche se echó encima y pronto la sabana comenzó a llenarse de ruidos. Visconti no tardó en quedarse dormido y Rita pronto se acostumbró al sonido acompasado y grave de sus ronquidos. Prestó atención con todos sus sentidos.

Tenía miedo, pero al mismo tiempo aquello era emocionante. Los estaba escuchando: varios animales se movían alrededor del tronco. Luego sintió cómo los pasos se alejaban. Rita se movió con mucho cuidado y levantó un pequeño trozo de su capa para mirar. Todo estaba oscuro, pero después de que sus ojos buscaran en la oscuridad, los vio. Eran unos puntos amarillos. Permanecían quietos y al rato se movían. Sin duda eran los ojos de hienas o de leones. Un escalofrío le recorrió el cuerpo.

Dejó de mirar; se concentró en los sonidos. Pronto oyó unos pasos más pesados y una especie de bramidos. "Serán hipopótamos, hay un pequeño lago cerca", pensó.

Sintió las pisadas de los animales cada vez más próximas. O tal vez eran los latidos de su corazón: no lo sabía, la cabeza le pesaba. Se estaba quedando dormida.

Cuando sintieron los rayos del sol, salieron de su refugio.

—¿Qué tal ha dormido, profesor?

—Mejor de lo que esperaba. Aunque me he despertado un par de veces a causa de…, ejem…, tus ronquidos…, Rita.

—No eran mis ronquidos; eran leones. Yo también los he oído a pesar de…, ejem…, sus… ronquidos.

—Vamos, niña, estás de broma; ni yo ronco ni aquí hay leones.

—Yo diría que sí que los hay, mire las huellas –dijo ella señalando las enormes marcas de cuatro dedos que destacaban en la tierra alrededor del árbol.

—Eso no son huellas de león; no, señor, eso debe de ser otra cosa. Los leones no se acercan a los baobabs –respondió Visconti con cierto aire de suficiencia académica.

—Como usted diga, profesor. ¿Qué hacemos?

—Eso mismo iba a preguntarte yo.

Rita recapacitó y luego dijo algo que había estado pensando:

—Creo que debemos dirigirnos hacia la pista principal donde ayer vimos el primer cartel. Si caminamos por allí, tendremos más posibilidades de cruzarnos con algún vehículo o de encontrar gente.

—Como tú digas —aceptó el italiano sin rechistar.

Poco después se pusieron en marcha.

Estaban a punto de llegar al camino, pero el profesor Visconti parecía agotado.

—¿Le ocurre algo? —se preocupó Rita.

—Sí, no estoy acostumbrado a hacer ejercicio sin apenas desayunar. Descansemos un poco, por favor.

—Vale —aceptó la niña sentándose en el suelo.

—Oh, Rita —observó el italiano—. Vayamos a la sombra de esos árboles, allí estaremos mejor.

El profesor señalaba una zona de espesa vegetación compuesta por palmeras, acacias y otros árboles y matorrales que se encontraba a unas decenas de metros de ellos.

—Pero, profesor, vamos a descansar solo unos minutos; y además… a los animales les gusta refugiarse en la maleza —objetó Rita.

—Oh, vamos, amiga mía, esos árboles parecen muy amigables, no creo que escondan ninguna fiera.

—Señor Visconti…

—No me dirás ahora que tienes miedo, ¿verdad?

—De acuerdo, vamos.

10
Cazadores furtivos

Después de descansar un rato a la sombra de una palmera, se dispusieron a continuar su camino.

Sin embargo, cuando estaban atravesando unos matorrales bajos, los dos se quedaron paralizados.

Algo les impedía avanzar.

—¡Rita, socorro! ¡Una bestia me ha atrapado la pierna y no me suelta, ayúdame!

—Cálmese, profesor, por favor; yo tampoco puedo andar. Pero no creo que sea un animal el causante de esto.

Notaba cómo algo le aprisionaba el muslo y no la dejaba moverse. Era de un material muy duro y fuerte y, cada vez que intentaba soltarse, le apretaba más.

—Ooohhh, por favor, haz algoooo: ¡¡¡esa bestia me va a comeeer!!! –se quejaba el profesor.

—No nos ha atrapado ninguna fiera.

—¡A mí síiii, a mí síiii!

—Tranquilícese, ya le he dicho que yo también estoy atrapada. No se mueva, por favor, o el lazo que le ha aprisionado le apretará más.

—¿Un lazo?

—Eso me temo. No sé…, será una trampa para cazar animales –le contestó Rita.

Visconti comenzó de nuevo a gritar.

—¡AAAAAH, qué espanto, eso quiere decir que vamos a morir aquí de hambre y sed! ¡¡¡Socorrooooo!!!

—¡¡Profesor, cállese de una vez!!

Pero el italiano había perdido el control de sí mismo.

—¡Auxilioooooooo, sáquennos de aquíiiiiiiii!

Rita intentaba pensar algo para escapar, pero no se le ocurría nada. Aquellas trampas estaban muy bien hechas; era imposible escapar, e inútil intentar que el italiano se calmara.

—¡Por favor, ayúdennooooos! ¡Estamos aquíiiiiiiii!

Algo se movió entre la maleza que tenían delante.

Por el ruido que hacía, se trataba de algo grande, aunque no debía de ser muy alto porque no lo veían todavía.

Se estaba aproximando. Visconti también parecía haberlo percibido, pues se había quedado mudo de repente.

Los matorrales de donde provenía el sonido no estaban muy lejos.

Había un pequeño espacio descubierto entre la maleza y su posición.

Notaron que aquello se acercaba directamente hacia ellos.

Veían las hierbas ceder a su paso. Estaba muy cerca, a punto de aparecer ante ellos.

—¡AAAAAAAAHHHHHHHHH! —gritó Visconti en cuanto lo vio. Estaba delante de ellos, apenas a unos metros: el rey, *simba,* un león, un macho enorme que respondió al grito del italiano con un horrible rugido.

Rita hizo un nuevo intento de escapar, pero el lazo le apretó la pierna aún más.

El animal se había quedado parado, observándolos atento con la cabeza gacha. Parecía que la bestia comprobara que su desayuno de aquella mañana estaba en su sitio.

Ellos permanecían inmóviles, como dos estatuas de cera a punto de derretirse de terror.

El león volcó todo su peso sobre la parte posterior de su cuerpo, levantó la cabeza y los miró fijamente. Estaba decidiendo por dónde empezar el banquete.

Luego, batió la tierra con una de sus patas delanteras, dejándoles ver sus garras. Eran muy grandes, tremendas.

El animal pareció calmarse unos segundos.

De repente, comenzó a moverse… aproximándose a ellos, hasta que sus pasos se convirtieron en una carrera, cada vez más rápida.

Simba la estaba mirando: se había decidido, iba a por ella.

Aquello era el fin.

El león rugió, corrió con las fauces abiertas hacia el lugar donde estaba la niña y dio un salto para atacarla.

Los dientes y las garras del animal iban a destrozarla.

Rita cerró los ojos.

Un disparo retumbó en la sabana y, casi de inmediato, el cuerpo del animal cayó al suelo con un golpe seco, como si fuera un saco. Luego se oyeron dos tiros más.

Rita abrió los ojos. El león estaba muerto, apenas a unos centímetros de sus pies.

Visconti seguía a su lado, aunque parecía a punto de entrar en estado de *shock*.

Al cabo de unos segundos, salieron de entre la maleza unos hombres armados vestidos con ropa militar.

—¡Cazadores! ¡Estamos salvados! —exclamó el italiano como si despertara de una pesadilla.

—Mmmm…, esos tipos…

Ellos también la reconocieron.

—Nos volvemos a encontrar, pequeña, ¡ya te digo! —dijo el comandante con su voz burlona cuando apareció tras sus hombres.

—¡Lucius! —exclamó Visconti al verle.

—El mismo —comentó Rita rumiando las palabras.

—Vaya manera de darle a uno las gracias después de haberle salvado la vida —soltó el mercenario, que sostenía el rifle aún humeante en una de sus manos.

—¡Oh! ¿Ha sido usted el que ha disparado? Vaya puntería —comentó Visconti de forma lisonjera pero sinceramente agradecido por haberlos librado de aquella muerte segura.

—¡Ya te digo!

—Vamos, Rita; en esta ocasión el comandante nos ha ayudado, podrías ser más amable con él –le sugirió el italiano.

—Eso mismo –apuntó *Merluzus* Lucius.

Ella seguía con semblante malhumorado.

—No, hasta que sepa qué es lo que nos va pedir a cambio de su ayuda –dijo por fin.

—Je, eres muy lista, pero esta vez has caído en mis manos. Hablaremos más tarde, creo que tienes algunas cosas que contarme –la amenazó el bandido con una sonrisa cargada de ironía.

Luego se giró hacia sus hombres y, adoptando una mirada enérgica y severa, les ordenó a gritos:

—¡Vamos, sacad a estos dos de ahí y subidlos a mi coche! Y recogedlo todo, ¡hay que huir de aquí cuanto antes sin dejar huellas! ¡Moveos, rápido! ¡Daos prisa!

Los esperaban tres vehículos ocultos entre la maleza.

Se pusieron en marcha y, a gran velocidad y campo a través, atravesaron la sabana.

Un camión de gran tamaño y con unas ruedas enormes, que tenía en la parte posterior una especie de jaula donde habían metido el cuerpo del león, abría el camino. Le seguía otro camión de menor tamaño y el todoterreno donde iban el comandante Lucius y sus prisioneros.

Tras varias horas de ir dando botes, los vehículos penetraron en una zona boscosa y luego atravesaron el vado de un río. Cruzaron a menor velocidad una zona de árboles y mucha vegetación por un camino lleno de zanjas y piedras de gran tamaño.

Y finalmente llegaron a su destino.

Ocultas entre la maleza había varias chozas y, junto a ellas, en un claro, se encontraba una especie de nave industrial de paredes desconchadas, cubierta con chapas de uralita y plásticos sujetos con piedras. Había basura por todas partes; era un lugar sucio y descuidado.

Algunos tipos armados recibieron al convoy.

Los hombres de Lucius los bajaron del coche a empujones.

—¡Metedlos dentro y atadlos de pies y manos! —les ordenó el comandante señalando el pabellón.

El espectáculo que vieron dentro era espantoso.

Toda una parte de la nave estaba ocupada por una montaña de lo que parecían colmillos de elefante. Al lado, pieles de diferentes animales se apilaban de forma desordenada y no faltaban pequeñas montoneras donde se mezclaban dientes y uñas.

Había también apiñadas junto a una caja algunas garras de león y de leopardo, así como patas de elefante cortadas y disecadas.

Al fondo, removiéndose en las jaulas, muy excitados por la aparición de los humanos, se encontraban varios leones y leopardos.

—Oh, no, ni siquiera aquí me libraré de esos malditos animales —gimió Visconti al verlos.

Amarraron las cuerdas con las que estaban atados a una argolla que había en una pared no muy lejos de las jaulas.

—¿Y ahora qué va a ser de nosotros? —se lamentó el profesor.

—No lo sé, pero por lo menos, atados como estamos, no habrá manera de que se empeñe en ir a leer carteles o a sentarse en la sombra —respondió Rita un poco malhumorada.

—Oh, perdóname, amiga mía, lo siento de veras; yo no sabía que en esta jungla, sabana o lo que sea, pasaran estas cosas —gimoteó el italiano.

—Vale, disculpado, pero ahora no se ponga a llorar.

El profesor se calmó y recuperó la compostura. Se habían sentado en el suelo, sobre unos cartones viejos.

—El comandante Lucius… —reflexionó en voz alta Visconti—. Primero, nos lo encontramos en el desierto; luego, lo ves tú en Dar es Salaam y, ahora, nos topamos con él aquí. ¿Qué hace este tipo?

—Negocios, ¡ya te digo! —le cortó el bandido, quien había entrado por una puerta lateral—. No soy más que un humilde trabajador que trata de ganarse la vida.

—… robando a la gente y dedicándose a la caza furtiva de animales —soltó Rita.

—¡Niña, eres una repipi! Cada uno se gana la vida como puede, y eso es lo que yo hago, además de ayudar a los demás cuando puedo.

—¡Vaya! ¿Ahora resulta que usted, señor *Merluzus* Lucius, pertenece a una ONG?

—¡Esta es la última vez que me llamas *merluzo*, sabandija! —gritó enojado el comandante.

—Tra…, tranquilícese, señor Lucius, esta niña es… muy niña… Discúlpela.

El bandido miró a los cautivos con una sonrisa de suficiencia.

—Me han ofrecido este trabajo y he venido encantado a hacerlo —continuó diciendo el comandante—, ni más ni menos. Soy un trabajador del gremio del comercio.

—¡Estas mercancías son ilegales! —le interrumpió Rita.

—Eso depende de cómo se mire. Bajo mi punto de vista son legales, pues generan dinero: y eso, pequeña gusarapa, para mí es más que legal, es sagrado, ¡ya te digo! Aquí lo aprovechamos todo, la carne de estos bichos la vendemos a los habitantes de los pueblos y así el negocio es redondo.

—Pero, cuando hacen los filetes, esa gente los empana y los pone con un poco de salsa napolitana o algo así, ¿no? –preguntó preocupado Visconti.

—No lo sé, señor italiano, pero al menos les damos carne.

—Esa carne es ilegal –exclamó Rita.

—¡Ja! ¡Aquí hay mucha gente que no puede comer carne en meses!

—Pero lo que… –intentó rebatir la niña.

—Basta, cállate ya. No he venido para hablar de esto, y no soy yo el que os tiene que dar explicaciones, sino sois vosotros los que tenéis que dármelas a mí.

Rita sabía que llegaría ese momento.

Ninguno de los dos dijo nada.

—¡Vamos, hablad de una vez! ¡Qué estáis haciendo aquí? No creo que hayáis venido hasta Tanzania en busca de medicinas. Y tú, musaraña –dijo dirigiéndose a Rita y mostrando la cruz de bienvenida de los hermanos blancos–, ¿qué significa esto que han encontrado mis hombres en tu mochila cuando te han registrado?

—No te diré nada, ladrón.

—No podemos, hemos hecho una promesa; entiéndalo, señor comandante –intervino el profesor.

—Está bien –respondió con una de sus sonrisitas el gigante acercándose a Visconti y desatándole–. ¿Sabe? Yo también he hecho una promesa: le he dicho a Samu que hoy le daría algo de comer.

—¿Ah, sí? Y quién es Samu, su perrito?

—No, ese león de la jaula que está a la derecha, en la esquina –dijo tranquilamente a la vez que desataba al italiano.

—¡¡¡NOOOO, POR FAVOOOOOR, NOOOOO!!! –chillaba el profesor –*Merluzus* Lucius le había obligado a ponerse en pie y ahora lo empujaba para hacerlo avanzar–. ¡QUE NOOOOO, TENGO COLESTEROL, AL LEÓN LE VOY A SENTAR MUY MAAAALL! –suplicaba el italiano.

Se hallaban muy cerca de la jaula y Lucius, tras coger un manojo de llaves que estaba colgado de la pared, hizo ademán de abrir el candado que cerraba la jaula.

—Está bien, se lo contaré todo; pero, por favor, no abra la jaula –rogó vencido Visconti.

Y el profesor relató, punto por punto, todo lo acontecido desde aquella noche fatídica en Wadi Methkandoush mientras *Merluzus* Lucius escuchaba atento con una sonrisa maliciosa, jugando con la cruz entre sus dedos.

—Vaya, vaya –dijo cuando Visconti terminó de hablar–, así que piedras negras que curan; hummm… Eso puede ser un buen negocio, siempre que encontremos la mina de la cual se sacan, claro. Y para ayudarnos a dar con ella os tengo a vosotros y a vuestros amigos misioneros, ya te digo.

El bandido ató de nuevo al profesor Visconti junto a Rita y dejó las llaves donde las había cogido. Antes de dirigirse a la puerta para abandonar el lugar, les dijo entre risas:

—¡Je, je! Tengo que irme para proponer un nuevo negocio a mi jefe, creo que ahora me voy a dedicar a la minería. No tardaré en regresar, portaos bien.

Luego dio un portazo y los dos se quedaron en el viejo almacén con la única compañía de los animales enjaulados.

—Lo siento –se disculpó el profesor, desanimado, levantando a duras penas la vista del suelo para mirarla.

—No se preocupe, no le ha dejado otra alternativa –intentó consolarlo Rita.

El desánimo se había adueñado de ellos. *Merluzus* Lucius era ya uno más de los que conocían el secreto de la piedra negra y, lo que era peor, el lugar donde se hallaba el hermano Obudu. Nada le detendría en su camino para hacerse con la mina.

Además, no sabían qué tenía pensado hacer con ellos.

Rita buscó una vez más en su memoria las palabras del brujo de Rumsiki... Intentó recordar con todas sus fuerzas...

"No te rindas, haz caso de tu espíritu guerrero", resonaron en su mente las palabras del adivino de los cangrejos.

—¿Qué haces? –se sorprendió Visconti al comprobar que la niña se arrastraba a pesar de estar atada de pies y manos.

Rita había decidido pelear, no rendirse ni aun en aquellas circunstancias. Había visto una garra de león tirada en el suelo, muy cerca, y avanzaba por el suelo hacia ella.

Los nudos de las ligaduras eran fuertes, y tenía las manos atadas por la parte posterior del cuerpo, pero si separaba al máximo las muñecas, podía mover los dedos sin dificultad para coger la garra.

Estaba casi encima de ella.

Solo necesitaba acercarse unos centímetros más.

El profesor se había dado cuenta de lo que intentaba hacer y observaba la escena angustiado.

Rita hizo un esfuerzo y estiró todo lo que pudo su cuerpo aprisionado. Sin embargo, fue incapaz de coger entre sus manos la garra de *simba*.

—Oh –se le escapó a Visconti en un tono de derrota.

Ella se separó un poco del objeto y lo miró como desafiándolo.

No, no se iba a rendir.

Tomó aire, y rodó sobre su cuerpo, esta vez con más seguridad, y se dejó caer con un movimiento rápido sobre la garra de león, abriendo sus manos como si fueran tenazas de acero.

Lo consiguió, ¡la tenía!

—Bravo, Rita, bravísimo –exclamó el italiano.

Con paciencia, la niña rasgó las ligaduras que la aprisionaban y poco después liberó a Visconti, quien, en cuanto se vio libre, le dio un abrazo.

—Le agradezco su afecto, pero hay que largarse de aquí cuanto antes –apremió Rita al profesor.

—Sí, pero ¿cómo? –preguntó este, nervioso.

—Tengo una idea… Abra lo más
silenciosamente que pueda la puerta principal del almacén y luego salga por la puerta
lateral que ha utilizado *Merluzus;* ocúltese y
espéreme fuera.

—¿Rita, no irás a…?

—Saldré en un momento.

El profesor hizo lo que la niña le había
indicado. Mientras, Rita cogía las llaves que
había dejado el comandante colgadas en la
argolla y se dirigía a la jaula donde estaba encerrado Samu, el león.

Los bandidos que en ese momento se
movían por el campamento no parecieron
darse cuenta de que la puerta principal de la
nave se había abierto desde dentro.

Con mucho cuidado, Rita se acercó a la jaula. El león se movía inquieto y la miraba. Ella introdujo lentamente la llave en el candado y lo abrió sin hacer apenas ruido.

—Tranquilo, *simba,* yo no te he encerrado aquí; han sido ellos —le susurró al animal.

Luego abrió la puerta y quedó a resguardo entre ella y la esquina de la pared mientras el león salía directamente de la jaula atraído por la claridad que entraba.

Aprovechando el caos que se adueñó del campamento de los furtivos tras comprobar, desprevenidos y desarmados, que un león andaba suelto, Rita y el profesor subieron a uno de los vehículos.

Las llaves estaban puestas; los bandidos no esperaban que nadie les robara un coche en aquel lugar.

—¡Espere, ahora vuelvo! —gritó Rita saliendo del coche de un salto.

—¿Adónde vas ahora…? ¡Tenemos que escapar!

En un par de minutos, la niña regresó con las mochilas en la mano.

—Dentro de la mía llevo mi cuaderno, no podía marcharme sin él —le dijo al italiano tras subir de nuevo al vehículo.

El profesor, sin tiempo que perder, arrancó y salió disparado hacia un pequeño camino que salía del campamento, mientras a su espalda se oían los gritos de miedo y de alarma.

Iban a toda velocidad por una pista llena de baches y de charcos, dando tumbos, como en un *rally* disputado en un camino de cabras. Tras atravesar un puente de vigas de hierro, no tardaron en dar con una carretera de tierra.

—¡Mira! ¡Un cartel! —exclamó Visconti.

—Ya estamos otra vez —suspiró Rita.

CAMPAMENTO RANGER A CINCO KILÓMETROS, leyeron en la flecha.

—Creo que los *rangers* es como llaman por aquí a los guardas de los parques naturales. Esta vez hemos acertado, profesor —dijo Rita sin poder evitar dar un codazo de alegre complicidad a Visconti.

11

El señor Thomas van Strassen

—¿No pueden recordar algún detalle que vieran en el camino? –les preguntó el jefe de los *rangers*.

—Después de salir de la zona de árboles, atravesamos un puente de metal que no tenía protecciones y no era muy ancho –mencionó Rita.

Ella y el profesor estaban sentados en unas sillas frente a la mesa del despacho en la que estaba apoyado el señor Busangi, el jefe *ranger*. Era un hombre de barba blanca, mirada serena y un poco encorvado a causa de su cojera.

—Mmm…, eso está bien, eso nos ayudará –dijo.

El hombre se levantó y sacó del frigorífico dos nuevas botellas de agua mineral y las puso sobre la mesa.

—Beban más agua si lo desean y esperen un momento, ahora vuelvo –tras decir esto, el señor Busangi salió de la habitación con paso calmado y se dirigió a dar instrucciones por radio a las personas que tenía a su cargo.

Había estado interrogando a Rita y al profesor durante un buen rato y no le sorprendió la existencia de cazadores furtivos alrededor de la reserva. El cuerpo *ranger* llevaba mucho tiempo siguiéndoles la pista, pero hasta ese momento no habían tenido indicios claros para localizar su base de operaciones.

Se encontraban en el edificio principal de entrada a la reserva de caza, que estaba a unos centenares de metros del campamento de los *ranger*. Se trataba de una construcción amplia de estilo rústico, con un gran techo de paja y ramas, y postes de madera en la entrada y los laterales. Estaba rodeada de árboles y situada junto a la carretera de tierra que daba acceso a la reserva, delimitada por una barrera de hierro.

Junto a la puerta del edificio había un espacio con dos bancos de madera y unas tablas sobre las que descansaban apoyados varios cráneos de animales.

Al llegar, el profesor había aparcado el vehículo frente a las escaleras de acceso al edificio, casi cruzándolo en la carretera, y varios *rangers* habían salido para ver qué ocurría.

En cuanto vieron la expresión de los rostros de Rita y Visconti, comprendieron que se trataba de algo grave y les hicieron pasar para hablar con su jefe.

Visconti y Rita bebieron de las nuevas botellas que les había dejado sobre la mesa el jefe de los *rangers*.

—Acérquense, vengan —dijo este asomando por la puerta e invitándoles a pasar a la sala de comunicaciones—. Ahora es el momento de que yo los ayude a ustedes…, a pesar de que se colaron en la reserva —añadió hablando como un profesor que está regañando a sus alumnos—. No vuelvan a hacerlo, ya han comprobado que es muy peligroso.

—No se preocupe, jamás volveré a hacer una cosa semejante —exclamó el profesor.

—Díganme, por favor, el nombre de sus amigos. Intentaremos dar con ellos para que puedan reunirse de nuevo. Daré aviso a los guardas que quedan libres e incluso a la policía.

—¿A la policía? —preguntó Rita intentando ocultar su inquietud.

—Sí, claro, así será más rápido. En unas horas, todo Tanzania sabrá que ustedes están aquí —el señor Bungasi miró a la niña con ternura y añadió—: No te preocupes, pequeña, pronto te reunirás con tu tío. Hasta que logremos dar con ellos, pueden quedarse en uno de nuestros barracones.

—Gracias —aceptó Visconti dándole la mano al jefe *ranger.*

—Sí, muy agradecida —asintió Rita sin mucho entusiasmo.

—Por cierto, señor… —dijo el profesor mientras abandonaban el edificio para dirigirse al campamento—, ¿fue un accidente de juventud?

—¿A qué se refiere?

—… Su pierna.

—Ah, esto… —dijo el jefe *ranger* sonriendo y tocándose la pierna ortopédica—. Fue un hipopótamo. ¿Quiere que le cuente cómo ocurrió?

—No, gracias, lo siento, si no le importa vayamos al campamento cuanto antes —rogó Visconti dando por zanjada la conversación.

El campamento de los *rangers* se encontraba muy cerca de una pista de aterrizaje para avionetas y estaba compuesto por numerosos barracones distribuidos ordenadamente. También había alguna tienda y un bar muy grande, con muchas sillas y mesas, que hacía las veces de centro de reuniones y lugar para celebraciones.

Una vez que hubieron salido del colegio, los niños llenaron las calles jugando y corriendo de un lado para otro con su habitual algarabía. Algunos facóqueros se movían por el campamento como si fueran animales domésticos y varios elefantes se refrescaban en un río que pasaba a unos metros de las viviendas.

El profesor estuvo a punto de no salir del barracón, asustado como estaba por la presencia de los animales.

—¿Por qué te muestras tan preocupada, Rita? Nos van a ayudar —le comentó el profesor durante el paseo que dieron por la tarde.

—Van a avisar a la policía; recuerde que en Camerún nos estaban buscando. Walloski nos ha denunciado por robar el coche de la universidad y amenazó con llamar a la policía internacional.

—Tranquila, no creo que la denuncia del profesor Walloski haya llegado hasta Tanzania, ni mucho menos que él sospeche que estamos aquí.

—Eso espero.

Al día siguiente, sentados sobre la carga de un camión que abastecía al campamento de los guardas, llegaron Daniel, Nadim y Sarewa.

De nuevo estaban todos juntos.

—Tengo una buena noticia que darles —les informó el jefe de los *rangers* tras el reencuentro, mientras degustaban unos refrescos—. Creemos que sabemos dónde se encuentra la guarida de los cazadores furtivos gracias a las pistas que nos dieron Rita y el señor Visconti —el señor Busangi se aproximó a un mapa de la reserva que había

junto a la pared–. Hemos rastreado varias zonas y estamos seguros de que se hallan en esta área –dijo señalando con un bolígrafo una pequeña parte del mapa–. Hoy o mañana daremos con ellos. Si lo desean –añadió luego–, pueden quedarse algunos días aquí. El profesor y Rita nos han ayudado mucho y para mí será un placer enseñarles a ellos y a sus amigos las maravillas que hay en nuestra reserva.

—¿En serio? –preguntó ilusionado Nadim.

—Por supuesto.

—Si me asegura que no vamos a bajar del coche y que volveremos para dormir en el campamento tras una pared sólida, yo iré encantado –observó el italiano.

Daniel, que no había abandonado su mirada melancólica desde la última vez que se vieron, pareció animarse.

—A mí me parece una buena idea –dijo–, no encontraremos una oportunidad como esta.

—Por mí, de acuerdo –asintió Sarewa.

—¿… Rita? –dijo el jefe de los guardas esperando oír su respuesta afirmativa.

Pero ella estaba seria, muy seria. Por su cara, incluso se diría que enfadada.

Aquello le resultaba increíble. Tanto su tío como los demás parecían haber olvidado el motivo por el cual habían atravesado el continente de oeste a este, la verdadera causa que los había llevado hasta allí.

Se adelantó unos pasos hacia el responsable de la reserva y, mientras lo hizo, le dio un codazo a cada uno.

—Lo sentimos mucho, pero no va a poder ser en esta ocasión. Alguien nos está esperando y debemos acudir a su encuentro cuanto antes, ¿verdad? –dijo remarcando la última palabra y mirando de forma severa a sus compañeros de viaje.

Estos asintieron y, con apenas unos susurros, dijeron al señor Busangi que debían continuar el viaje.

—Hemos perdido el *matatu* en el que viajábamos; ¿podría decirnos el modo de llegar a un pueblo donde encontrar un medio de transporte? –le pidió Rita al jefe de los *rangers*.

—No lo hay, pero no se preocupen –respondió con amabilidad el señor Busangi–. Los acercaré en uno de nuestros vehículos a Dar es Salaam o, si lo prefieren, a la ciudad de Morogoro. Desde allí no les será difícil encontrar algún vehículo que siga su ruta.

—Si quieren, yo puedo ayudarlos –dijo una voz desde la entrada en un tono extremadamente amable y educado.

Nadie le había oído llegar, pero estaba allí, junto a la puerta. Era alto, de unos sesenta años, muy delgado y de piel tan blanca que, al adentrarse en el ambiente sombrío de la estancia, parecía como si un foco le iluminara, lo que le daba un aire casi fantasmal.

Vestía ropa de safari, pero sus ademanes eran tan finos y distinguidos que daba la impresión de ir vestido de etiqueta. Andaba tranquilo y con las manos en los bolsillos.

Al quitarse el sombrero con la mano, enfundada en un fino guante de piel, dejó al descubierto la calva, que brilló cuando se puso en el cuadro de luz que entraba por la ventana.

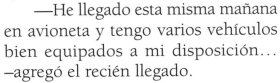

—He llegado esta misma mañana en avioneta y tengo varios vehículos bien equipados a mi disposición… –agregó el recién llegado.

—Gracias, pero no queremos causarle molestias y alterar sus planes de caza –le dijo Visconti.

—Oh, yo no soy cazador.

—La reserva está abierta a los turistas, y cualquiera que quiera visitarla puede hacerlo siempre que pase por una de las entradas establecidas y cumpla las normas. Será un placer recibirlo, uno de nuestros guías le puede enseñar la zona –intervino el jefe de los guardas.

—Ni siquiera tengo la intención de hacer un safari fotográfico –dijo el desconocido sin perder sus formas exquisitas ni hacer mucho caso al jefe

de los *rangers*–. Estoy recorriendo el país y mi guía ha elegido este lugar para continuar el recorrido por carretera. Tal vez ustedes y yo nos encaminaremos en la misma dirección… –añadió mirando al grupo.

—Nosotros vamos hacia el lago Tanganica –dijo Visconti anticipándose a todos, alegre ante la perspectiva de un viaje más cómodo que en los *matatus*.

—Casualmente yo también me dirijo hacia allí. Insisto en que acepten mi invitación. Será un placer para mí tener compañía en un viaje por estas tierras tan salvajes y cautivadoras.

—Pero no tenemos dinero… –comentó entonces Rita.

—Su compañía para mí es más valiosa que cualquier otra cosa, no se preocupen por ese asunto. Ah, y perdonen por no haberme presentado: mi nombre es Thomas van Strassen.

Desde que habían salido de Libia las cosas se habían ido complicando de forma encadenada, casi sin darles un respiro, y la aparición de aquel tipo resultaba providencial. Estaban cansados físicamente y su moral, excepto la del enamorado Daniel, también se había resentido. No podían dejar de pensar que cada vez que daban un paso que les aproximaba a su objetivo, este se alejaba de forma inesperada.

Parecía que, por fin, habían tenido un golpe de suerte y aceptaron la invitación de aquel dandi surgido en medio de la sabana.

Cuando salieron se quedaron impresionados. Delante del edificio de entrada de la reserva aguardaban cuatro grandes todoterrenos, nuevos y totalmente equipados, uno de los cuales llevaba un remolque. Junto a ellos se encontraban dos hombres, y varias personas más permanecían dentro de los coches.

—Estos son mis vehículos y mis empleados –les dijo van Strassen conduciendo a los cinco amigos hacia el todoterreno más lujoso–. Mi guía, el señor Mobutu, y mi asistente personal, el señor Kuyt –añadió el señor van Strassen, presentando a los dos tipos que se encontraban en posición de espera junto al vehículo–. Si les parece bien, podemos partir ahora mismo.

Montaron en los vehículos y, tras despedirse del jefe de los guardas de la reserva y de sus ayudantes, se pusieron en camino.

Tras recorrer varias pistas de tierra, llegaron a la ciudad de Morogoro, donde tomaron la carretera principal que iba de Dar es Salaam a Kigoma, a orillas del lago Tanganica.

Los cinco viajaban junto al señor van Strassen en un vehículo conducido por Kuyt.

—Me dedico al mundo de la empresa, al sector... químico y he de reconocer que las cosas me van bien, es un buen momento para la química –les comentó su anfitrión–. Durante muchos años he trabajado muy duro para levantar y sacar adelante mis empresas y, ahora, por fin me ha llegado el momento de disfrutar de la vida.

—¿Y se dedica a viajar? –preguntó Sarewa.

—Entre otras cosas. Admito que he ganado dinero, pero durante los años de sacrificio he aprendido que la riqueza no llena el corazón de una persona. Procedo de una familia humilde y he tenido que luchar en peores condiciones que otros para salir adelante. Mis padres no sabían leer y yo tuve que estudiar por las noches mientras trabajaba de día para adquirir cultura y conocimientos. Ahora –añadió el hombre–, además de mantener el negocio de mis empresas, intento ayudar a los jóvenes que no tienen recursos para que no pasen por lo mismo. He creado una fundación por medio de la cual ayudo a estos jóvenes...

—Vaya –exclamó Nadim.

—También a través de la fundación que lleva mi nombre financio algunos proyectos de cooperación sanitaria en países pobres –continuó diciendo van Strassen sin perder la compostura–. Precisamente aquí, en África, hemos construido y equipado recientemente varios hospitales; he estado visitando algunos de esos centros y me disponía a dedicar unos días para hacer turismo cuando me he encontrado con ustedes –luego, agregó–: Tal vez porque durante mi juventud apenas viajé, soy un admirador de la gente que tiene espíritu aventurero. En cuanto los he visto, me he dicho que ustedes son el tipo de persona con arrojo para viajar sin rumbo fijo a través de un lugar como este.

—Pues nosotros le agradecemos enormemente que nos haya invitado a viajar con usted –le dijo Visconti.

—Sí, muchas gracias –asintió Daniel.

Después de haber viajado a pie y en los *matatus,* ir en aquellos vehículos con aire acondicionado e incluso nevera para las bebidas y los helados era todo un lujo. Estaban totalmente equipados. Los asientos eran muy cómodos y apenas notaban los baches del camino. Sentados alrededor de las mesas desplegadas, charlaban, jugaban a algo, leían o escribían.

—Veo que tienes un cuaderno… –comentó el empresario observando a Rita.

—Sí: perdí mi cámara de fotos y desde entonces lo utilizo para apuntar las cosas interesantes que ocurren y para dibujar los paisajes que me gustan.

—Oh, vaya, a mí también me gusta mucho dibujar. Te enseñaré los apuntes que he hecho durante estos días de viaje –dijo el señor van Strassen a la vez que buscaba en un pequeño armario.

Aquel señor elegante, pulcro y educado resultó ser un excelente dibujante y pintor: sus acuarelas y dibujos a lápiz eran sencillamente extraordinarios.

El viaje continuaba. Atravesaron Baobab Valley, el valle de los baobabs. Y pasaron junto al Parque Nacional de Ruaha, después de dejar atrás la pequeña ciudad de Iringa y el Parque de Mikumi.

El señor van Strassen era un anfitrión extraordinario; él y el resto de las personas que lo acompañaban los trataban como si fueran reyes. Disponían de todo tipo de comodidades y de un lujoso y excelente material de acampada. Cuando no encontraban un alojamiento de su gusto, los empleados del empresario instalaban un campamento en el que no faltaba de nada.

Sin embargo, lo que más sorprendió a los cinco fueron las habilidades y conocimientos de aquel hombre. Parecía un pozo de sabiduría y en su boca de finos labios y perfecta dentadura siempre tenía dispuestas las palabras adecuadas para cada uno de ellos.

Pasaba mucho tiempo charlando con Nadim acerca de las costumbres de los diferentes pueblos de África y de la gran diversidad de lenguas del continente. Y le prestó varios libros sobre esos temas. El joven libio dedicaba horas a aquellas lecturas.

El empresario también dominaba el mundo del comercio y tenía un vasto conocimiento de la artesanía. Así que de ello hablaba con Sarewa. Cuando paraban en algún poblado, iban juntos al mercado para volver cargados de mercancías. El hombre pagaba todos los artículos, que más tarde regalaba a Sarewa, aconsejando sobre la manera más conveniente de venderlos.

Del mismo modo, Visconti y van Strassen hicieron muy buenas migas, ya que este último era un gran cocinero. En las ocasiones en que acamparon, el empresario enseñaba al veneciano nuevas formas de cocinar la pasta y condimentarla con diferentes ingredientes; aunque pareciera increíble, ese señor Strassen sabía más de cocinar pasta que el mismo profesor Visconti.

Y por más extraordinario que resultara, aquel empresario altruista era igualmente docto en antropología, materia que Daniel enseñaba en la universidad. Sin embargo, no tuvo necesidad de hablar ni una palabra de este tema para estrechar lazos con él. El tío de Rita no era el mismo desde el flechazo en el supermercado de Dar es Salaam: seguía estando ausente, pensando continuamente en Jessie.

El perspicaz van Strassen se dio cuenta de que a aquel profesor le ocurría algo y que tenía que ver con asuntos amorosos. No tardó en ganarse su confianza y convertirse en su confesor. Al atardecer se los veía caminar hablando de los caprichosos caminos que a veces escogía el amor para manifestarse. Y durante las veladas no paraban de hablar del mismo tema. Un día, el empresario le regaló a Daniel un teléfono satélite con el cual podía estar en contacto permanente con su chica.

Daniel estaba feliz y se pasaba el día hablando con su amada.

—Señor Strassen, nosotros no podremos pagar esas llamadas –le dijo un día Rita viendo a su tío día y noche enganchado al teléfono.

—Oh, no te preocupes, eso corre de mi cuenta.

—Sí, pero…

—Olvídate de ello, ya os comenté que para mí el dinero no es importante. El ver disfrutar a amigos como vosotros es lo que me llena el corazón. Eso es algo que el dinero no puede comprar. Cuando seas mayor, lo comprenderás.

El señor van Strassen hablaba mucho de amor, de confraternidad, y de valores y afectos verdaderos; pero, aunque lo hacía con unas maneras exquisitas y educadas, no transmitía el más mínimo sentimiento. En el fondo era una persona fría. Eso pensaba Rita, aunque fuera una niña.

Había algo en aquel hombre, en aquel anfitrión perfecto, de modales educados y planta aristocrática, que no acababa de convencerla. Era una intuición, pues van Strassen parecía vivir solo para complacerlos, moviéndose constantemente de un lado para otro, siempre con las manos en los bolsillos.

Sí, solo era una intuición, pero a cada jornada que pasaba se hacía más fuerte.

Un atardecer optaron por hacer noche en un lugar conocido como la granja de Nikki, en Kisolanza. Era un lugar situado en medio de unas montañas, donde se respiraba un aire fresco y limpio, muy diferente del calor tropical de las llanuras.

Nikki era una señora que se había marchado del país al quedarse viuda. Años más tarde había decidido regresar y reformó una granja que tenía como alojamiento para los viajeros. En sus terrenos había construido cabañas con habitaciones bien equipadas.

El señor van Strassen alquiló varias de ellas para él y sus invitados. Eran unas construcciones sólidas, de planta redonda y lujosamente decoradas con motivos africanos.

Una red de caminos de tierra delimitados por piedras recorría todo el terreno. Estos senderos estaban rodeados de lo que parecía césped pero que, en realidad, eran hierbas silvestres. Aquella vegetación inofensiva escondía entre sus hierbas un verdadero peligro: serpientes.

Así lo indicaban varios carteles que aconsejaban a los clientes no caminar fuera de los cómodos senderos.

Van Strassen ordenó a sus empleados que instalaran la cocina aprovechando los servicios que ofrecía la granja. El empresario quería estar cómodo; él y Visconti habían decidido que cocinarían para la cena un plato de pasta de nueva creación.

Siempre que su jefe cocinaba, Kuyt y Mobutu, el asistente y el guía, le ayudaban haciendo de pinches. Y es que, como Rita había observado, aquellos dos hombres, a los que apenas les había oído decir una palabra, no se separaban nunca de él y siempre parecían alerta.

—¿Están seguros de que no han estado juntos en Venecia alguna vez? Cuando los veo uno al lado del otro, sus caras me resultan familiares… –les comentó el italiano, ajustándose las gafas y mirándolos una vez más mientras comprobaba el estado de cocción de la pasta.

—No insista, señor Visconti; estos hombres llevan trabajando conmigo veinte años y le aseguro que a lo largo de todo este tiempo no han ido allí –le contestó van Strassen, y añadió, bajando el tono de voz y haciéndole un guiño cómplice–: no han tenido vacaciones.

—Vaya…

—Es que ellos no las aceptan.

—Eso en mi país es impensable, las vacaciones son algo sagrado para todo italiano y más para nosotros, los venecianos. Claro que, a países diferentes, costumbres dispares. Por ejemplo, en Italia nunca cocinamos con guantes –observó Visconti señalando los guantes que cubrían las manos del empresario.

—Oh, esto no es una costumbre de mi país, es una especie de manía personal. He estado tantos años trabajando con productos químicos que ya me he acostumbrado a utilizar guantes para cualquier labor que hago.

—¿Pero no le molestan?

—No, son muy finos.

Rita pasó al lado de los hombres con el tiempo justo para escuchar las últimas frases de la conversación y, de repente, una especie de rayo golpeó su cabeza: ¡Van Strassen siempre tenía las manos en los bolsillos y, cuando no era así, se las cubría con guantes!

En el cuaderno había apuntado algo relacionado con unas manos que había vaticinado el brujo de Rumsiki, no recordaba exactamente qué. Tenía que mirarlo.

—Rita –le llamó la atención el empresario, sacándola de sus pensamientos–. No te despistes y camina por las zonas recomendadas, esto está lleno de serpientes y todavía no tenemos un remedio infalible contra sus mordeduras.

Otro rayo, ahora más gordo que el anterior, iluminó su cerebro al escuchar aquella nueva frase, que –no tuvo ninguna duda– estaba impregnada de un tono irónico.

—Sí…, gracias, señor van Strassen, tendré más cuidado –respondió intentando disimular su turbación.

Luego, se dirigió hacia un lugar discreto, fuera de la vista de los numerosos empleados de van Strassen. Cuando se sintió segura, abrió el cuaderno que siempre llevaba consigo en la mochila y buscó las palabras del brujo.

¡Allí estaban!

"Cuídate del hombre de las cicatrices en las manos", le había dicho.

¡Tenía que ver las manos de Thomas van Strassen!

12

Atrapados

Tras pasar por la pequeña ciudad de Mbeya y dejar atrás el pueblo fronterizo de Tunduma, llegaron a Sumbawuanga, un pueblo grande, de anchas calles y caminos de color rojizo.

A partir de ese punto y durante varios kilómetros, la carretera de tierra que llevaba a Ujiji discurría paralela al lago Tanganica, que aún no tenían a la vista.

Prosiguieron su viaje en dirección norte.

Rita no podía quitarse de la cabeza la frase que le había dicho van Strassen aquella noche en la Granja de Nikki; y aquello no hacía sino alimentar más sus sospechas.

Y estaba lo de las manos; en ese momento, eso era lo más urgente para ella.

"No será difícil. Van Strassen es un perfecto caballero, una persona de lo más educada, incapaz de ver que una dama se desploma a sus pies y no hacer nada por evitarlo. No creo que lleve puestos los guantes a todas horas. Tendré que probarlo", pensó.

Aún no era mediodía cuando la comitiva se detuvo, ya que uno de los coches había sufrido un pinchazo. Hacía calor.

Todos los viajeros habían bajado de los vehículos para estirar las piernas y paseaban alrededor de la carretera. También van Strassen. Rita vio que ahí estaba su oportunidad.

Se acercó discretamente a él:

—¡Cómo calienta el sol, creo que es el día más caluroso de mi vida! —suspiró mientras hacía ver que se secaba de la frente un sudor que no existía.

—Sí, deberías ponerte un sombrero. Es peligroso que vayas con la cabeza descubierta, te puede dar una insolación —observó el empresario.

"Me lo está poniendo a huevo", se dijo para sí Rita.

—Sí, es verdad, de hecho siento como si la cabeza me diera vuel… —y diciendo esto, se dejó caer a sus pies de modo aparatoso, simulando que había sufrido un desmayo.

—Rita, ¿qué te ocurre? —gritó su tío Daniel a la vez que corría a su lado para atenderla.

—Le ha dado un golpe de calor, ya la había avisado —intervino sin inmutarse van Strassen.

El gran anfitrión, el perfecto caballero, se había quedado impasible al ver que Rita caía a su lado; ni siquiera había acudido a socorrerla mientras ella lo esperaba, tumbada en el suelo, con un ojo entreabierto, para ver sus manos.

El plan había fallado, pero ella no pensaba rendirse. Se lo había aconsejado el brujo de los cangrejos; pero, sobre todo, se le había metido entre ceja y ceja: tenía que ver las manos de aquel hombre.

Durante la parada que hicieron para comer, vio una nueva ocasión. Rita había subido al coche para coger un sombrero y se dio cuenta de que junto al vehículo se encontraba van Strassen. En ese momento, oyó la voz de Visconti.

—¡Mirad, parece que se aproxima un camión! —exclamó el italiano.

Rita se asomó, apoyándose en el estribo del coche, pero lo hizo de una manera tan patosa que dejó que su cuerpo cayera a escasos centímetros del empresario. Y lo que ocurrió fue que se dio de bruces contra el suelo.

El señor van Strassen no sacó las manos de los bolsillos para evitar que ella se rompiera las narices: no movió un dedo, ni siquiera una ceja. Fue Nadim el que esta vez corrió en su auxilio.

—¿Estás bien? —le preguntó.

—Grrr...., creo que sí —le contestó Rita mientras se reincorporaba y comprobaba que tenía todos los dientes en su sitio.

—Mmmm, esta niña parece que está muy débil. Tenemos unas inyecciones de vitaminas que van muy bien para recuperar fuerzas —dijo entonces van Strassen, mirándola directamente a los ojos.

—No..., no se preocupe, estoy bien, no ha sido nada —dijo Rita, levantándose y sacudiéndose el polvo de la ropa.

Pero ella sí comenzó a preocuparse. Y mucho. De nuevo se había percatado del matiz irónico de las palabras de van Strassen y esta vez de forma clara. Él también desconfiaba de ella, estaba segura.

Sin embargo, tenía que seguir intentándolo.

Visconti cocinó de nuevo aquella noche. Junto a él, estaba como de costumbre van Strassen, y Rita se dejó caer por allí al comprobar que llevaba las manos en los bolsillos y, posiblemente, sin guantes.

El italiano se encontraba agachado junto al fuego, ultimando un plato de espaguetis a la carbonara.

—Rita, por favor, ¿me alcanzas una docena de huevos? –le pidió el italiano.

Ella no lo dudó. Cogió un huevo de la huevera, pero en lugar de dárselo en la mano, le avisó:

—Visconti, le tiro el primero; cójalo… Ahí va…

El huevo voló describiendo una trayectoria ascendente y luego descendente. ¡Chof!

—Huy, perdón.

Rita había lanzado el huevo directamente hacia van Strassen, pero este, en lugar de cogerlo o evitarlo con la mano, hizo un quiebro prodigioso, esquivándolo, sin para ello sacar las manos de sus bolsillos.

—Lo siento, señor van Strassen, se me ha escapado –se disculpó.

—Ya –respondió lacónicamente este, mientras el profesor Visconti se limpiaba la cara impregnada de la yema y la clara del huevo.

Después de cenar, y mientras tomaba un colacao junto al fuego en el impresionante campamento que habían instalado a las afueras del pueblo Uvinza, Rita se dio cuenta de dos cosas: había olvidado su cuaderno y el señor van Strassen no estaba junto a ellos.

Algo se encendió dentro de su cerebro. Con discreción, pero lo más rápido que pudo, se dirigió hacia el vehículo donde había dejado la mochila.

La puerta estaba abierta y alguien, en el asiento trasero, revolvía las cosas.

—Hola, señor Strassen –lo saludó de forma seca.

—Ah, Rita, ho…, hola …Vaya, estás aquí –respondió el hombre, sorprendido.

Tenía el cuaderno entre sus manos y, a pesar de la oscuridad, Rita creyó ver que no llevaba los guantes puestos.

—Estaba buscando algo… y he visto tu cuaderno; no he podido resistir la tentación de cogerlo para ver una vez más algunos de tus dibujos. Me gustan mucho, son muy buenos. ¿Has pensado alguna vez que podrías dedicarte de mayor a ser pintora?

—No.

—Creo que tienes talento y que deberías pensarlo seriamente. Si quieres, podrías solicitar una beca a mi fundación…

—De momento, solo quiero mi cuaderno. Venía a por él.

Nadim y Sarewa, que habían escuchado sus voces, acudieron hasta el vehículo.

—No es una mala idea, señor van Strassen; yo se lo comentaré a sus padres –dijo Daniel, que había llegado acompañado de Visconti. Kuyt y Mobutu los siguieron de cerca, deseosos de ver lo que ocurría.

—Yo solo quiero mi cuaderno –insistió secamente Rita.

—Discúlpame si te ha molestado que lo cogiera; ha sido un atrevimiento por mi parte, lo dejaré donde estaba –se disculpó van Strassen.

—No; démelo, por favor.

El hombre la taladró con su mirada de acero y bajó del coche con el cuaderno en las manos.

Rita dio en ese preciso instante unos pasos hacia atrás, colocándose bajo la luz de uno de los focos que iluminaban el campamento, y esperó a que se acercara el señor van Strassen. Había gran tensión en el ambiente, y eso también lo notaron Sarewa y Daniel, aunque no entendían nada.

Van Strassen se acercó a ella y extendió los brazos para darle el cuaderno. Sus ojos azules parecían dos cuchillos que se clavaran en la niña.

Pero Rita no se fijó en su mirada.

Todos sus sentidos estaban pendientes de otra cosa.

Allí estaban: los dedos largos y huesudos de unas manos delgadas y a la vez fuertes…, surcadas por horribles cicatrices.

Tras lo ocurrido, van Strassen se retiró acompañado por sus hombres de confianza.

Los cinco amigos se quedaron junto a los vehículos, a la luz de los focos.

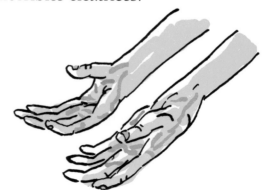

—¿Puede saberse qué te ocurre? ¿Crees que esa es forma de comportarse con el señor Thomas después de lo que está haciendo por nosotros? –le riñó su tío cuando supo que ninguno de los empleados de su anfitrión podría escucharle.

—¿Ahora le llamas Thomas? –comentó a modo de respuesta Rita con ironía.

Visconti, Nadim y Sarewa escuchaban la conversación, sorprendidos también por la actitud de la niña.

—No sé qué mosca te ha picado –continuó su tío–, pero creo que deberías mostrar más respeto por alguien que nos está ayudando de esta manera. Si no fuera por él, no habríamos podido llegar hasta aquí en tan poco tiempo.

—¡Precisamente, tío…! –saltó Rita–. ¿No te das cuenta?... ¿No os dais cuenta –continuó hablándoles ahora a todos– de que van Strassen no os ha dicho nunca hacia dónde se dirigía y en todo momento espera que le digamos nuestro destino? ¿No os parece sospechoso?

—No, él ya nos dijo que se dedicaba a viajar sin rumbo por Tanzania. Es un hombre rico; esa gente hace ese tipo de cosas y le hemos caído simpáticos, por eso nos ayuda –le respondió su tío.

—Sí, pero ¿qué quiere él a cambio de esa ayuda? ¿No te lo has preguntado? –le rebatió ella.

—Nada, ya lo ha dicho. Construye hospitales, es una persona altruista; hay gente así –terció Nadim.

—¡Yo no me lo creo!

—Rita, ¿tienes alguna prueba para sostener lo que dices? –inquirió Daniel.

—Sí –y al decir esto les mostró la página del cuaderno donde había apuntado algunas de las frases que le había dicho el brujo de Rumsiki.

—¿Qué es esto…?

Rita les contó lo que había sucedido durante su visita al brujo de los montes Mandara, justo mientras ellos estaban aplaudiendo al equipo de Rumsiki en la final de fútbol, y les confesó que muchos de sus vaticinios se habían cumplido ya.

—¡No pretenderás que vayamos también nosotros a creer antes en las predicciones de un brujo que en el comportamiento de van Strassen! –le reprendió Daniel.

—¿Por qué no? ¡Hasta ahora se han cumplido! ¡El profesor Visconti ha sido testigo!

—Bueno, no sé… Rita, es muy atrevido decir eso… Pueden haber sido coincidencias –farfulló el veneciano, vacilante.

En ese momento, Sarewa intervino en la conversación:

—Tu tío tiene razón. Yo conozco a ese brujo y es una persona con grandes conocimientos y poderes que le permiten hacer predicciones. La gente de mi pueblo confía en él, y yo también creo que algún tipo de fuerza le ayuda a ver el futuro. Pero en este caso –añadió el joven kapsiki–, los hechos demuestran que se ha equivocado. Van Strassen no es una mala persona; tiene un gran corazón. Nos ha dado incluso pastillas para combatir la malaria cuando se han acabado las que teníamos. Puede que con eso nos haya salvado la vida –agregó el joven kapsiki.

—Yo estoy de acuerdo –asintió Nadim.

—Ya somos tres –sentenció Daniel.

Se produjo un breve silencio; brevísimo pero suficiente para que todos se dieran cuenta de que Visconti no las tenía todas consigo.

—Yo… –dijo indeciso y algo nervioso –, no sé… Pero…, lo siento, Rita…, van Strassen no parece malo –admitió por fin el veneciano.

—¡Os ha engañado! ¡Os ha seducido con su dinero y su conocimiento de enciclopedia! ¿No os dais cuenta de que él habla mucho de sí mismo pero que cuando le preguntamos cosas concretas responde con evasivas? Manipula todo, es un hombre frío y calculador ¡y ahora nos tiene atrapados!

—No sigas, Rita –le advirtió su tío.

—¡Tenemos una misión que cumplir! ¡Dimos nuestra palabra a un misionero y las vidas de muchas personas dependen de ello! ¿Lo habéis olvidado?

Daniel no quiso seguir escuchándola.

—¡Ya está bien! –la interrumpió–. Rita, tu imaginación te está haciendo ver cosas que no son reales. Has expuesto lo que piensas y te hemos escuchado, pero todos pensamos de forma diferente. Es cierto que hemos venido aquí para cumplir una misión, ya que dimos nuestra palabra, y pienso que precisamente si alguien puede ayudar a los hermanos blancos, ese es van Strassen.

—¡No! —exclamó Rita.

—Lo he estado pensando estos días. Él ha ayudado a muchas personas y dispone, además de los buenos sentimientos, de los medios para solucionar los problemas de los misioneros en el más breve plazo posible. Propongo que le desvelemos lo que sabemos.

—Es un error, tío Daniel, un grave error —gimió Rita.

El resto del grupo, incluido el vacilante Visconti, asintió a la propuesta del tío de Rita. La niña casi no pudo evitar las lágrimas de rabia.

Algunos de los empleados de van Strassen se habían percatado de la discusión que mantenían los cinco amigos y avisaron a su jefe.

Este, con aquel extraordinario sentido de la oportunidad que poseía, aprovechó el momento para acercarse al grupo.

—¿Amigos, está todo a su gusto?

—Sí, señor; sencillamente estábamos charlando —respondió Daniel—. Y precisamente queríamos hablar con usted. Lo cierto es que no le hemos contado el verdadero motivo de nuestro viaje, ya que nos habíamos comprometido a no revelárselo a nadie..., pero no podemos seguir ocultándolo a un amigo como usted. Estamos seguros de que comprenderá el motivo tan grave que nos ha empujado a recorrer África y tal vez pueda ayudarnos...

El empresario sonrió satisfecho y en sus ojos azules se adivinaba un destello de victoria. Sin embargo, el hombre mantuvo la compostura y adoptó un tono amable pero serio para decirles:

—Vayamos cerca del fuego y pongámonos cómodos. Y cuéntenme cuanto deseen; si por un compromiso creen que hay algo que no me deben contar, no lo hagan...

Y, así, Daniel, Visconti, Nadim y Sarewa contaron con todo lujo de detalles lo ocurrido desde la noche en que la víbora había picado al estudiante en el yacimiento de Wadi Methkandoush.

Rita fue la única que no habló. Con la mirada fija en el suelo, escuchaba y encajaba aquellas palabras como si fueran golpes en su pecho.

—Amigos, acerté cuando, al verles en la reserva de Selous, pensé que ustedes formaban un grupo de verdaderos aventureros. La historia que me han contado es extraordinaria y me conmueve que haya sido esa noble causa el motivo de su odisea por este continente –dijo con pedantería el señor van Strassen. Luego, añadió–: Y, desde luego, responderé a la confianza que han depositado en mí al contarme el secreto que guardaban. Tanto las personas que trabajan para mí como yo mismo nos esforzaremos para que el secreto de la piedra negra no caiga en malas manos. Por cierto, mañana por la mañana llegaremos a Ujiji, el lugar donde debemos encontrar a ese hermano… ¿Kotudu?

—Al hermano Obudu –le corrigió Sarewa.

—Eso, al hermano Obudu. De este modo podrán dar por finalizado su largo y peligroso viaje, y regresar para descansar y contar a sus amigos su hazaña. Yo me encargaré de ayudar a los misioneros, no se preocupen. Ahora vayan a sus tiendas y descansen…

—Un momento –le interrumpió Daniel–. Señor van Strassen, mi sobrina quería decirle algo…

El empresario miró fijamente a unos ojos que a Rita le costaba levantar

—Rita… –la apremió su tío.

Aquello le repateaba. Cuando levantó la vista se encontró con la mirada mordaz del señor van Strassen.

—Discúlpeme por mi comportamiento anterior, señor. No debí haberme enfadado tanto porque cogiera mi cuaderno.

—No te preocupes –le respondió el hombre sonriendo y acariciándole el pelo con las manos cubiertas por unos finos guantes de látex.

Poco después, todos fueron a acostarse.

"Tal vez el señor van Strassen tenga razón: mañana cuando demos el mensaje al misionero, habremos cumplido con nuestra palabra y habremos hecho todo lo posible para salvar unas cuantas vidas. No podemos hacer más. He de olvidarme de lo que se me pasa por la cabeza", pensaba Visconti mientras se cepillaba los dientes junto a su tienda.

—¿Todo en orden, señor profesor? –le preguntó van Strassen, quien hacía siempre una última ronda antes de acostarse, acompañado por sus dos hombres de confianza.

—Sí… –respondió el veneciano sin poder evitar mirarle las manos enguantadas.

—Fue a causa de un accidente de trabajo, en la fábrica. Estábamos mezclando diferentes ingredientes líquidos durante la investigación de un nuevo producto cuando un material corrosivo cayó sobre mis manos. Desde entonces no volví a cometer la imprudencia de trabajar sin guantes y, como le dije, me he acostumbrado a ellos –le dijo a modo de explicación el señor van Strassen.

—Vaya, debió de dolerle.

—Sí, mucho. Buenas noches, profesor Visconti.

—Buenas noches.

Los tres hombres desaparecieron entre la bruma que esa noche rodeaba el campamento.

—¡Ya los tenemos, jefe! –exclamó Kuyt cuando se supo a salvo de oídos indiscretos.

—¿Quiere que vigilemos al italiano? –preguntó Mobutu.

—No es necesario, no creo que él nos pueda causar problemas. Pero a la niña no le quitéis el ojo de encima, ella es la realmente peligrosa.

13
Encuentro en Ujiji

—… y cuando Stanley se vio frente a frente con él, le dijo: "Doctor Livingstone, supongo" –concluyó Nadim.

—Esa frase me suena mucho… –comentó Rita mientras terminaba de anotar las últimas palabras del relato de la aventura de Livingstone en su cuaderno.

—Es una de esas frases que se escribieron para narrar el acontecimiento y han quedado en la memoria de la gente –intervino Visconti.

—¡Hemos llegado! –anunció van Strassen desde la parte delantera del ancho vehículo, donde viajaba en medio de sus dos hombres de confianza.

El Ujiji al que llegaron no se parecía mucho al que habían visto representado en algunas láminas que recreaban el diálogo entre Livingstone y Stanley. Aquel lugar idealizado a orillas del lago y salpicado de cabañas era ahora un pueblo grande con carreteras de asfalto y lleno de comercios que ofrecían todo tipo de mercancías y recuerdos conmemorativos del famoso encuentro. Los edificios delataban la importante influencia árabe que la pequeña ciudad tuvo en el pasado.

Siglos atrás, Ujiji había sido un punto muy importante dentro de las rutas de las caravanas de esclavos. Los traficantes, con base en la isla de Zanzíbar, enviaban sus expediciones a través de lo que hoy es

Tanzania para capturar personas y esclavizarlas. Ujiji era el punto donde aquellas salvajes expediciones habían establecido una de sus bases. Allí hacían un alto en el camino antes de regresar a la costa suajili con su siniestro cargamento, donde embarcaban a los desdichados que habían caído en sus manos rumbo a Zanzíbar para ser vendidos o subastados.

A pesar de que Rita se estiraba para mirar por la ventanilla, no veía el agua por ninguna parte.

—¿Qué haces? –le preguntó Nadim.

—Quiero ver el lago Tanganica. Está aquí, ¿no? –respondió.

—Sí, pero la orilla ya no llega hasta la misma ciudad como hace siglos –dijo van Strassen con una cierta amabilidad que a ella le extrañó un poco–. Más tarde iremos a verlo, ahora estamos ocupados.

El empresario ordenó por radio a sus empleados que intentaran localizar la misión de los Hermanos Blancos y los vehículos que les precedían se perdieron entre las animadas calles del pueblo.

—Queridos amigos, ¿qué les parece si mientras tanto nosotros vamos a visitar el lugar del encuentro entre los dos insignes exploradores? –propuso con su voz engolada van Strassen. Intentaba contenerse, pero había algo en su mirada y en el tono de su voz, que esa mañana sonaba jovial, que delataba una satisfacción plena. No como Rita, que estaba muy seria.

Sin embargo, sus compañeros de aventura parecían haber olvidado del todo las palabras de advertencia que ella les había dicho la noche anterior, si es que alguna vez las habían tenido en cuenta.

Nadim viajaba absorto en la lectura de los libros que le había prestado el empresario, mientras que Sarewa conversaba con el anfitrión acerca del comercio en esa zona del país. Van Strassen le contó que en Ujiji se encontraba uno de los mercados más antiguos de África y que tal vez ese era mejor sitio que Kigoma para hacer negocios.

Por su parte, Daniel, que en ese momento estaba conversando con Jessie por el móvil, no podía ocultarle su alegría.

—Sí, hoy por fin podremos hablar con la persona que hemos venido a buscar… y pronto podremos vernos. Claro, iré a verte…, que sí, tonta… No, no, lo digo en plan cariñoso… En mi país se dice *tonta* como muestra de cariño… De verdad, cielito…, que no…

Y, así, entre cariñitos y palabritas de amor, se le pasaban los kilómetros a la versión más empalagosa de Daniel que jamás había conocido Rita.

Solo Visconti parecía algo inquieto. Y es que debía de tener algún problema con las gafas, porque no dejaba de moverlas, como si no enfocaran bien. Y esto lo hacía sobre todo cuando miraba hacia la parte delantera donde se encontraban Kuyt y Mobutu, los ayudantes de van Strassen.

—Créanme, debe de haber unos tipos parecidos a ustedes en Venecia, no es la primera vez que los veo —volvió a decir.

—Si nos invita a ir, acudiremos para hacerles una visita a nuestros hermanos gemelos, ¡jua, jua! —comentó con sorna Mobutu.

—Ah, disfrutarían mucho… Es la joya del Adriático, la ciudad más hermosa que existe: no hay un lugar que se le pueda comparar. Ni hay experiencia tan sublime como pasear en góndola por sus canales. Eso solo se puede hacer en un lugar en el mundo: en Venecia —relataba con nostalgia el profesor.

—¿Qué, Rita, tienes ganas de conocer un lugar histórico como este? ¿Estás nerviosa? —le preguntó van Strassen. En vista de que no obtenía respuesta, el empresario añadió—: Cuando regreses al colegio, podrás contárselo a tus profesores y a tus compañeros. Seguro que se quedan muy impresionados…

Pero ella, nada.

—El señor van Strassen te ha hecho una pregunta, Rita —le indicó Daniel.

—Sí, vale —refunfuñó la niña.

—Discúlpela, la pobre tiene añoranza de su casa y, al oír hablar de sus amigos de clase, le ha vencido la melancolía —la disculpó su tío a la vez que le llamaba la atención con el codo.

Llegaron al lugar por un camino de tierra que terminaba en un aparcamiento. Luego, pagaron los tiques y se aproximaron a una zona pavimentada en medio de la cual había un frío monolito de piedra que conmemoraba el famoso encuentro.

Al lado, sobre una elevación también pavimentada, se hallaba el mango a la sombra del cual debieron de charlar más de cien años antes aquellos dos hombres, ingleses por más señas.

Van Strassen no recibía noticias de sus empleados y cada vez le costaba más ocultar su nerviosismo. Se movía de un lado para otro, inquieto, con el móvil en una de sus manos enguantadas.

Excepto él, todos los demás, incluidos Kuyt y Mobutu, se sentaron en el banco de cemento que se hallaba frente al monolito conmemorativo.

Pronto apareció un hombre delgado, de unos cincuenta años y ademanes pausados, que les explicó detalladamente lo acaecido al doctor Livingstone en su primer viaje a África. Cuando estaba a un paso de llegar al punto culminante de su relato, comenzó de nuevo a repasar algunos episodios de la niñez del explorador.

Llevaban media hora escuchando al guía, y el famoso doctor protagonista de la historia aún no se había internado en ninguna selva, ni se le ocurría por asomo dirigirse al lago Tanganica.

—No duden en preguntar lo que quieran si hay algo que no les queda claro –señaló el hombre, interrumpiendo su monótona letanía.

—¿Hay aquí en Ujiji una misión de la congregación de los Hermanos Blancos? –le preguntó visiblemente impaciente van Strassen, a quien parecía que comenzaba a abandonarle el buen humor.

—Yo me refería a la historia del doctor Livingstone.

—Insisto, caballero. Díganos, por favor, si la hay y dónde se encuentra; es un asunto de máxima urgencia.

—Sí, precisamente está muy cerca: detrás de esas casas de puertas azules que están ahí detrás –respondió el hombre, señalando unos edificios que se hallaban tras el aparcamiento.

El guía se quedó con un palmo de narices cuando, tras indicarles el sitio, los visitantes abandonaron con prisa el lugar.

—Oigan, ¿no se quedan a ver el museo? Han pagado la entrada –insistió el hombre.

—¡Volveremos en otro momento! –contestó sin mirarlo van Strassen. Luego, dirigiéndose a Kuyt le ordenó–: Da a los demás las señas del lugar donde se encuentra la misión y diles que acudan cuanto antes.

El tono de su voz volvía a ser seco y cortante. Tenía una forma de hablar áspera y afilada, como la de alguien acostumbrado a dar órdenes continuamente sin demasiadas consideraciones. Sus movimientos también habían dejado de ser elegantes y refinados; parecía haberse convertido de la noche a la mañana en un hombre de acción.

Algo había cambiado en aquel hombre.

Daniel, Sarewa, Nadim y Visconti también se percataron de ello.

El tío de Rita recordó por un instante las palabras de su sobrina la noche anterior; pero, como una nube pasajera, aquella idea pronto desapareció de su mente, tan carente de sentido y de pruebas como era. Aquellos viajes a través de carreteras y pistas en tan mal estado sacaban de quicio a cualquiera, y van Strassen, a pesar de sus buenas acciones y su gran corazón, podía tener cambios de humor como los demás.

"Se lo comentaré a Jessie, ella conoce bien a las personas", pensó Daniel. Pero tuvo que dejar la llamada a la cajera para más tarde, ya que van Strassen los llevó caminando a paso rápido hasta la misión.

Kuyt y Mobutu los siguieron montados en el vehículo.

La misión de los Hermanos Blancos en Ujiji era un amplio y sobrio edificio de planta rectangular y paredes blancas cuarteadas. Un patio de tierra, que estaba rodeado por una valla de cañas, lo separaba de una pequeña construcción de cemento que hacía las veces de recepción o sala de bienvenida.

—Buenos días, queremos ver al hermano Obudu –dijo van Strassen, sin presentarse siquiera, a la señora que abrió la puerta.

—El hermano Obudu no está, se marchó ayer.

—¿Cómooo? –los ojos de van Strassen lanzaban fuego.

—Si lo desean, pueden hablar con el hermano Sorensen. Él sí se encuentra aquí… –señaló la mujer, algo intimidada por la expresión furibunda del hombre enjuto que tenía delante.

—¡De acuerdo, llévenos ante él! –gruñó el empresario olvidando las buenas maneras que había mostrado hasta muy poco antes.

La mujer les hizo pasar a través del patio y los condujo a la puerta principal de la misión.

—Nos dijeron que se sentía amenazado y que este era considerado para ellos un lugar seguro. ¡Algo habrá pasado para que se haya ido…! –se excusó Daniel ante van Strassen, encogiendo los hombros con gesto de incredulidad. Porque lo cierto es que era el empresario quien mostraba mayor disgusto por la desaparición del misionero: él, que no había atravesado medio continente tras sus pasos, recorriendo carreteras, andando por los caminos y salvando situaciones de peligro como habían hecho los cinco, y que, sin embargo, parecía pedirles explicaciones con la mirada.

Los tenían atrapados. A todos… menos a Rita.

—Buenos días, ¿desean algo? –los interrumpió la voz de un hombre de unos cuarenta años, de mediana estatura y barba de color castaño, que los observaba desde la puerta.

—¿El hermano Sorensen? –preguntó el hombre de las cicatrices mientras ocultaba sus manos enguantadas en los bolsillos de su chaqueta.

—El mismo. No parecen ustedes de la congregación, pero aquí son bienvenidas todas las personas de buen corazón.

"Sí, sí; pues ten cuidado con este tipo", pensó Rita.

—¿Puedo ayudarlos en algo? –les preguntó el misionero.

—Estamos buscando al hermano Obudu –soltó van Strassen a bocajarro.

El hermano blanco, sin perder la amabilidad, los invitó a entrar. Se sentaron alrededor de una mesa, en una sala sombría y fresca.

—Aquí estaremos mejor; las mañanas son muy calurosas en Ujiji –comentó el misionero–. Gracias, Fanny –añadió despidiéndose de la mujer que también los había acompañado. Luego agregó–: ¿Han visitado el lugar donde Stanley y Livingstone se encontraron? Es un lugar poco acogedor y tal vez Joseph, el guía, no sea un gran orador, pero no deja de ser emocionante ver que el árbol testigo de aquel encuentro histórico aún sigue ahí. ¿Te ha gustado? –preguntó dirigiéndose a Rita.

—Sí –contestó esta.

—¿Sabes? El doctor Livingstone dejó encargado a los fieles compañeros con los que viajaba en su última expedición que enterraran su corazón en África. Y estos así lo hicieron, al cobijo de un hermoso árbol. Luego, su cuerpo fue trasladado a Inglaterra, donde fue enterrado con todos los honores. Pero su corazón se quedó aquí, en África.

—¿Dónde está ese árbol? –preguntó Rita.

—Creo que en Chitambo, en Zambia, muchos kilómetros al sureste de aquí. Corre una leyenda que dice que una noche los jóvenes de una tribu se acercaron hasta el lugar donde estaba enterrado el corazón del doctor Livingstone y…

—Ejem… Disculpe, hermano Sorensen –lo interrumpió el impaciente van Strassen–. Hemos hecho un largo viaje para dar un aviso muy importante al hermano Obudu…

El misionero estaba sentado frente a todos ellos, al otro lado de la mesa, en una de las sencillas sillas, con las manos entrelazadas y la mirada tranquila, pero en guardia.

Se tomó unos segundos antes de contestar:

—Tal como les ha dicho Fanny, el hermano Obudu se marchó ayer.

—¿No le dijo adónde se dirigía?

—No —respondió de modo lacónico el misionero.

—Ya...–dijo entonces el señor van Strassen valorando la situación–. Hermano Sorensen, nuestra intención es ayudarlos; sabemos que están pasando un momento difícil por el asunto de la piedra negra.

Al oír esto, el misionero no pudo evitar un ligero estremecimiento que delataba cierta inquietud.

Gracias a ese gesto casi imperceptible, van Strassen se dio cuenta de que ahí estaba la pequeña grieta que podría llevarle a traspasar el muro en que se había convertido la desconfianza del hermano Sorensen.

El empresario, con la ayuda de Daniel, Sarewa, Nadim y Visconti, contó al misionero toda la peripecia que estos habían vivido a través de África con el fin de ayudar a los hermanos blancos y a las personas que pudieran ser curadas por las piedras.

—Como muestra de que decimos la verdad, le enseñaremos la cruz de bienvenida que nos dio el hermano blanco de los montes Tibesti, en el Chad –dijo Daniel a la vez que hacía un gesto a Rita para que se la mostrara.

—No la tengo..., me la robaron –se excusó ella.

—Es verdad, yo estaba presente –intervino Visconti.

El desconcierto se dibujó en los rostros de Daniel, Nadim y Sarewa; y, sobre todo, en el de van Strassen.

Rita y Visconti no les habían contado que *Merluzus* Lucius les había robado la cruz de bienvenida. Se les había olvidado aquel detalle cuando relataron a sus amigos su increíble aventura en la sabana. Y también, posteriormente, cuando se la contaron a van Strassen.

No había cruz de bienvenida de los hermanos blancos.

Y el hermano Sorensen dudaba.

"Son un grupo extraño. El hombre delgado y mayor no me da buena espina. Sin embargo, la niña, aunque apenas ha abierto la boca, parece sincera. Y conocen el significado de la cruz de bienvenida", pensó.

Tras unos segundos de vacilación, el misionero se movió ligeramente en su silla y apoyó los brazos sobre la mesa. Su rostro adoptó una expresión seria.

—Ayer vino un hombre con una de nuestras cruces de bienvenida. Dijo que, para su seguridad, era conveniente que el hermano Obudu lo acompañara. No dijeron adónde iban —les contó.

Van Strassen sonrió: parecía que el muro comenzaba a ceder.

—¿Cómo era ese hombre? —le preguntó.

—Era de raza negra. Alto pero fofo. No parece que haya hecho ejercicio desde hace veinte años. Iba vestido de civil, pero me fijé que calzaba botas de militar. Hablaba de una forma peculiar; casi siempre que terminaba una frase soltaba una coletilla: "ya te digo", o algo así.

—¡*Merluzus* Lucius! —exclamó Rita.

—Él dijo que se llamaba Malike y que trabajaba para la Organización Mundial de la Salud —aseguró Sorensen.

—Ese tipo es un bandido, un mercenario dispuesto a todo a cambio de un buen sueldo. Yo le conté todo lo que sabía de la piedra negra ya que amenazó con matarnos; fue él el que robó la cruz a Rita —se disculpó Visconti.

—Tranquilo, profesor, le creo: han hecho ustedes un gran esfuerzo por ayudarnos y les estamos, muy agradecido, tanto yo como el resto de la congregación; y también a usted señor Strassen —respondió el misionero.

El empresario, un poco nervioso, veía que el hermano Sorensen estaba a punto de dar por concluida la conversación y le dijo:

—Hermano: yo, por mi parte, no puedo quedarme de brazos cruzados sabiendo que el hermano Obudu ha sido secuestrado por un desalmado y que el secreto de la piedra negra puede caer en manos de gente sin escrúpulos. La fortuna me ha sonreído, y tengo dinero y medios que pondré a su disposición para ayudarlos.

—Gracias, señor Strassen; estamos acostumbrados a trabajar y a hacer las cosas con pocos medios. El dinero no es lo más importante para nosotros.

—El asunto es muy grave, hermano Sorensen; los ayudaré –insistió.

—Y yo se lo agradezco, pero tal vez es mejor dar parte a las autoridades y que sean ellas las que se encarguen del asunto.

—Hermano, usted sabe que las autoridades en este lugar pueden hacer muy poco en un caso como este. Ustedes guardan un secreto que no pueden desvelar, y en una situación así es difícil que intervenga la ley de un modo justo.

El misionero, sin poder ocultar su incomodidad ante la insistencia de van Strassen, se levantó de su asiento.

—Sí, es cierto. Pero ahora discúlpenme, por favor; he de atender a unos fieles que también han hecho un largo recorrido para visitarme. Debo pasar el día con ellos. Vengan mañana, por favor –rogó el hermano Sorensen con un ligero gesto de la mano, dando a entender que la conversación había terminado.

—Como usted desee –dijo van Strassen con voz esquiva, poniéndose en pie lentamente–. Pero antes dígame una cosa, por favor –agregó–. ¿Dónde se encuentra Delacroix, el misionero con quien tenía que reunirse el hermano Obudu?

Sorensen se encerró de nuevo en su mutismo. Parecía que el muro aguantaba aún firme.

—Si el comandante Lucius lo encuentra antes que nosotros, seguramente corra un grave peligro –advirtió van Strassen.

—Claro, es verdad. Pero creo que eso es imposible. Lamentablemente el hermano Delacroix murió hace quince días en la misión de Lilongwe, en Malawi –objetó el misionero.

—Oh, pobrecito… –susurró Visconti.

—Sí, que Dios lo acoja en su seno –sentenció de forma fría van Strassen, dirigiéndose hacia la salida–. Mañana regresaremos, hermano Sorensen –añadió, mientras salía por la puerta, en lo que sonó más como una amenaza que como una despedida.

—Sentimos lo del hermano Delacroix –comentaron Nadim, Visconti, Sarewa y Daniel, dando la mano a Sorensen antes de abandonar la estancia.

—Rita, vamos, ¿qué haces? No molestes al hermano, ya has oído que está muy ocupado –la recriminó su tío viendo que ella no hacía ademán de acompañarlos.

—Ahora voy, quiero preguntarle al misionero una cosa de la vida del doctor Livingstone para apuntarla en mi cuaderno –respondió la niña.

—No me molesta, déjela –la disculpó Sorensen.

Sin embargo, Rita y el hermano blanco no se quedaron a solas. Mirando unas viejas láminas que adornaban las paredes estaba Kuyt, cumpliendo a rajatabla las órdenes de su jefe: vigilar a Rita.

—Si no les importa, mientras ustedes hablan yo admiraré estos extraordinarios grabados –dijo señalando las fotocopias que estaban sujetas con chinchetas a las paredes.

Rita hizo algunas preguntas a Sorensen acerca de los episodios de la vida del doctor Livingstone, y simuló apuntarlos. Pero cuando notó que el ayudante de van Strassen no miraba, dibujó una cruz de bienvenida, copiándola del dibujo que había hecho de ella anteriormente en su cuaderno. Rompió la hoja sin hacer ruido y, disimuladamente, le mostró el papel al misionero, quien al ver la imagen hizo un gesto de asentimiento.

Luego, Rita escribió en la parte posterior: Van Strassen, muy peligroso, somos sus prisioneros. Y hecho esto, le pasó de nuevo el papel vigilando que no la viera Kuyt.

El misionero leyó el mensaje y escribió a su vez algo.

Rita pudo leer: No puedo abandonar la misión. No diré nada a van Strassen. Ayúdanos. Busca a Delacroix. Cuéntale lo que pasa.

En ese momento, Kuyt se dio cuenta de que estaban intercambiándose algo…

—¿Qué hacen ahora? –les preguntó, acercándose con gesto serio.

—Nada, le estoy enseñando los dibujos que he hecho en mi cuaderno –se excusó Rita.

—Sí, es cierto, esta niña dibuja muy bien –intervino el misionero a la vez que hacía desaparecer entre sus ropas el papel en el que se habían intercambiado los mensajes.

—Bueno, ya está bien de historias y dibujos. Es hora de irse, vamos –ordenó el tipo a Rita con un gesto brusco de la mano.

Abandonaron el edificio. Cuando estaban a punto de llegar a la choza que hacía de recepción, donde los esperaba el resto del grupo, una voz los detuvo:

—¡Esperen! –era el hermano Sorensen. Traía una cuartilla en la mano.

—Rita –dijo extendiendo el papel hacia ella–. Se me había olvidado enseñarte uno de mis dibujos. Llévatelo, te lo regalo.

—Un momento –se interpuso Kuyt, cogiendo el papel para mirarlo. El esbirro de van Strassen examinó la hoja y luego se la dio–. Toma, niña –gruñó–. ¡Otro dibujo…! Estoy harto de tus dibujitos y tus historias.

14
La huida

De nuevo se habían reunido todos los vehículos y, por orden de van Strassen, se dirigieron a la ciudad de Kigoma, a pocos kilómetros de Ujiji.

De camino vieron varios edificios de la ONU.

—Esta zona está muy próxima a Burundi, Zaire y Ruanda, y las guerras de estos países han provocado que muchos refugiados huyeran hacia esta región. La ONU tiene aquí sus oficinas e instalaciones para atenderlos, pues aquí hay varios campos de refugiados —les explicó van Strassen—. En estos momentos, en el consejo de administración de mi empresa estamos estudiando la posibilidad de edificar un hospital en la zona —continuó.

Rita no parecía atender a las palabras de van Strassen.

Pensaba.

—Vaya dibujo… —soltó Sarewa, echando un vistazo por encima de su hombro al papel que ella miraba fijamente—. No está mal, pero tú dibujas mejor.

—Vale, gracias —respondió Rita con una sonrisa, sin dejar de darle vueltas a la cabeza.

Además del dibujo de una catarata estrecha y alta, el misionero había escrito al lado Tanganica. Y ella estaba segura de que, tanto con la imagen como con aquella palabra, el hermano Sorensen había querido decirle algo. Aquello no era un regalo ni un recuerdo.

—¡Mirad! —exclamó Nadim, llamando la atención de sus compañeros.

Una franja brillante que ocupaba todo el horizonte se extendía ante ellos. Sus ojos, acostumbrados al monótono paisaje de hierbas secas y vegetación, se iluminaron con el reflejo plateado del agua. Parecía un mar.

—Ah, eso es el lago Tanganica —dijo van Strassen de mala gana.

Atravesaron parte de la ciudad de Kigoma y se encaminaron hacia una pequeña colina muy arbolada. Se encontraba a las afueras y había numerosas edificaciones dispersas que parecían hoteles.

—Hemos llegado —anunció Mobutu.

Los todoterrenos se habían detenido frente a un edificio rodeado de árboles, a escasos metros de la orilla del lago.

Era de dos plantas y en alguna época debió de tratarse de una construcción deslumbrante; pero con el paso del tiempo su aspecto se había ido descuidando y ahora parecía un local vulgar. Una balconada recorría a modo de galería todo el segundo piso del edificio y, sobre la barandilla, justo en la parte superior de la puerta principal, se podía leer en un cartel: HOTEL NEW KIGOMA.

Una vez hubieron llevado sus bultos y equipajes a la recepción y antes de coger las llaves, el señor van Strassen quiso hablar con ellos.

—Amigos —les dijo van Strassen tras acomodarse todos en los viejos sofás de una pequeña sala—: Han hecho todo lo que estaba en su mano por ayudar no solo a los hermanos blancos, sino también a la humanidad. Iniciaron su largo viaje para salvar la vida de un joven y lo han continuado movidos por el noble afán de salvar muchas más —el empresario hizo una pausa para secarse el sudor y luego continuó—: El hermano Obudu ha sido secuestrado por el comandante Lucius, un nombre que no me es desconocido.

Al escuchar aquello, los cinco le miraron un tanto sorprendidos.

—… No lo es para nadie que trabaje, viva o tenga negocios en África –siguió diciendo van Strassen–. Se mueve por todo el continente haciendo negocios sucios y tiene a sus órdenes a un numeroso grupo de hombres que no son mejores que él. Esto ya no es un juego, amigos; la situación es ahora muy peligrosa.

—¿Qué… quiere decir? –reaccionó algo impresionado Visconti.

Dos empleados del hotel se habían acercado a la sala con un ventilador y, tras colocarlo sobre una cómoda, intentaban ponerlo en marcha.

Van Strassen se tomó su tiempo para contestar, pero finalmente lo hizo con esta palabras:

—A partir de ahora les sugiero que dejen este asunto en mis manos. Localizaré al hermano Obudu y a sus captores. Liberaré al misionero para darle ese mensaje tan importante del que ustedes eran portadores. Mañana hablaré con el hermano Sorensen para coordinar la operación de rescate. No se preocupen –agregó–. Encontraré al hermano Obudu, y él y su secreto quedarán bajo mi protección.

—Pero ¿cómo va a hacerlo? Lucius y sus hombres no dieron ninguna pista al hermano Sorensen del lugar hacia donde llevarían a Obudu y el comandante se mueve con facilidad por todos lados, –preguntó Sarewa.

Los dos trabajadores del hotel habían desmontado con un destornillador el motor del ventilador y estudiaban con curiosidad el aparato. Van Strassen se limpió el sudor de la frente con su mano cubierta por un guante fino.

—Además de los hospitales que tiene mi empresa –dijo–, hay agentes comerciales que trabajan para mí en diferentes países de África. Pondré a varios de mis subordinados sobre su pista y pediré ayuda a todos los contactos que tengo en el continente para localizar al hermano Obudu –el empresario sonrió con una mueca que pretendía ser un gesto para transmitir confianza, y añadió–: Por fortuna, dispongo de los medios necesarios para hacerlo y, créanme, es la única forma que tenemos de ayudar a los misioneros.

Daniel comentó:

—Nosotros dimos nuestra palabra y nos involucramos en todo esto, pero usted no tiene por qué hacerlo. Nos dijo que había tomado unos días de descanso…

—Profesor, yo no puedo permitirme el lujo de descansar sabiendo que se está cometiendo una injusticia y que puedo hacer algo por evitarla. He consagrado mi vida a una empresa que fabrica productos para aliviar el dolor y el sufrimiento, y no me quedaré de brazos cruzados ante un asunto como este –concluyó con solemnidad van Strassen.

A los empleados del hotel se les había sumado un tercero y entre los tres discutían sobre la mejor forma de arreglar el dichoso ventilador.

El calor se hacía insoportable y las palabras de los trabajadores eran ya las únicas que se oían en la sala.

Nadim rompió por fin el silencio que se había instalado en el grupo.

—Señor van Strassen, nosotros no tenemos medio alguno para regresar, ni dinero…

—No se preocupen –contestó él–. Yo me haré cargo de todo. Les conseguiré billetes de avión o de tren para que puedan regresar a sus quehaceres. Hay una oficina de una compañía aérea en la ciudad y un aeropuerto cerca, así como una estación de tren; aunque yo les aconsejo el avión: es más rápido y más cómodo.

—Vaya, gracias –dijo Sarewa.

Daniel se removió un poco en el sofá.

—Sí, pero… –comentó–. Aún tenemos un problema: Walloski nos denunció por haber robado un vehículo de la universidad y amenazó con avisar a la policía de todos los países. En alguna medida, somos fugitivos…

—Profesor Bengoa, permítame decirle que ya había pensado en eso. Si a ustedes no les importuna, llamaré al bufete de abogados de mi empresa para que se pongan en contacto con las máximas autoridades de las universidades que patrocinan la investigación de Wadi Methkandush y aclaren este lamentable malentendido.

—¿Y el profesor Walloski?

—Mis abogados se harán cargo de todo. Las cosas se solucionarán y Walloski los recibirá en el yacimiento como si nada hubiera ocurrido. Y les anuncio otra cosa: mi fundación financiará los proyectos que ustedes dos –añadió dirigiéndose a Daniel y a Visconti– presenten en sus universidades. Sería una pena que por unos cuantos euros dos eruditos no pudieran seguir arrojando luz sobre la historia de la humanidad.

—Vaya, gracias –respondieron los profesores, sonrientes y un tanto sorprendidos por tanta generosidad.

"Cree que puede comprarlo todo", pensó Rita mientras escuchaba seria las palabras de van Strassen.

—Los ayudaré en todo cuanto esté en mi mano, amigos; pero ahora descansen en el hotel o vayan a dar un paseo por la ciudad. El señor Kuyt y el señor Mobutu los acompañarán para que no se pierdan si optan por salir. Yo, mientras, me ocuparé de sus billetes –concluyó el empresario.

—Esto ya está arreglado –exclamó uno de los empleados del hotel, sonriendo junto a sus compañeros a la vez que daba al interruptor.

El ventilador comenzó a funcionar y a refrescar ligeramente el ambiente, pero ya los seis clientes se habían retirado a sus habitaciones.

Como habían hecho hasta entonces desde que viajaban con van Strassen, Nadim y Sarewa ocuparon una habitación, y Daniel y Visconti, otra. Rita se alojó en una más pequeña que se hallaba contigua a la de su tío.

La niña se tumbó en la cama y miró una vez más el dibujo que le había dado el hermano Sorensen.

Delacroix estaba vivo, tal como ella había sospechado, a pesar de las primeras palabras del hermano Sorensen que parecían señalar lo contrario. El misionero se lo había confirmado después de que ella le hubiera mostrado la cruz de bienvenida. Él tampoco se fiaba de van Strassen y por eso lo había ocultado. Sus sospechas no eran infundadas, por mucho que su tío y los demás no le hicieran caso. Y el misionero de Ujiji le había pedido que buscara a Delacroix… en una catarata…, tal vez en el lago Tanganica.

Todo era cada vez más complicado… y peligroso.

Decidió probar una vez más.

—Adelante –dijo Daniel cuando oyó los golpes en la puerta.

Los dos profesores habían sacado las pocas cosas que tenían y estas estaban tiradas por todo el cuarto. Ambos eran muy desordenados y Rita lo sabía, así que aquel panorama no le sorprendió en absoluto.

—Holaaaaa –dijo Visconti y asomó la cabeza por la puerta del baño, donde había estado lavando algo de ropa al ritmo de un aria de ópera que interrumpió para saludar.

Rita se sentó en una de las camas y contó a su tío lo sucedido cuando se quedó a solas con el hermano Sorensen y pudo burlar la vigilancia de Kuyt. Daniel se sentó en la otra cama, frente a ella. Visconti seguía restregando en el baño, pero ya no cantaba.

—… Y al final me dio este dibujo con una palabra escrita a su lado –concluyó la niña su relato, mostrándole el papel–. Estoy segura de que en este mensaje se oculta el lugar donde se halla Delacroix…

—Por Dios, Rita, el misionero dijo que Delacroix estaba muerto.

—¡Ya lo sé, pero era porque no se fiaba de van Strassen! A mí me aseguró luego lo contrario.

Daniel se acercó a ella y le puso la mano en la frente con gesto circunspecto. No estaba de broma.

—Dime, Rita, en serio: ¿te estás tomando las pastillas para la malaria? ¿Estás bien?

—¡Estoy harta de que me trates como a una niña de cuatro años que no se entera de nada! ¡Lo que te digo es cierto! Ese tipo ha comprado vuestras voluntades, sois vosotros los que tenéis la mente ofuscada y no veis lo que está ocurriendo –chilló.

¡Toc! ¡Toc! –unos golpes en la puerta interrumpieron a Daniel, que en ese momento iba a contestar a su sobrina.

—Eeeehh, no queremos interrumpir, pero Nadim y yo nos vamos a dar una vuelta –señaló Sarewa.

—Pasad –los invitó Daniel, que tenía cara de muy malas pulgas.

Visconti, que había salido del cuarto de baño, un poco nervioso por el cariz que estaba tomando la conversación entre tío y sobrina, se sentó junto a la ventana y los dos jóvenes hicieron lo mismo.

Daniel les informó de lo que le había contado Rita mientras esta escuchaba con expresión malhumorada.

Nadim reflexionó un poco y miró el dibujo.

—Creo que tu tío tiene razón, no tenemos pruebas de lo que dices: solo el dibujo de un paisaje y el nombre del lago escrito en él.

—Y no hay pistas que hagan sospechar del señor van Strassen; estamos en las mismas –añadió Sarewa–. Olvídate de todo este asunto. Ha sido un viaje emocionante y una gran aventura, pero es hora de regresar.

El rostro de Rita no se relajaba.

Sin embargo, su tío había decidido dar por concluida aquella conversación.

—Todo esto es un nuevo producto de tu fantasía –le dijo–. El hermano Sorensen te ha seguido el juego con esa especie de intriga que le has planteado. Venga, coge su regalo y vamos todos juntos a dar una vuelta, te sentará bien el aire de la calle. Tenemos un coche a nuestra disposición para conocer la ciudad.

Visconti se unió al grupo y juntos bajaron las escaleras. En la recepción se encontraron con Kuyt y con Mobutu, que descansaba junto al mostrador, aunque Rita estaba segura de que vigilaban la salida.

Antes de abandonar el hotel, Daniel le llamó la atención y, con discreción, le dijo:

—Rita, no me vuelvas a hablar de esa manera. Debes ser más educada.

—Vale, perdona —respondió ella rabiosa, no tanto por la regañina de su tío, sino por su propia incapacidad para hacerles ver que van Strassen los tenía engañados.

Kigoma tenía una calle principal, muy ancha, que comenzaba en la estación de ferrocarril, el lugar más animado del lugar. Allí se juntaban gentes de todo tipo, viajeros o no, que ocupaban el tiempo charlando y viendo pasar los pequeños acontecimientos de la vida diaria.

Sin embargo, en el resto de la ciudad se respiraba un ambiente triste.

El aire exhalado por miles de personas llenas de desesperanza y amargura, que habían tenido que abandonar sus hogares y se habían refugiado en los alrededores de la ciudad, había impregnado la atmósfera de Kigoma.

Apenas había comercios y era muy difícil ver turistas o blancos, si no eran algunos de los trabajadores de la ONU que pasaban en sus vehículos.

Por eso, en un lugar como aquel no pasó desapercibido un todoterreno nuevo tan bien equipado, al igual que el grupo que se desplazaba en él para visitar la ciudad.

A la policía de Kigoma tampoco le pasó inadvertido.

—¿Te has fijado? –le preguntó el agente Kilosa al agente Kibaya mientras patrullaban.

—Sí, ese coche debe de costar muchos dólares –respondió su compañero.

—Para comprar uno como ese tendríamos que trabajar varios años.

—O varias vidas…

—Mira, ahí bajan los ricachones –observó el agente Kibaya.

—Sí, y con ellos han traído hasta una niña de vacaciones –añadió Kilosa.

—Oye, ¿esos dos tipos no son los mismos que aparecían en las fotos de la comisaría?

—¿Quiénes? ¿Los que bajan ahora del coche?

—Sí, esos.

—¿Los de ahí? –preguntó Kilosa.

—No, tío: esos, los que van detrás.

—Creo que sí son… Me parece. Son las fotos que nos envió la policía internacional, ¿no?

—Ajá –asintió el agente Kibaya–. Vamos a la comisaría, tenemos que comprobar si son ellos.

—A ver si las encontramos, con el follón que hay allí…

Al otro lado de la calle principal los cinco amigos, acompañados de Mobutu y Kuyt, echaban un vistazo a un desabastecido puesto de artesanía.

—Hemos dado ya varias vueltas y no parece que haya mucho más que ver por aquí –comentó Sarewa.

—¿Qué hacemos? –preguntó con cara de aburrimiento el profesor Visconti.

—He leído que el de Kigoma es el puerto más importante de los que hay en el lago. Podemos ir a echar un vistazo, seguro que merece la pena –propuso Nadim, animado ante la perspectiva de ver gente y un poco de ajetreo.

—De acuerdo –asintió Daniel–. ¿Tiene alguien un mapa de la ciudad?

Nadie parecía tenerlo. Sarewa entonces los vio.

—Mirad, allí hay dos policías –señaló–. Preguntémosles a ellos.

—Se van, tendremos que apañárnoslas –advirtió Rita al ver que los dos agentes se daban la vuelta y se perdían a paso ligero entre las casas.

—¿Necesitan algo? –les interrunpió Kuyt.

—Queríamos ir al puerto, pero no tenemos ni idea de dónde está.

—Haberlo dicho antes. Monten en el coche, estaremos allí en cinco minutos.

Fueron casi diez.

Subieron por la carretera de tierra que llevaba al hotel y tomaron un desvío a la derecha, que tan solo estaba indicado por la presencia de un árbol.

Pronto comenzaron a ver restos de barcos y algunas vallas que cortaban el paso por los laterales. En unos metros, llegaron a un aparcamiento que se encontraba junto a una vieja construcción alargada de cemento.

Un cartel, que se hallaba en el mismo estado que el edificio que parecía ser la aduana, indicaba que se encontraban en el puerto de Kigoma.

El lago limitaba con varios países y era una posible puerta de entrada para mercancías y personas de diferente índole, por lo que el paso a las instalaciones del puerto estaba muy limitado.

Había numerosas grúas y vagones, ya que varias vías conectaban con el ferrocarril, pero en ese momento no parecía haber mucho movimiento. Tampoco en la zona de pasajeros.

Tan solo se divisaban algunas canoas a remo, y un único barco –que parecía sacado de una película antigua– permanecía atracado en el muelle.

—Es el *Liemba*: el *Rey del Lago* –les dijo un anciano al verlos mirar absortos aquel barco antiguo lleno de encanto. Lleva casi cien años navegando estas aguas –añadió–. Yo trabajé en él durante cincuenta; ese barco es una maravilla.

—¿En serio? –se sorprendió Rita.

—¿Lo del barco? ¿Lo mío? ¿O lo de la maravilla?

—Ehhh…, bueno…

—Todo lo que he dicho es cierto. He sido marinero y conozco el lago como la palma de mi mano. He visto cosas increíbles que no pueden ni imaginar. ¿Saben? Les diré que ese barco peleó durante la Primera Guerra Mundial en el lago. Mi padre me contó que lo cañonearon en varias ocasiones. Y él vio con sus propios ojos cómo el capitán alemán que comandaba la nave lo hundía en la boca del río Malagarasi.

—¿Y eso? –preguntó Nadim.

—Los alemanes, que habían dominado el país, estaban en reti-
rada ante el empuje de los ingleses y el alto mando ordenó el hun-
dimiento del barco para entorpecer el avance de los británicos –el
hombre bajó la voz para seguir hablando y todos, excepto Kuyt y
Mobutu, que se mantenían al margen del grupo, acercaron sus cabezas para escucharle–. Mi padre me contó que el capitán alemán
murió ahogado por las lágrimas al tener que obedecer la orden. El
agua que encontraron en sus pulmones después de ahogado era…
salada. Luego los ingleses reflotaron la embarcación, le pusieron
unos parches, le dieron una capa de pintura y hasta hoy… Ahí lo
tienen.

—¿Sigue navegando? –se interesó Daniel.

—Ya lo creo, y lo hace como el primer día. Cada semana recorre
el lago de norte a sur.

—¿Y es posible visitarlo, amigo? Nos gustaría mucho hacerlo
–preguntó Sarewa al anciano mientras los demás asentían.

—Es una lástima –respondió él–. El capitán no se halla a bordo
y la única forma de que alguien ajeno a la tripulación suba al barco
es que él esté presente.

—Bueno, tal vez mañana… –propuso Daniel.

—Una pena, el *Liemba* parte esta noche hacia el sur, antes del
amanecer. Al capitán le gusta madrugar.

—Vaya –susurró contrariado Sarewa.

—Otra vez será, amigos, al *Rey* aún le quedan mucho años de
navegación y ustedes tal vez regresen al Tanganica. La vida es larga
–dijo el anciano.

Ante la mirada apremiante de Kuyt, el grupo siguió con su paseo
tras despedirse del anciano, que permaneció sentado en el mismo
lugar donde le habían encontrado, observando con nostalgia el
puerto.

Rita se quedó rezagada.

Desde que había descubierto a van Strassen husmeando en su
cuaderno, no olvidaba llevarlo consigo dentro de la mochila. Y entre
sus páginas había guardado el dibujo que había hecho el hermano
Sorensen.

Aquel anciano conocía bien el lago: era su oportunidad. Solo hacía falta que el grupo doblara la esquina de un edificio para quedar fuera de su ángulo de visión.

¡Ahora!

Dio media vuelta y corrió en dirección al viejo marinero.

—¡Oiga, por favor! –llamó al anciano–. Tengo que preguntarle algo.

—Dime, niña; si puedo, te ayudaré.

—¿Hay en el lago una cascada como esta? –le dijo enseñándole el dibujo.

—Vaya, esto está muy bien. ¿Lo has hecho tú?

—Por favor, dígamelo, estoy en un aprieto –imploró Rita apremiando al anciano.

—Es la catarata de Kalambo. Está cerca de Kasanga, al sur: allí es hacia donde se dirige el *Liemba* esta noche.

—Dígame de nuevo los nombres, por favor. Tengo que apuntarlos para que no se me olviden…

Kuyt se había percatado de su ausencia y venía en su busca.

—¿Qué estás haciendo? –la interpeló.

Pero a ella ya le había dado tiempo a escribir y a esconder el cuaderno en la mochila.

—Nada, quería regalarle a este señor el dibujo de la catarata –respondió mientras le daba el dibujo al anciano–. Gracias, amigo –le dijo luego, tomándole de la mano y guiñándole un ojo antes de alejarse escoltada por el ayudante de van Strassen.

—Suerte –se despidió el hombre.

—¡Brrr!… ¡Qué ganas tengo de perderte de vista, mocosa! –gruñó Kuyt.

A la hora de cenar ya lo había decidido: huiría esa misma noche. Sola.

No podía dejar que el secreto de los hermanos blancos cayera en manos de van Strassen. No sabía qué propósitos perseguía aquel hombre enclenque, pero estaba segura de que no eran nada buenos. Y últimamente había asociado a la figura de su anfitrión las palabras que había oído decir al hermano blanco de los montes Tibesti: "Hay gente a quien no le importa ganar dinero a costa del sufrimiento de los demás". Tal vez era exagerado, pero en algunos momentos Rita creía ver en van Strassen la encarnación del mal. Luego, pasado ese frenesí de visiones malignas, reflexionaba y pensaba que tal vez se equivocaba, pues incluso el más canalla de los hombres puede ser capaz de hacer una buena acción. Al fin y al cabo, sabía que la prueba más convincente que le había llevado a desconfiar de van Strassen eran las palabras de un brujo. Sin embargo, una fuerza irracional que salía de lo más profundo de su ser le decía que tenía que combatir a ese hombre y que para ello debía huir. Esa noche.

Tal vez quien le hablaba era su espíritu, su espíritu guerrero. Y ella tenía que hacerle caso.

No podía contar con Daniel ni con los demás; estaban atrapados en las redes de seducción que había tejido con habilidad van Strassen. Dejaría una nota a su tío para avisarle de su decisión.

No había vuelta atrás.

Van Strassen había comprado los billetes y les anunció que su avión saldría en dos días.

Con la sonrisa en la boca, pensando en el pronto regreso, los amigos se retiraron a sus habitaciones.

Dos días antes, Sarewa le había regalado a Rita un reloj que había comprado a muy buen precio en un mercadillo. Antes de dar las buenas noches a sus compañeros de viaje, la niña lo puso en hora. No podía fallar en nada.

No tardó mucho tiempo en hacerse el silencio. Pero no, todavía le pareció oír algo: eran unos cuchicheos que provenían de la galería exterior. Se acercó intentando hacer el menor ruido posible, abrió con cuidado la ventana y aguzó el oído:

—… Pichurri, solo son dos días… Claro… Síiiiii…, pero cuando todo esté arreglado yo vuelvo…, que síiiiiiiiiiii… No digas eso… Noooo, je, je… Huy, qué cosas tienes, amorcito… Que síiiiiiii… Yo a ti, más… No; yo a ti, más… Bueno, gorrioncito… Noooo, el gorrioncito es un pajarito muy bonito del…

"Vaya, ahora empieza con los malentendidos lingüísticos", dijo para sí Rita mientras esperaba agazapada a que terminara la conversación nocturna de su tío con Jessie.

—… Cuelga tú… No, cariñito, tú… Síiiii, yo también… Venga, cuelga tú… Síiiii… *¡Clac!* –Rita escuchó finalmente el ruido metálico del teléfono.

—Por fin –suspiró.

Se tumbó vestida en la cama y esperó.

El tiempo pasaba lento.

Solo se oía el segundero de su reloj.

Tic…, tac…, tic…, tac…, tic…, tac…, tic…

¡TAC!

Algo pasó volando cerca de la ventana que seguía abierta y eso la despertó.

¡Se había quedado dormida! Miró el reloj: era la una y media. Tenía tiempo, no había problema.

Con las botas en la mano, avanzó silenciosa como un guepardo hasta llegar a la puerta de su habitación. Contuvo la respiración y giró la manilla.

¡Clic!

Casi no se había oído; todo iba bien. Se deslizó por el pasillo hasta alcanzar el extremo donde comenzaban las escaleras. De nuevo dejó de respirar. Asomó la cabeza y ¡no podía ser! Kuyt estaba sentado en un sofá vigilando la entrada: van Strassen no había bajado la guardia.

Pero esta vez Mobutu no estaba con él. ¿Estaría tal vez sentado en otro sofá? Decidió averiguarlo.

Con cuidado asomó un poco más la cabeza, estirando el cuello para intentar ampliar su ángulo de visión. En ese instante notó una respiración a su espalda. Intentó darse la vuelta lo más rápido que pudo, pero para entonces ya tenía la mano sobre su hombro.

—Rita…

—¡Señor Visconti! –susurró ella–. ¿Qué hace aquí?

Tras indicarle que se acercara al interior del pasillo, el profesor le explicó con un tono de voz casi imperceptible:

—Ya sé dónde he visto la cara de Kuyt y de Mobutu anteriormente: fue en el aeropuerto de Camerún, antes de viajar a Tanzania. Sus caras aparecían en el cartel de búsqueda de la policía. Esos tipos son maleantes muy peligrosos.

—Vaya.

—Y yo también desconfío de van Strassen; sus cambios de humor no son normales y su generosidad no me parece verdadera: creo en todo lo que has dicho, Rita.

—Me alegra saberlo, pero ¿qué hace aquí?

—He oído ruidos en el pasillo y me he asomado: he visto cómo te movías. Llevas la mochila y las botas…

—Sí, voy a escapar: Delacroix está vivo y conozco el sitio donde se esconde; tengo que ir a avisarle.

—Perfecto, te acompaño.

—Pero, profesor, esto es muy peligroso.

—Sí, lo de la sabana también lo era, pero salimos del apuro. Hacemos un buen equipo –le cuchicheó Visconti de forma seductora.

—De acuerdo, coja sus cosas. Pero no sé cómo vamos a hacerlo. Kuyt vigila la puerta –observó Rita sin levantar la voz.

—No te preocupes, yo me encargo de todo. Espérame en tu cuarto.

Rita regresó sigilosamente a su habitación y dejó la puerta entreabierta. En pocos minutos, apareció Visconti y ató con varios nudos las sábanas de la cama de Rita y una más que él traía. Luego, sin hacer ruido, salieron los dos a la galería exterior, y el italiano sujetó las sábanas a la barandilla descolgándolas hasta el suelo.

—¡Vamos!

Tras descender amparados por las sombras espesas de los árboles, se ocultaron entre la maleza unos minutos. Nadie parecía haberles oído.

Con paso precavido, alcanzaron la carretera y se dirigieron al puerto corriendo lo más rápido que les permitían sus piernas.

No tardaron en llegar. Era noche cerrada, pero la luna llena iluminaba una escena que no esperaban: cientos de personas se agolpaban en el muelle. Cargados con sus bártulos, hacían cola para subir al *Liemba*.

—Compremos los billetes –propuso Rita al profesor, que se había quedado absorto viendo el ambiente.

Guardaba un poco de dinero que le había dado su tío para comprar refrescos y chucherías, y también Visconti contaba con algo. Se dirigieron a la caseta y, tras hacer cola, compraron dos billetes baratos.

Aferrando los tiques, se sentaron en el muelle junto al resto de los viajeros.

—Rita, relájate, lo hemos conseguido –le dijo Visconti de buen humor.

—Todavía no, profesor. Hasta que no zarpemos no estaré tranquila. Por cierto, ¿cómo sabe hacer nudos con las sábanas de esa manera y desciende con tanta agilidad?

—Ah, amiga mía, eso es fruto de la experiencia.

Rita puso cara de necesitar una explicación.

—El amor es lo que mueve el corazón de los venecianos, y esa siempre ha sido la forma más rápida de alcanzar las habitaciones de las bellas venecianas…

—Ya.

—Oh, mi querida Nicoletta, mi esposa, mi palomita… ¡Cuántas veces no habré yo subido y bajado del balcón de su habitación oliendo la fragancia de su perfume en las sábanas! –suspiró Visconti.

—¡Pasajeros al barcooooo! –le interrumpió una voz.

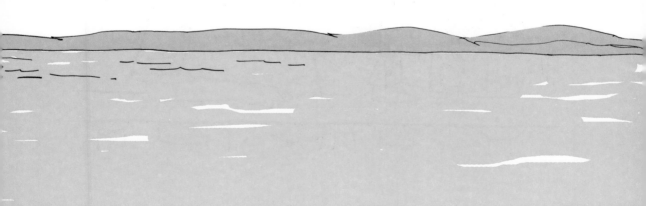

Se instalaron en la cubierta del *Liemba,* con los pasajeros más humildes, acomodándose lo mejor que pudieron.

Tras unos minutos, oyeron por fin la sirena.

—Parece que nos vamos –le comento Visconti a Rita mientras se acercaban a la barandilla de cubierta para observar la maniobra.

La niña contempló con emoción la luna llena, la misma que posiblemente podrían estar viendo sus padres desde el balcón de su casa, o Javi, Ane, Saad o alguno de sus otros amigos desde sus lugares de vacaciones.

Aquella luz le hacía sentir a su familia y a sus amigos muy cerca, pero también muy lejos.

Y a su tío, y a Nadim y a Sarewa.

—Espero que van Strassen no se enfade con los demás por lo de nuestra huida –dijo Rita algo preocupada, observando cómo se alejaban de la orilla.

—No lo creo, ya tienen los billetes de vuelta y a ese tipo no le conviene que haya testigos cuando cometa alguna de sus fechorías; los dejará marchar. Sería un error por su parte hacerles algo –la animó Visconti.

—Ellos no me han dejado otra opción…

—Eres muy valiente, Rita, y has tomado el camino correcto.

—Eso espero.

15
Delacroix

A mediodía llegaron al muelle que se hallaba junto al pueblo de Kasanga, donde fueron los únicos que se apearon del barco.

Kasanga era un poblado de chozas que se extendía tras los cañaverales de una playa de arena a lo largo de un par de kilómetros. Las viviendas estaban construidas sobre una tierra anaranjada y fina, y entre los árboles, algunos de ellos gigantescos, que llegaban casi hasta la misma playa.

Parecía un bosque habitado, en el que algunos niños pequeños echaron a correr para esconderse en cuanto vieron a los dos extranjeros.

—Mire, profesor: se asustan al vernos —comentó divertida Rita mientras daban un paseo por el pueblo.

—Sí, parece que por aquí no vienen muchos blancos —observó Visconti.

Hacía mucho tiempo que no habían tenido la sensación de serenidad y placidez que sentían en aquel lugar. Las voces de las mujeres que limpiaban los cacharros en la playa, las de los niños que corrían por todos lados y las de los pescadores les llegaban amortiguadas y suaves como el algodón. Todo allí les parecía dulce y agradable. Aquello era como un bombón para su ánimo, después del largo viaje lleno de peligros que habían emprendido.

Y Visconti era un goloso.

—Podríamos descansar aquí algunos días... –sugirió.

—Es un lugar precioso, profesor... Pero tenemos que buscar a Delacroix –dijo ella.

Apenas habían dormido y estaban sucios y cansados; también a ella le tentaba la idea. Pero en medio de los sonidos cotidianos de la vida del pueblo, Rita sintió de nuevo aquel impulso que la empujaba a no bajar la guardia y a pelear, a no fiarse y a seguir adelante.

—Sí, lo dejaremos para otra ocasión –aceptó el veneciano.

Regresaron al muelle.

Allí negociaron con los pescadores hasta que dieron con uno que aceptó llevarlos en su barca hasta la catarata, a cambio del poco dinero que tenían y una camisa del profesor Visconti.

La barca parecía un cascarón al que le habían puesto un motor. Sin embargo, para su sorpresa aquello flotaba.

—¿Sabe si cerca de la catarata vive un misionero? –preguntó Rita al pescador que manejaba el timón desde la parte posterior de la barca.

—¿Buscan a un misionero...? Hay tres misioneros que viven en una casa muy cerca de Kasanga –respondió el hombre.

—Nosotros buscamos a uno de la congregación de los Hermanos Blancos –intervino Visconti.

—No he oído hablar nunca de ellos.

—Mmm..., vaya –murmuró pensativa Rita.

Después de un rato, comenzaron a oír algo: era como un gran temblor, un trueno constante que retumbaba a lo lejos, y que se fue haciendo más presente en sus oídos a medida que avanzaba la ruinosa embarcación.

—Estamos llegando a Kalambo Falls, la gran catarata de Kalambo –les anunció el pescador, quien hizo una maniobra para evitar acercarse directamente hacia el lugar de donde provenía el ruido y a la especie de nube blanca que parecía flotar sobre él.

Acercó el bote hasta dejarlo pegado a un pequeño embarcadero y, sin apagar el motor, indicó a los dos viajeros:

—Sigan el camino que sale de ese baobab. Después de subir una pequeña cuesta, llegarán a la catarata.

Tras pagar al hombre, el profesor y la niña siguieron la vereda, acercándose cada vez más hacia el origen de aquel estremecedor ruido. Tras coronar la colina, vieron por fin la gran cascada de Kalambo.

Se quedaron sin palabras: el salto de agua era espectacular y, aunque el dibujo que había hecho el hermano Sorensen se aproximaba a lo que era la cascada, resultaba muy difícil transmitir con una imagen la conmoción que se sentía en aquel lugar.

Descendieron por el camino para aproximarse más y vieron a un hombre menudo y somnoliento que descansaba junto a una caseta de madera.

—Buenos días. ¿Quieren ver de cerca la catarata? Son solo tres dólares —les sugirió.

—La hemos visto de lejos y…, en realidad, buscamos a un misionero, de la congregación de los Hermanos Blancos —le explicó Rita después de saludarle.

—¿Un hermano qué…? —preguntó extrañado el tipo.

—Un hermano blanco, un misionero —corroboró Visconti—. ¿No sabe si por aquí hay alguna misión?

—No; en Kasanga sí hay misioneros, pero por aquí no he visto a ninguno en los cinco años que llevo trabajando.

—De acuerdo; muchas gracias, caballero —concluyó Rita e hizo una seña a Visconti para que la siguiera.

—¿No vemos la catarata? —protestó este.

—No tenemos dinero; y ya casi nada que ofrecer…, a no ser que quiera darle a cambio la camisa que lleva.

—Oh, no, es la última que tengo, y además me la regaló mi amada Nicoletta antes de salir para Libia.

Rodearon el gran salto de agua buscando alguna pista que les condujera al hermano Delacroix, pero todo fue en vano.

Por más que preguntaron a las pocas personas que encontraron en los alrededores, nadie conocía a los hermanos blancos, ni tan siquiera habían oído hablar de ellos.

—Es muy extraño —reflexionaba Rita—. El hermano Sorensen me lo dibujó claramente.

—Tranquila, hemos explorado muy poco terreno. ¡Oh, espera, mira lo que he descubierto! —exclamó de repente Visconti.

A Rita se le iluminaron los ojos al oír aquello. ¡Por fin una pista!

—Es una piedra tallada… ¡es fantástica! Esta piedra debe de tener por lo menos diez mil años de antigüedad. ¡Seguramente era parte de un hacha que utilizaron los hombres primitivos –añadió Visconti simulando tener agarrada esa herramienta.

—Oh, vamos, no se ponga ahora a mirar piedras.

—Espera un poco, chica; mira: aquí hay más. Déjame coger algunas.

—Vale –admitió Rita a regañadientes.

Tras la pausa, siguieron caminando y a media tarde llegaron a un pequeño claro donde había dos chozas, pero allí tampoco sabían nada de los misioneros.

Lo mismo ocurrió unos metros más arriba, cuando preguntaron a una familia a la orilla del río.

El profesor Visconti veía como, poco a poco, Rita comenzaba a desanimarse y eso le producía un terrible dolor en su corazón.

La niña caminaba con la mirada seria; en ella no se reflejaba ya esa determinación impregnada de un optimismo y seguridad a prueba de bombas. Sus ojos eran como dos linternas que buscaban desordenadamente algo en la espesura de aquel bosque tropical; algo que a cada nuevo paso que daban sentía que se desvanecía más y más.

Su espíritu guerrero, que hasta entonces se había manifestado duro y fuerte, daba muestras de comenzar a quebrarse.

—Profesor…, lo siento –dijo deteniéndose lentamente junto a un árbol. Aquellas dos luces que eran sus ojos tenían ahora un brillo acuoso–. Igual me he equivocado –añadió.

—No te desanimes –intentó consolarle Visconti.

—Nadie ha oído hablar de los Hermanos blancos… Tal vez mi tío tenía razón y me he dejado engañar por mi imaginación… y por las predicciones de un brujo. Soy una tonta fantasiosa…

—Yo te he creído, Rita. Vamos, anímate, pelea.

—Estoy cansada de pelear, profesor. Me dijeron que tenía un espíritu guerrero y eso también me lo creí, pero a lo mejor no soy más que una niña a la que un misionero bromista ha seguido la corriente para divertirse un poco; y usted ha venido conmigo para no dejarme sola porque es un buenazo.

—Descansemos un poco –propuso Visconti, ayudándola a sentarse en el suelo tras despejar lo zona de maleza y comprobar que no había bichos–. Llevamos todo el día sin parar después del trayecto en barco.

El profesor tenía razón. Llevaban más de veinticuatro horas sin descansar y en un gran estado de excitación –sobre todo, Rita–, y apenas habían comido nada. Todo ello había mermado sus fuerzas y, finalmente, su estado de ánimo.

Seguramente, si no hubiera sido por eso, Rita y el profesor se habrían percatado de que, desde que desembarcaron en el muelle que estaba junto a la catarata, los habían estado observando varios pares de ojos. Y, tal vez, también se habrían dado cuenta de que varias sombras ocultas en la maleza seguían sus pasos.

Visconti, de repente, notó algo.

—Rita, ¿has oído eso? –preguntó alterado.

—No… –respondió ella, sumida aún en sus pensamientos.

—Ahí, detrás de los matorrales, hay algo…

Rita miró hacia el lugar donde señalaba el profesor y concentró sus mermadas energías en distinguir algo entre el follaje. Y los vio. ¡Eran dos ojos que la miraban fijamente!

Iba a decírselo al profesor cuando notó un ligero pinchazo en el cuello y pudo girarse lo suficiente para ver cómo, a su lado, el cuerpo de Visconti caía pesadamente a tierra. Luego, también ella se desmayó.

Una especie de neblina blanca, flotando, parecida al vapor que salía de la catarata…: eso es lo que vio Rita

Estaba somnolienta, pero no cerró los ojos.

Sus sentidos fueron recuperando poco a poco su actividad, aunque se sentía débil. Enfocó la mirada y vio la cubierta de la cabaña y, al girarse tras oír un ruido, observó a Visconti rezongando en el camastro de al lado. También se estaba despertando.

Un hombre de unos cincuenta años los observaba desde un lateral, sentado en una banqueta tallada.

Era blanco, tenía el pelo muy corto y la cara sonrojada, como si hubiese estado en la playa y se le hubiera olvidado en casa la crema para el sol. Era cargado de espaldas y fuerte, y llevaba pantalón vaquero, camisa de cuadros y sandalias. Vestido de aquella manera y con su actitud serena parecía un veraneante que hubiera bajado a comprar el periódico.

No percibieron su presencia hasta que él les habló:

—Están a salvo, en un lugar seguro, no se preocupen. ¿Se encuentran bien? –su voz tenía un marcado acento francés.

—*Ferpectamente* –respondió Visconti todavía un poco mareado y con los ojos entornados.

—¿Delacroix…? –dijo por toda respuesta Rita, recuperando toda su energía e incorporándose de golpe.

—El mismo –respondió sonriendo el hombre.

—Por fin encontramos a alguien… –suspiró ella aliviada, dejándose caer de nuevo en el camastro.

—Y no pienso escaparme, así que relájense y descansen un poco más. La señora Bulika les ha preparado algo que les ayudará a recobrar energías –comentó el misionero señalando a una mujer que permanecía junto a la puerta, sentada sobre un tronco–. Pasaré más tarde para verlos –y el hermano Delacroix abandonó la estancia sin más explicaciones.

Atardecía cuando salieron de la cabaña acompañados por el misionero. Se encontraban muy bien; habían recuperado algo las fuerzas y, sobre todo, el ánimo. Delacroix caminaba junto a ellos mientras saludaba a las personas que encontraban a su paso y que miraban con curiosidad a los visitantes.

—¿Qué era esa pasta que nos ha dado de comer la señora? –le preguntó Rita.

—Es mejor que no les diga todos los ingredientes que llevaba, por si son muy escrupulosos. Pero la base estaba hecha con maíz y plantas.

—Por favor, no nos trate de usted –rogó Visconti.

—De acuerdo.

—¿Hemos tomado plantas medicinales? –preguntó Rita.

—Sí, se pueden llamar así. Ellos –señaló a algunos de los habitantes del lugar– conocen muy bien la naturaleza, desde hace años, todas las hojas y cada raíz. Es el medio en el que viven y se sirven de ella para alimentarse y para curarse, hasta donde pueden. A veces, incluso, hablan con ella, y otras la escuchan. Y no son pocos los que la adoran.

—¿Animistas? –observó Visconti.

—Sí. Adoran los animales y las fuerzas de la naturaleza.

—Como los kapsikis de los montes Mandara –recordó Rita.

Estaban en un poblado extenso, situado en una pequeña llanura salpicada de árboles y rodeada de montañas boscosas por todos lados. Esa especie de valle circular era en realidad la base de un volcán extinguido hacía miles de años que ahora se había convertido en una tierra fértil, con un microclima agradable y bueno para las cosechas.

Los niños jugaban alegres mientras las mujeres trabajaban en la puerta de sus chozas, machacando el mijo y cocinando. Por su parte, los hombres cargaban bidones de agua o encerraban el ganado en los cercados.

—¡Hombres transportando agua…! –se extrañó Visconti.

—Sí, no es muy común ver esto en África. Este lugar es especial –admitió Delacroix.

Rita estaba de acuerdo en eso; sentía que bajo la aparente tranquilidad y placidez de aquel lugar se escondía algo. Seguramente a ello contribuía la presencia constante de una especie de rumor que sus sentidos percibían y que retumbaba en su cabeza de un modo casi imperceptible pero constante.

Aquel lugar, sin tener aún razones objetivas, le resultaba extraño. Era una intuición. Otra.

—Acerquémonos al río, allí se está bien y podremos conversar sin que nadie nos moleste —dijo el misionero, indicándoles el pequeño camino—. Creo que tenemos cosas de qué hablar.

—No habrá cocodrilos, ¿verdad? —preguntó asustado Visconti.

—No se preocupe, no los hay; ni siquiera hipopótamos, que tal vez sean más peligrosos. En todo el valle no hay más que gacelas y algún elefante.

—Uf, menos mal —respiró aliviado el veneciano.

Delacroix les contó que era natural de Córcega y había sido un hombre de vocación tardía. Era uno de esos tipos un poco tarambanas a los que les gusta comenzar muchos proyectos y que rara vez termina ninguno, pero que acaban teniendo conocimientos de muchas cosas.

El misionero era un gran conversador y tenía un don especial para tratar a las personas.

De joven fue golfo y pillo, aprendiz en el estudio de un pintor, chatarrero, albañil, carnicero e incluso falsificador, a consecuencia de lo cual conoció la cárcel.

Por influencia de un familiar, que era uno de los hermanos blancos, las autoridades aceptaron sacarlo de la cárcel a condición de que abandonara el país, y se marchó con el misionero a las misiones.

En África, Michel Delacroix —este era su verdadero nombre—, encontró amigos verdaderos y un lugar para vivir. Dejó aquella vida suya, un poco errática, y se dedicó a ayudar a su familiar en la misión y a la gente en las aldeas, en las construcciones de edificios o en las labores del campo.

Sabía de todo un poco, tenía buen corazón y ganas de aprender, y eso era mucho.

Pronto se hizo una persona querida y popular en todos los lugares donde iba destinado con su familiar, pues, aunque nunca fue ordenado sacerdote, él siempre estaba al lado de los misioneros de la congregación, que le trataban como a uno más.

De hecho, era conocido como *el hermano* Delacroix. Cuando su familiar murió en Mozambique, él decidió seguir trabajando con los hermanos blancos, cosa que estos aceptaron con agrado.

—Entonces, ¿usted no es en realidad misionero? —preguntó Visconti cuando el francés hubo terminado el relato de su azarosa vida.

—No exactamente, aunque en realidad soy uno de ellos —respondió sonriente Delacroix—. Y tampoco me llaméis de usted.

Habían llegado a un río ancho que bajaba tranquilo. Allí se habían sentado en unas rocas junto a la orilla, cerca de unos cañaverales donde había alguna ropa tendida a secar.

Rita no podía aguantarse más las ganas de hacer la pregunta que los había llevado hasta allí.

—Usted es la otra persona que conoce el secreto de la piedra negra, ¿verdad? —dijo por fin.

—Así es. Y los dos debéis de tener mucho valor para haber llegado hasta aquí, sobre todo tú… ¿Cómo sabes lo de la piedra?

Rita y Visconti contaron con detalle su aventura al hermano Delacroix.

—Vaya, y habéis hecho todo esto simplemente por haber dado vuestra palabra –comentó el misionero tras terminar de escuchar el relato.

—En realidad, no… –respondió ella–. Creo que lo hemos hecho porque nos fastidiaba que alguien pudiera aprovecharse de un remedio que salva vidas para hacerse rico.

—Sois buenas personas, y vuestros amigos también. Os agradezco mucho lo que habéis hecho, por los hermanos y por los que se puedan beneficiar del remedio de la piedra negra –les dijo Delacroix con sinceridad.

Permanecieron en silencio. Las nubes se habían teñido de naranja y pronto oscurecería. Parecía que estaban llegando al final de algo, pero aquello no podía quedarse así.

—Señor Delacroix… –dijo Rita–, Michel, hemos pasado unos cuantos apuros para llegar hasta aquí y creo que merecemos por lo menos una…

—… explicación –le interrumpió el misionero–. Tienes razón. Hace unos meses recibimos un aviso de unos amigos: alguien estaba interrogando en diversos lugares de África a las personas que habían sido curadas de una mordedura de serpiente por la piedra negra. No le dimos importancia –siguió contando Delacroix–, pues pensamos que tal vez fueran médicos que habrían oído hablar del remedio y querrían estudiarlo. Los hermanos blancos estamos obligados a guardar silencio sobre el secreto y pensábamos despacharlos con buenas palabras y no contar nada, como habíamos hecho en otras ocasiones. Pero esta vez fue diferente.

—¿Qué ocurrió? –preguntó Visconti.

—No acudió nadie a ninguna de nuestras misiones para hablar con nosotros, sino que recibimos una carta. En ella se nos invitaba a compartir el secreto de las piedras a cambio de unas aportaciones importantes de dinero para nuestra obra. Era curioso…

—¿El qué…?

—Las cartas estaban redactadas con una prosa muy elaborada y en ellas había intercalado párrafos en los que el autor demostraba un gran conocimiento de la historia, la teología y la antropología. Parecía una carta escrita por un erudito, no por un chantajista.

En la cabeza de Rita se dibujó de una forma nítida la cara de van Strassen.

—Al no acceder a sus pretensiones –continuó Delacroix–, comenzaron las amenazas. La primera llegó también en forma de carta, y esta vez parecía redactada por un matón experto en torturas. Más tarde las intimidaciones llegaron a través de mensajes y llamadas de teléfono, hasta que comenzaron los asaltos de las misiones cuando los misioneros estaban ausentes.

Visconti, moviéndose inquieto en la roca, le preguntó:

—¿Y tienen indicios de quién estaba detrás de todo aquello?

Delacroix pareció tomar aliento antes de seguir:

—Estábamos seguros de que era alguien muy poderoso, pues actuaba en varios lugares del continente a la vez. Nosotros también tenemos una buena red de contactos por todo África y también en Europa, e iniciamos nuestras investigaciones para averiguar quién podía estar detrás de las amenazas y los asaltos. Las pistas nos condujeron a…

—Thomas van Strassen –soltó Rita.

—Exacto.

—Ese hombre nos dijo que se dedicaba al mundo de los negocios, tiene varias empresas químicas –observó el profesor.

—En realidad es una gran empresa farmacéutica con varias filiales –concretó Delacroix.

—Bueno, según él, sus empresas han construido varios hospitales en África.

—Eso es cierto –asintió el misionero.

—¿En serio? –se sorprendió Rita–. Entonces, ¿cómo alguien que construye hospitales puede…?

—Lo de los hospitales es lo peor… Es horrible. Creemos que él está detrás de todos ellos –advirtió el hermano blanco.

El profesor y Rita tenían la boca y los ojos tan abiertos como un hipopótamo a punto de zamparse un kilo de hierba. Necesitaban una explicación inmediatamente.

Delacroix les contó todo sin rodeos:

—Un día, en unos de mis viajes por Camerún, un hombre que trabajaba de limpiador me alertó de un asunto que había observado en un hospital del norte del país donde había estado trabajando: en ese lugar se daba a los pacientes prototipos de medicamentos.

—¿Quiere decir que...? –le interrumpió Rita.

—Lo que te imaginas. Probaban con personas enfermas medicamentos que estaban elaborando en el laboratorio. Utilizaban a la gente como conejillos de Indias.

—¿Y por qué acudía la gente? –inquirió Visconti.

—Como en otros lugares de África, allí los hospitales no son gratuitos, y esa es para la mayoría la única esperanza de curarse, aparte de la medicina tradicional.

—Es peor de lo que me imaginaba –suspiró Rita derrotada.

—Conté el caso a los superiores de la congregación y, tras una denuncia a instancias internacionales, se abrió una investigación. Tras un arduo trabajo, se consiguieron pruebas y finalmente se logró cerrar el Hospital de Maroua, en Camerún. Aunque sus dos gerentes lograron huir.

—¡Kuyt y Mobutu, los dos ayudantes de van Strassen! ¡Por eso su foto estaba en el aeropuerto de Garoua! –exclamó el veneciano.

—Es muy posible –dijo Delacroix–. En el resto de los hospitales aún no se han encontrado pruebas suficientes y es muy difícil hacerlo en ciertos lugares: los dueños compran fácilmente voluntades.

—Eso me lo creo –soltó Rita.

—Sí, trabajan así. Por lo que me contaron no hace mucho, todo indica que esos hospitales están auspiciados por una poderosa firma farmacéutica: la TVS.

—¡Un momento! –gritó Rita como un rayo.

Al instante buscó en su mochila y sacó la caja de pastillas para la malaria que le había dado van Strassen. Miraron en la etiqueta y allí estaba: FABRICADO POR LOS LABORATORIOS TVS.

—Las iniciales de Thomas van Strassen –corroboró Rita.

—Así es, pero se necesitan pruebas. Hay gente que está trabajando en ello y se espera que la Organización Mundial de la Salud tome cartas en este asunto –concluyó el hermano blanco.

Sin embargo, aún quedaban muchos cabos sueltos en todo lo que había ocurrido. La tarde llegaba a su fin, quedaban pocos minutos de luz, pero los dos amigos tenían aún muchas preguntas que hacer.

—¿Y Lucius de dónde ha salido?

—Ese comandante es un buscavidas. Por lo que me habéis contado, ya sabéis que es un mercenario que se mete en cualquier asunto por dinero. Ese tipo tiene una máxima: no trabajar nunca si hay otros que lo pueden hacer por él. Es, además, un personaje cruel y nada recomendable. Creo que entró en este asunto por casualidad, al enterarse por vosotros de lo de la piedra.

—¿Y qué piensa hacer con el hermano Obudu? –preguntó preocupada Rita.

—Lucius tiene contactos en el mercado negro de la explotación de minas de diamantes. Seguramente el muy merluzo intentará que nuestro hermano le confiese el origen de la piedra negra, pensando que podrá encontrar una mina y hacerse rico.

—*Merluzus* Lucius –afirmó Rita.

—Sí, él es ahora nuestro problema más importante; él y asegurarnos de que tu tío y vuestros amigos están a salvo. ¿Alguna duda más? –preguntó Delacroix–. Se está haciendo de noche y no tenemos linternas.

—La última –prometió Rita–. ¿Quién envió el papel con la cruz al hermano Obudu para que huyera de los montes Mandara y se dirigiera a Ujiji?

—Fui yo –respondió el francés–. Las amenazas cada vez eran más violentas y le envié el mensaje por medio de una red de cooperación. La idea era que, una vez llegara a Ujiji, el hermano Sorensen lo mandara a Kalambo Falls.

—Pero van Strassen prometió regresar a ver a Sorensen y tal vez le obligue a confesar el sitio en el que estamos ahora –advirtió con preocupación Visconti.

—Sorensen es de fiar, no hablará. Y, aunque lo hiciera, a ese tipo y a sus hombres les sería imposible dar con este lugar. Vosotros no lo habéis hecho; han sido los hombres del poblado los que os han encontrado a vosotros.

—¿Y cómo…? –lo intentó Rita.

—Has dicho que la anterior era la última…

—Está bien, cumpliré mi palabra.

—Mañana resolveré las dudas que te queden, te lo prometo. Regresemos ahora.

Las tres sombras se movieron lentamente y recorrieron el camino de vuelta, mientras aquella especie de susurro lejano y monótono quedaba oculto por el canto de los pájaros nocturnos.

16
El baile de las Máscaras

La señora Bulika les preparó el desayuno: leche de cabra y unas tortitas de maíz, que tomaron a la sombra de un ébano.

Los niños estaban en el colegio y esa mañana el ambiente en el poblado era menos ruidoso, por lo que Rita pudo percibir de una forma más clara aquella especie de tenue rumor.

Un pastor los invitó a ir con él y les mostró unas gacelas que tenía amaestradas y a las que dieron de comer con la mano como si fueran cachorrillos de perro.

—¿Qué tal han dormido? —les sorprendió la voz de Delacroix, quien venía acompañado por tres hombres y regresaban al pueblo después de un paseo.

—Bien, muy bien.

—¿Qué les parece lo que ha conseguido Malimba? —dijo señalando a las gacelas.

—¡Extraordinario! —exclamó Visconti.

—Y raro —añadió Rita algo pensativa—. En el camino hasta aquí hemos visto sandías y plantas de maíz tan grandes como en ningún otro sitio y me he fijado que algunas mujeres jugaban al mancala en un tablero muy grande, casi gigante.

—Aquí lo llaman *bao* —dijo el francés.

—Además, desde que llegamos noto una especie de temblor o sonido en el aire.

—Veo que te fijas en todo, Rita.

Visconti también sentía que aquel era un lugar misterioso, y, al igual que su amiga, se quedó mirando al hermano blanco con una mirada interrogadora.

El francés los invitó a tomar asiento en un tronco que había junto a un cercado para animales. La temperatura era muy agradable y unas nubes blancas de espuma manchaban el cielo azulado.

El pastor los dejó y se fue a cuidar de su rebaño de vacas.

—Ya os dije ayer que este es un lugar especial… –comenzó diciendo Delacroix–. Un sitio totalmente desconocido y en parte aislado del mundo. Y por eso, un lugar seguro del que nadie conoce su existencia. Fueron algunos hombres del pueblo, guerreros, los que os encontraron y os trajeron hasta aquí, ya que vosotros habrías podido dar mil vueltas sin hallar este sitio a pesar de estar tan cerca.

—¿Cómo lo hicieron? –preguntó Rita.

—Con unos pequeños dardos que estaban impregnados de una sustancia adormecedora. Ellos os oyeron preguntar por mí, os tomaron por algunos de los que persiguen el secreto de la piedra negra y os capturaron. Estad tranquilos, ya he explicado a los dos grandes hechiceros quiénes sois y lo que os ha ocurrido.

—¿"Ellos"? ¿"Dos grandes hechiceros"? ¿Qué significa todo este galimatías? –Visconti parecía volverse loco.

—Contestaré a todas vuestras preguntas como os prometí, pero lo haré una a una –prosiguió Delacroix–. Cuando he dicho "ellos", me refería los guardianes del secreto de la piedra negra.

—Los guardianes del secreto de la piedra –repitió Visconti impresionado.

—Un grupo de guerreros seleccionados que encomiendan su vida a proteger el secreto de la piedra negra y este lugar. Los hay dentro y fuera del valle.

—Entonces este lugar fue donde… –susurró pensativa Rita.

—Sí –le interrumpió Delacroix, adivinando sus pensamientos–. Hace muchos años andaban cerca de aquí dos hermanos blancos que buscaban fundar una misión. Uno de ellos fue mordido por una serpiente y su compañero vagó, cargando con el moribundo durante un día entero. Por la noche, el otro misionero fue también atacado por uno de esos reptiles, y quiso la casualidad que algunos de estos guerreros, al verlos a punto de morir, se apiadaran de ellos y se los llevaran a su poblado.

—… que es este poblado –intervino Rita.

—Así es –prosiguió el misionero–. Aquí los sanaron con las piedras negras. Las gentes debieron de ver algo en aquellos dos hombres que les inspiró confianza, pues los dejaron marchar y les dieron dos de aquellas piedras que les habían salvado la vida. Un día los misioneros regresaron para que les dieran más piedras, pues la orden estaba creciendo por toda África y necesitaban ese remedio para curar a otras personas –siguió relatando Delacroix–. Durante un tiempo les dieron piedras y un día llegaron a confiarles el secreto de su origen con la condición de que nunca fuera desvelado a extraños.

—¿Y los dos hechiceros? –preguntó el profesor.

—Son los guías espirituales del poblado. Se trata de hombres sabios a los que acuden los habitantes para pedir consejo. También hacen de jueces cuando hay algún conflicto.

A Rita aún le quedaban preguntas.

—De acuerdo, eso ocurrió hace años. Sin embargo, tú conocías este lugar y, por lo que parece, Sorensen no.

—Ni siquiera el hermano Obudu, aunque él sea uno de los misioneros que conocen el origen de la piedra –afirmó Delacroix–. Solo dos hermanos de la congregación lo conocen.

»Sin embargo, el secreto de la existencia de este lugar solo lo llega a tener una persona dentro de la congregación. Es un conocimiento que se pasa de boca en boca y la norma de la hermandad es que solo una persona lo sepa. A mí me los transmitió mi familiar antes de morir. Y vosotros sois de las pocas personas de raza blanca que han pisado este lugar sin ser de la congregación –concluyó el francés.

Rita y el profesor quedaron impresionados.

—¿Y el ruido? –preguntó la niña.

—Es la catarata. Este lugar es una especie de valle secreto al que se accede a través de un laberinto de cuevas que se encuentran detrás de la cascada. Es imposible encontrar el camino que conduce al valle y, además, varios guardianes vigilan el paso; es un lugar seguro. Disculpadme –dijo el misionero haciendo ademán de alejarse–, pero he de preparar todo para la partida. Tengo que dar con el comandante Lucius cuanto antes e intentar burlar a van Strassen. Pero es preciso que previamente hable de una cuestión con los hechiceros.

—¡Un momento! –reaccionó Rita–. ¡Nosotros también vamos!

—Sí, claro –comentó el profesor no muy convencido.

—Eso no es posible –les cortó Delacroix.

—¡Jamones! –bufó ella.

Aunque el misionero se sorprendió un poco de su mal genio, no perdió la calma y habló con seriedad:

—Las leyes de este pueblo ordenan que ningún extranjero que conozca este lugar pueda abandonarlo: así se aseguran de que nadie tenga conocimiento de su existencia.

—Pero tú sí puedes irte.

—Soy el único que puede hacerlo.

—¡Pues nos escaparemos!

—Es imposible, Rita, los guardianes del valle te lo impedirán.

—¿Quiere decir eso que no podré volver a Venecia? ¿Ni a ver a mi querida esposa? ¿Ni volveré a comer raviolis en el restaurante de Luigi en el Campo Santo Stefano? –gimió aterrado Visconti.

—Lo siento… –fue lo único que pudo responder Delacroix.

Rita pareció entender lo que quería decir aquella cara de pena que había puesto el misionero, pero no quería creerlo.

—¿Estamos condenados a pasar aquí toda nuestra vida? –dijo.

Delacroix apartó la mirada, pues no se veía con fuerzas para contestar.

Sabían lo que significaba su silencio:

No volver a abrazar a sus padres, ni a su hermano, ni recibir de ellos el beso de buenas noches. No ver más a sus amigos, ni volver a jugar en el parque, ni regresar a clase, ni ir al cine. No ir nunca más de vacaciones, no ir jamás a la playa, ni comer nunca más *cheetos*.

No volver a pasear en góndola con Nicoletta, ni comer *gnocchi*, ni tallarines al pesto, ni siquiera a la boloñesa. No acudir nunca más a la ópera junto a su amada, ni volver a besarla, ni siquiera a mirarla. No regresar en lo que le quedaba de vida a Venecia.

—A no ser que… —musitó el hermano blanco.

—¿QUÉEE? —preguntaron los dos a la vez.

—Hay una posibilidad, pero es muy peligrosa. Solo se ha ejecutado en tres ocasiones y todas las personas que lo intentaron murieron.

—¡Dínosla, por favor! —le suplicaron.

—Se trata del baile de las Máscaras —contó un tanto indeciso Delacroix. Es una costumbre ancestral. Los pocos extranjeros que han llegado hasta este lugar lo han hecho de forma accidental y, como os he contado, se les prohíbe retornar, para mantener en secreto la existencia del valle. Pero pueden pedir a los hechiceros que se celebre uno de estos bailes —añadió—. Solo en el caso de que el extranjero elija la máscara adecuada, se le dejará partir. Así demostrará ser un verdadero guerrero, y lo hará bajo el juramento de no confesar a nadie la existencia de este lugar.

Los dos aventureros escuchaban al misionero sin parpadear.

—¿De qué se trata? —inquirió Rita.

—Varios guerreros del pueblo, con el rostro oculto tras una máscara, bailan alrededor del extranjero durante una hora, mientras la música no deja de sonar. Las máscaras son de todo tipo y simbolizan cosas diferentes. Después de este tiempo, el forastero debe elegir entre todas ellas la máscara que simboliza el espíritu del guerrero. Si acierta, lo dejarán marchar.

—¿Y si no? —preguntó Visconti.

—En ese caso…

—¿Qué…?

—Sería lanzado al vacío desde lo alto de la catarata.

—¡Glup! —bufó el profesor, al que casi se le salen los ojos de las órbitas.

Rita se quedó un rato pensativa, antes de preguntar:

—¿Cuántas posibilidades hay?

—Una entre cien —respondió Delacroix.

—De acuerdo, pediremos a los hechiceros un baile de Máscaras. La elegiré yo.

—¡No, por favor, no lo hagas! —le rogó el profesor.

El hermano blanco vio con sorpresa la seguridad de la mirada de la niña.

—Es muy arriesgado, es una locura.

—¡Lo haré! –exclamó ella con firmeza.

—¿Estás segura?

—¡No puede dejar que lo haga, es solo una niña! –suplicó Visconti.

—La tradición no dice nada de la edad del extranjero que se puede acoger al baile de las Máscaras –aclaró no sin preocupación Delacroix.

—¡Solicitemos el baile a los hechiceros! ¡Quiero hacerlo! –afirmó Rita decidida.

Regresaron al poblado y Delacroix dijo algo a un hombre, quien salió corriendo hacia una choza dando gritos. Casi al instante todo el pueblo pareció entrar en ebullición. Las mujeres y los hombres dejaron sus tareas y los niños abandonaron el colegio.

—Debéis aguardar en la choza que os indique el señor Magude; él es el guardián de la piedra negra más veterano –les dijo Delacroix, señalando a un anciano que se acercaba a ellos–. Yo he de hablar antes con los dos hechiceros –agregó–. Regresaré enseguida. La ceremonia no tardará mucho en estar organizada. Rita, tal vez prefieras pensarlo un poco…

—¡Quiero hacerlo! –respondió ella sin que le abandonara ni una pizca de su determinación.

Se quedaron los dos dentro de la choza mientras escuchaban el trajín de la organización del baile. Rita tenía su cuaderno en la mo-

chila, en otra choza diferente a la que estaban, pero confiaba en poder recuperarlo antes de la ceremonia.

La niña no hizo caso de las súplicas de Visconti; y, cuando llegó Delacroix para indicarles que todo estaba listo y que debían salir, accedió sin pensarlo dos veces.

Todo el pueblo estaba congregado en la explanada central del poblado. Allí habían trazado un gran círculo con algo que parecía pintura roja. En torno a él formaban decenas de guerreros que ocultaban su rostro tras las máscaras.

El corro de los cien guerreros estaba abierto unos metros frente a dos ancianos que, sentados en unos bancos, presidían la ceremonia. La gente, expectante, aguardaba en silencio.

—Les he contado vuestra aventura a los hechiceros y estos han aceptado que podáis abandonar los dos el lugar… en caso de que todo vaya bien –les dijo Delacroix en voz baja mientras los conducía ante ellos.

Los dos hombres estaban vestidos con ropa corriente y tan solo portaban algunos amuletos, además de un bastón de mando que sostenían en una de sus manos.

Se hallaban sentados en actitud ceremoniosa e indicaron con un gesto a Visconti y a Delacroix que se sentaran junto a ellos antes de que el más anciano rompiera aquel silencio… mortal.

—La extranjera se someterá al baile de las Máscaras. Es una valiente que ha sorteado muchos peligros para guardar el secreto del que somos poseedores, pero ahora deberá demostrar que es una guerrera. ¡Solo si es así, podrá abandonar el valle! –chilló el anciano.

Los asistentes asintieron con un murmullo.

—¡Extranjera, colócate dentro del círculo: la prueba va a comenzar! —bramó el otro hechicero.

Dos de los guerreros se pusieron al lado de Rita y le indicaron que los siguiera al centro de la circunferencia.

Ella miró al profesor y a Delacroix. Mientras el primero la observaba con los ojos llorosos, el segundo le hizo un gesto de asentimiento para que siguiera a los dos hombres cubiertos por máscaras.

Cuando se halló en el lugar que le habían indicado, Rita levantó un dedo, como pidiendo permiso para hablar, ante lo cual los dos brujos se quedaron un tanto sorprendidos.

—¿Tienes algo que decir? —le preguntó uno de ellos.

—Sí, necesito una cosa: mi cuaderno —respondió Rita mirando a los hechiceros y a Delacroix a la vez.

El hermano blanco le lanzó una mirada de asombro.

—Tengo que mirar una cosa en mi cuaderno antes de que comience la ceremonia —insistió ella.

El más anciano de los hechiceros levantó su bastón con energía y le advirtió:

—¡Extranjera, una vez que se entra en el círculo de sangre, no se puede tocar objeto alguno, es la norma! Elige la máscara del guerrero cuando cese la música y podrás partir; si no lo haces, ¡serás ofrecida en sacrificio a la gran catarata! –le advirtió uno de los hechiceros.

¡Estaba perdida! Había aceptado pasar aquella prueba confiando en que pudiera consultar en su cuaderno el dibujo de la máscara del guerrero que había hecho tras su visita al brujo de Rumsiki. Pero sin esa ayuda le parecía imposible recordar los rasgos de aquella máscara guerrera del África occidental.

El círculo se cerró a su alrededor y los guerreros se giraron mostrándole sus rostros enmascarados, que ahora le resultaban amenazantes.

Todo pareció detenerse de repente; no se oía ni el vuelo de una mosca, solo el rumor lejano de la catarata que caía y rompía en el río.

Sin embargo, ella reaccionó. Tenía que pelear, debía intentarlo si no quería acabar arrojada al fondo de la cascada.

Se puso a pensar. Rápido.

Rita buscaba en cada una de las máscaras que la miraban con ojos inertes algún rasgo que le recordara a la que había visto en la cabaña del brujo. No era fácil, le daba la sensación de que todas aquellas figuras que cubrían los rostros de los guerreros eran muy parecidas.

Intentaba mantener la calma y templar los nervios; pero, no era fácil.

Se oyó un grito y los tambores comenzaron a sonar. Los guerreros empezaron a moverse al ritmo de la música. Aquellos movimientos, aunque ligeros al principio, impedían a Rita concentrarse en las máscaras y definir sus rasgos.

Poco a poco notaba cómo el ritmo de los tambores crecía, y también la cadencia de los movimientos de los guerreros que danzaban al compás.

Quería concentrarse en las máscaras, solo en ellas. Pero los guerreros se acercaban y se alejaban con unos movimientos compulsivos, como si fueran olas del mar, lo que hacía que su búsqueda fuera cada vez más complicada.

Buscaba en su mente una boca, las cuencas de unos ojos, un color, algo que le trajera la imagen de la máscara del guerrero. Pero cada vez le resultaba más complicado concentrarse, pues el ritmo de la música iba en aumento.

Los guerreros se contoneaban, la rodeaban cada vez más próximos. Podía oírles respirar detrás de su disfraz.

Se concentraba en las máscaras, pero estas parecían girar: los hombres bailaban a su alrededor con unos movimientos acelerados y eléctricos.

Se estaba mareando, pero hizo un tremendo esfuerzo por mantener la consciencia y la concentración. Esta vez tenía que ser ella quien eligiera la máscara, una entre cien, y debía pelear, resistir, no rendirse; si no…, sería el fin.

Los tambores sonaban con un ritmo endiablado, y a su alrededor, en varias filas, las máscaras se movían de forma vertiginosa.

Ya no veía los cuerpos, solo aquellas representaciones simbólicas de caras talladas en madera que rotaban en torno a ella, cada vez más rápido, como en un torbellino.

Creyó ver algo que le resultó familiar. Quizá fuera un labio o una ceja tallada con motivos geométricos, pero pronto desapareció de su vista perdiéndose entre los demás rostros.

La tierra temblaba bajo sus pies, conmovida por los pasos y sonidos de aquella danza ancestral, que tal vez ya se bailara cuando el desierto de Libia era un paraíso para los elefantes.

Ella solo podía concentrar sus energías en un objetivo: las máscaras, como hace el erizo cuando gasta todas sus reservas en enrollarse sobre sí mismo para convertirse en un guerrero.

Buscaba de nuevo entre los rostros hieráticos ese rasgo conocido.

El sonido de las percusiones era enloquecedor y los danzantes habían entrado en un clímax presos de la excitación del ritmo.

¡No la veía! Tenía que estar ahí.

Una entre cien.

No rendirse, pelear como una guerrera.

De golpe, el ruido de los tambores cesó y los guerreros dejaron de bailar y se retiraron para colocarse tras la línea roja, aquella que el hechicero había dicho que era de sangre.

Tenía la impresión de que no solo la gente, sino todo el valle, las montañas y los árboles que los rodeaban la miraban; allí, en medio del círculo.

Unos segundos de silencio.

Después, uno de los hechiceros habló con voz imperiosa:

—¡Extranjera –bramó–, dinos cuál es la máscara que has elegido!

Durante unos segundos, Rita miró de nuevo las cien máscaras que la rodeaban.

Dio un paso y escuchó el murmullo de la gente, pero eso no la detuvo.

Caminó directamente hacia el guerrero enmascarado y le señaló.

El hombre dio un paso al frente.

Nadie dijo nada.

Ella cerró los ojos; no había vuelta atrás.

Parecía que el tiempo se había detenido; unos instantes que podían ser la vida entera de un insecto. Toda una existencia…

—¡¡¡La extranjera ha elegido la máscara del guerrero!!! –chilló el hechicero.

Un clamor resonó en todo el valle y la vida pareció estallar de repente.

Visconti, que había corrido a su lado, la abrazaba entre lágrimas mientras gritaba:

—¡Rita, amiga mía, lo has conseguido!

—Eres una chica muy valiente, lo que has hecho ha sido… extraordinario –le dijo emocionado Delacroix, quien también se había acercado hasta ella.

Los guardianes de la piedra negra se quitaron las máscaras y, admirados de su valor, le dieron la enhorabuena mientras la gente del pueblo se aproximaba para verla más de cerca y saludarla.

Delacroix se abrió paso entre la multitud y los condujo ante los hechiceros, quienes los esperaban sentados, manteniendo una actitud solemne a pesar de la algarabía.

—¿Cuál es tu nombre, extranjera? –le preguntó uno de ellos tras felicitarla.

—Me llamo Rita; y este es mi amigo, el profesor Giuseppe Visconti –respondió ella, abrazada al veneciano.

—Rita: si aceptas, eres ya una guerrera, una guardiana del secreto de la piedra negra –le dijo el otro hechicero.

—Sí, acepto.

Los dos hechiceros quedaron entonces en un profundo silencio, que todos respetaron. No decían nada, solo miraban fijamente a Rita. Ella respondió a su mirada con un gesto de normalidad.

Uno de ellos anunció entonces con voz solemne:

—La pasada noche tuvimos un augurio…

Un ligero murmullo se extendió entre los guerreros y el resto de la gente miraba expectante cuanto ocurría.

—Dos grandes leones llegados desde el desierto se acercaron a darnos consejo mientras la lechuza cantaba. Los leones nos anunciaron que alguien de enorme valor y con un gran espíritu guerrero se hallaba entre nosotros. Nos hablaron de una extranjera que había llegado a nuestra tierra procedente también de los desiertos del norte.

—No nos cabe duda de que se trata de esta joven que ha demostrado su coraje en el baile de las Máscaras –dijo entonces el otro hechicero–. Hemos de anunciaros que Rita es la guerrera elegida.

Al oír estas palabras, los guerreros hicieron un gesto de reconocimiento hacia ella.

—¿Qué significa eso? –preguntó la niña.

—Cada cosa a su tiempo; lo sabrás el día de la ceremonia, cuando seas nombrada oficialmente guerrera y te sea confiado el secreto.

—Vale –aceptó ella.

"La elegida": aquello también lo había vaticinado el brujo de Rumsiki, de eso se acordaba perfectamente.

—La ceremonia se celebrará la próxima noche de luna llena. Hasta entonces permanecerás en el poblado y luego podrás regresar, si así lo deseas –le anunció uno de los viejos hechiceros.

—Gracias, pero no puedo esperar aquí hasta entonces. Queremos ir con Michel a buscar al hermano Obudu. Tanto él como el secreto de la piedra están en peligro. Y, además, queremos asegurarnos de que mi tío y nuestros amigos se encuentran bien –dijo Rita, señalando a Visconti, que permanecía a su lado.

—Sí…, claro, claro –asintió Visconti.

Los hechiceros quedaron un rato pensativos.

Delacroix los miró e hizo un gesto afirmativo, y lo mismo hicieron otros tres guerreros que se habían acercado por requerimiento de los hechiceros.

—De acuerdo –admitió uno de los ancianos, haciendo un ligero movimiento del brazo con el que sostenía el palo–. La ceremonia la puede oficiar alguno de los otros guerreros que te acompañen; le daremos lo necesario para ello.

—¡Que comience la celebración de la fiesta de la guerrera elegida! –exclamó el otro poniéndose en pie y alzando su bastón en dirección a los habitantes del pueblo.

Estos respondieron con vítores y alabanzas a la nueva guerrera y, en unos segundos, una enorme actividad impregnada de alegría se adueñó de todo el valle.

Hubo una gran comida en la que se reunió todo el pueblo para celebrar el final feliz del baile de las Máscaras.

Mientras degustaban el postre y bailaban, se celebró una reunión de los guerreros para decidir el plan a seguir. Entre ellos se encontraba Rita y Delacroix.

La niña observó cómo el hermano blanco hablaba con autoridad y cómo los demás guerreros asentían a sus palabras. Por lo que parecía, él también era uno de los guerreros guardianes –y uno de los mejores, a juzgar por la consideración que le tenían–. Acordaron salir al amanecer del día siguiente. Partirían Delacroix, Rita y Visconti, acompañados de diez guerreros, para ir al rescate del hermano Obudu.

—Pero ¿adónde vamos a ir? –preguntó inquieta Rita.

—Mañana lo sabrás, los hechiceros nos lo dirán –le respondió el hermano blanco.

—Tú también eres un guerrero guardián del secreto, ¿verdad?

—Sí, soy uno de ellos. A pesar de que se me considera un hermano blanco, no estoy ordenado sacerdote y eso me ha permitido aceptar el juramento; cosa que no pueden hacer los misioneros por sus votos, aunque cumplen con la promesa de no desvelar el origen de las piedras.

—Algo me decía que tú también tenías espíritu de guerrero –le gritó Rita mientras se alejaba hacia su cabaña para irse a dormir.

Se levantaron todavía de noche y comenzaron a caminar al alba. No tardaron en ascender una de las montañas que rodeaban el valle para llegar hasta la entrada de la cueva por donde se accedía a la catarata. El ruido del agua se oía muy cerca.

Allí los esperaban los dos hechiceros.

Antes de entrar en la cueva, Rita y Visconti juraron guardar el secreto de la existencia del valle.

—Esta noche hemos hablado con los espíritus –les dijo uno de los hechiceros– y ellos nos han dicho dónde está prisionero el hermano Obudu. Los espíritus nos han prevenido de que los hombres que lo retienen son peligrosos. Actuad con cautela –añadió.

El otro hechicero tomó entonces la palabra:

—Dirigíos hacia el lugar en el que el gran río es tragado por la tierra. Allí, en lo más profundo de aquel lugar, es donde tienen al hermano blanco que conoce el secreto.

Con un gesto amable los dos brujos se despidieron y los trece se internaron en la cavidad.

Era cierto lo que les había contado Delacroix: aquello era un laberinto de pasillos húmedos a través de los cuales era muy fácil perderse.

—¡Michel! –le llamó Rita a gritos para hacerse oír por encima del ruido de la cascada bajo la cual se encontraban–. ¿A quién has saludado?

El hermano blanco le señaló a varios guerreros que estaban perfectamente camuflados entre las rocas y el barro, y a los que era imposible ver si no se conocían sus puestos de vigilancia.

—Son guerreros guardianes de la piedra, encargados de proteger el valle. Vigilan la entrada para que nadie penetre en él. Hay más fuera, ya los conoces –le indicó a Rita, quien se estremeció un poco y se tocó el cuello al recordar cómo los habían "capturado".

Tras girar por una de las galerías, percibieron más fuerte el ruido y notaron la claridad provocada por la luz natural.

Llegaron a la imponente cortina de agua, que atravesaron por un lateral. Ayudados por cuerdas, salieron al exterior y remontaron el salto de agua por una estrecha vereda pegada a la pared.

Por fin alcanzaron la cumbre y pudieron descansar.

—Los hechiceros hablaron de un lugar donde muere un río y no es el mar: ¿cómo puede ser eso? –preguntó Visconti intrigado.

—Es un sitio muy hermoso, un lugar excepcional, pronto lo veréis. Conozco a un tipo que tiene una avioneta y me debe algunos favores. Él nos llevará hasta allí –dijo el hermano blanco dando por terminada la pausa.

El grupo se puso en pie y continuó la marcha, perdiéndose entre la masa boscosa de los alrededores de la catarata de Kalambo.

17
El delta del Okavango

—¿Qué le ocurre al profesor? –le preguntó Delacroix a Rita un tanto preocupado.

Estaban descendiendo y desde las ventanillas de la avioneta todos eran testigos del espectáculo: el río Okavango se dividía en varios cauces que se bifurcaban en muchos más, formando multitud de canales dentro de un gran delta interior de decenas de kilómetros.

Era cierto lo que habían dicho los hechiceros: parecía que la tierra se tragaba el río sorbo a sorbo.

Visconti lloraba a moco partido.

Rita le puso afectuosamente la mano sobre el hombro, intentando consolarlo, aunque sin saber de qué.

—Ejem, profesor, ¿está usted bien?

Visconti respondió con un llanto todavía más pronunciado.

—Por favor, no se ponga así, díganos qué le pasa –insistió.

—¿Es que no lo entiendes, Rita? –respondió él aún sollozando–. El agua…, los canales…, las góndolas… Es Venecia…, la hermosa Venecia en pleno África… ¡¡¡Es maravilloso…!!!

Sí, aquello parecía increíble.

Rita le guiñó un ojo a Delacroix para que se tranquilizara.

Se encontraban en Botswana, un país cuya gran parte de su superficie está ocupada por el desierto del Kalahari. El norte, donde se encuentra el delta del río Okavango, en cambio, es una zona de amplias marismas y sabanas, en las que abundan la vegetación y los animales salvajes.

Botswana es un país conocido por la riqueza y variedad de su fauna y su naturaleza, y por las minas de diamantes. Ese era el lugar donde el comandante Lucius, escondido en lo más recóndito del delta, intentaba robar el secreto de la piedra negra al hermano Obudu.

La avioneta tomó tierra en Maun, una ciudad situada en el extremo sur del delta, cerca ya del desierto del Kalahari. Es una población de casas bajas y dispersas, que está llena de supermercados, restaurantes y agencias que organizan visitas por las marismas del río; una ciudad donde muchos turistas reponían provisiones o descansaban antes de internarse por los canales con los guías que contrataban.

—Hermano Delacroix, por favor, debo ir a comprar pasta, tallarines, espaguetis, lo que sea: ¡lo necesito! –imploró Visconti para sorpresa del francés, que no se esperaba aquella reacción tan apasionada.

—El profesor está muy sensible… –le advirtió Rita.

—Claro, no hay problema –respondió Delacroix–. Te acompañarán Chemba y Newala; comprad provisiones para varios días. Mientras, nosotros iremos a contratar un guía y un medio para entrar en el delta. Y a buscar un teléfono –acabó mirando a Rita.

La niña estaba inquieta por su tío, Sarewa y Nadim, y le había pedido a Michel que la ayudara a conseguir un teléfono para intentar ponerse en contacto con Daniel.

Delacroix tenía algo de dinero, lo suficiente para asumir los gastos de aquella expedición de rescate. Así pudieron alquilar dos vehículos para moverse por la ciudad.

—Es ese –exclamó el hermano blanco al volante del todoterreno cuando vio en la carretera el cartel–. Ese es el sitio que nos ha recomendado David, el aviador.

COCODRILE SAFARIS, ponía en el cartel de la entrada a una pequeña propiedad, dentro de la cual no había más que una pequeña caseta de madera. El chiringuito se encontraba a unos metros de la orilla de uno de los canales del río, junto a un embarcadero donde no había embarcación alguna.

—Hola, amigos. Aventureros, bienvenidos –los recibió un hombre risueño y bajito–. Yo les organizaré la mejor ruta para conocer el misterioso delta del río. ¡Cuántos son? Dos…, cuatro…, seis… Vaya, ¿falta alguien por bajar del coche? Perfecto, son diez. Casualmente tengo una oferta para una excursión que…

—Por favor, pare un poco –le rogó Delacroix.

—Llámame Masa: soy vuestro amigo –respondió el guía ofreciendo su mano.

El tal Masa no paraba de hablar; aceptó las condiciones que le propuso Delacroix y prometió tenerlo todo listo en unas horas. Con el teléfono móvil que el mismo Masa les había dejado, Rita marcó el número de de su tío Daniel.

Esperó.

—¿Ocurre algo? –le preguntó Delacroix al ver su cara de disgusto.

—¡Está comunicando! Se pasa todo el día hablando por teléfono con su novia. Tal vez esté en Libia o en Dar es Salaam, ¡pero lo que es seguro es que ha llamado al supermercado!

Luego, llamó a sus padres, pero no estaban en casa y les dejó un mensaje en el contestador. Les dijo que estaba muy bien, en compañía del profesor Visconti mientras su tío había salido a dar una vuelta con unos amigos, y que no debían preocuparse.

Era una mentirijilla de nada, para que no se preocupasen. Ya les contaría la verdad cuando regresara a casa.

Chemba, Newala y Visconti llegaron al mismo tiempo que Masa aparecía por el río, conduciendo una lancha a motor a la que seguía una segunda embarcación.

—Todo arreglado, podemos salir cuando deseen –dijo mientras amarraba la barca.

No era fácil organizar una salida por los canales y marismas en tan poco tiempo; pero Masa, el hombre del negocio más destartalado de Maun, lo había conseguido. Parecía increíble.

Cargaron los equipos en las barcas y se internaron en el río.

—Iremos en las motoras hasta un lugar donde los esperan los *mokoros:* esas embarcaciones son la única manera de poder internarse en el delta, ya que hay zonas con muy poca profundidad y las barcas normales no pueden pasar por ahí –les anunció Masa–. Les garantizo que podrán conocer lugares inolvidables y sacar fotos que impresionarán a sus amigos –añadió.

—Nosotros no somos turistas –dijo Rita.

El guía les echó otro vistazo. Eran un grupo curioso, formado por diez hombres de raza negra, callados y serios, y aquel tipo curtido y sonriente, que parecía no perder nunca la calma; y luego estaban los otros dos, el señor gordo de gafas y la niña del peinado raro, vestidos con una ropa muy usada y con algunos remiendos. No, desde luego que no parecían los típicos turistas.

—Queremos que nos lleve a lo más oculto del delta, nada de visitas turísticas –le indicó Delacroix.

—¿Usted sabe lo que dice? –le espetó el guía.

—Perfectamente.

—Es peligroso.

—Nos lo imaginamos –intervino Rita.

—Es una zona que cambia constantemente por las crecidas del río, un laberinto lleno de trampas y de animales…

—Vaya por Dios… –suspiró Visconti.

—Llévenos allí –dijo Mbeki, uno de los guerreros guardianes.

—De acuerdo, como quieran.

A la vez que conducía la embarcación, Masa marcó un número de teléfono y habló durante varios minutos en una lengua extraña con alguien al otro lado del aparato.

Cuando colgó, les advirtió:

—Todo arreglado; pero luego no digan que no los avisé.

El canal por el que navegaban se iba estrechando entre los cañaverales y la embarcación a veces se movía con dificultad.

No tardaron en llegar a una zona abierta. Allí, junto a una orilla, esperaban algunos chicos con unas estrechas barcas, que eran en realidad troncos de árboles vaciados.

—¡Las góndolas! –exclamó Visconti.

—Son *mokoros,* las embarcaciones que utiliza esta gente para moverse por las marismas –indicó Chemba.

Tras descender de las motoras, distribuyeron sus cosas en los *mokoros* y se dividieron por parejas para embarcar en ellos. Delacroix iba solo en una, y Rita fue con Visconti. Llevaban un *mokoro* de más, en el cual subieron la mayor parte del equipo: las tiendas de campaña, los utensilios y las provisiones.

Una vez se hubieron acomodado, subieron los guías. Casi todos ellos eran muy jóvenes, y de pie, sobre un extremo de la embarcación y ayudándose con unas pértigas, comenzaron a empujar las frágiles canoas, que iniciaron su travesía por el delta.

El de mayor edad, que dirigía el *mokoro* en el cual iba Delacroix y parecía el jefe y el que mejor conocía la marisma, se puso en cabeza e indicaba la ruta a los demás.

—Si en diez días no regresamos, llame al número de teléfono que le he dado y diga a la persona con la que hable lo que nos ha ocurrido –chilló el hermano blanco a Masa.

—De acuerdo –respondió este, mientras pensaba para sí mismo: "Esta gente es muy rara, hummm…; tal vez sea mejor avisar a la policía".

Contemplaron el atardecer desde los *mokoros,* mientras navegaban lentamente por uno de los innumerables brazos de agua. Los guías parecían conocer bien el camino.

Desembarcaron en un pequeño claro, junto a unos árboles donde había restos de un fuego anterior, y Visconti pudo deleitar a todos con uno de sus platos de pasta.

La noche se les echó encima mientras terminaban de cenar y, rendidos como estaban tras la intensa jornada, se retiraron a descansar. Los guías de los *mokoros* y algunos guerreros durmieron junto al fuego. Visconti y Rita prefirieron la tienda de campaña.

No muy lejos se veían los resplandores de otros fuegos y se oían las risas remotas de los grupos de turistas que esa noche también acampaban en esa zona del delta.

Pronto todo quedó en un silencio que solo los hipopótamos y las aves nocturnas quebraban en alguna ocasión. A veces, se sentían pasos de cuadrúpedos correteando no muy lejos del campamento.

—Ya empezamos… –farfulló el profesor antes de quedarse profundamente dormido.

Por la mañana temprano, recogieron el campamento y prosiguieron el viaje entre los canales. Se cruzaron con varias embarcaciones ocupadas por turistas, quienes les hicieron fotos mientras les sonreían, pero apenas obtuvieron respuesta por parte de ellos. Tanto los guías, de pie a popa, como los ocupantes de los *mokoros* surcaban las aguas con gesto serio y concentrado. No estaban para bromas ni para saluditos.

Cowboy, así se hacía llamar el jefe, guiaba al grupo con precaución, avisando al resto de los barqueros de los lugares peligrosos. Era un joven de mirada penetrante y pómulos muy marcados. Tendría alrededor de treinta años; era alto, de cuerpo fibroso y se movía siempre de forma precavida, lo que le hacía parecer mayor.

—¿Por qué nos paramos? –preguntó ruidosamente Visconti.

—¡Chiss…!

—¿Se puede saber por qué no avanzamos?

—Cowboy ha visto algo en la orilla –le indicó Rita bajando la voz.

El jefe de los guías señalaba un punto entre los altos cañaverales que tenía delante y donde no parecía haber nada. Pero, de repente, todos pudieron escucharlo.

Algo avanzaba entre la maleza. Los guías se agacharon e indicaron a todos que permanecieran en silencio.

El animal, o lo que fuera, se acercaba. Vieron la maleza derrumbarse aplastada a su paso. Era grande pero silencioso.

Un enorme elefante acompañado de una de sus crías cruzó a pocos metros de ellos.

A Visconti casi le da un patatús, pero los demás se quedaron admirados del ejemplar que había pasado a su lado. Habían notado incluso el aire que ventilaba con sus orejas.

—Teníamos el viento en contra, por eso el animal no nos ha olido y se ha acercado tanto: si se hubiera percatado de nuestra presencia, acompañado por la cría, podría haber sido peligroso —le dijo Delacroix a Rita ahora que los *mokoros* habían quedado a la par y el peligro había pasado.

Parecía que habían llegado al final del canal por el que habían avanzado y, ante ellos, se extendía un muro de cañas.

Sin embargo, Cowboy tomó impulso con la pértiga y se abrió camino entre la maleza, indicando a los demás que le siguieran. Salieron a un pequeño lago, que tuvieron cuidado de bordear, pues en el centro había varios hipopótamos.

—Dicen que los hipopótamos son los animales más peligrosos –dijo Rita mirando hacia la popa de la embarcación.

—A mí me parece que todos son peligrosísimos –respondió el profesor.

—Tiene razón ella –intervino el guía del *mokoro*, un adolescente que se llamaba Keny–. Los *hipos* son los animales que más muertes causan. Atacan si alguien se interpone entre ellos y sus crías, o si se sienten amenazados. ¿Sabes qué tamaño pueden llegar a tener sus dientes? –preguntó.

—¡Vamos, chaval, estate atento al canal y dirige bien la góndola! —le cortó Visconti.

—La canoa se llama *mokoro*.

—Es una góndola, amigo mío, una góndola africana, y es mejor que discutamos de esto a que nos hables de dientes y esas cosas —dijo Visconti zanjando el asunto de los animales.

Rita dio un suspiro; tendría que estar lejos del profesor si quería conocer algo de la vida y las costumbres de los animales.

A medida que avanzaban y se internaban más en el corazón del delta, era menos frecuente ver turistas; solo de vez en cuando oían el ruido del motor de alguna avioneta que hacía excursiones aéreas para que los extranjeros conocieran la marisma desde el aire.

Cowboy levantó la mano.

Sin embargo, esta vez no había peligro, tan solo se trataba de una indicación para que le siguieran hacia la orilla. Era hora de hacer una pequeña parada para reponer fuerzas.

Rita dibujó un poco después de comer; a Keny y a los demás chicos les encantaron los dibujos de paisajes que había hecho durante todo el viaje.

Ellos no habían salido nunca de la zona del delta, no conocían África, ni siquiera Botswana, su país. Vivían en Maun y estudiaban Secundaria. Pero durante las vacaciones, y coincidiendo con la temporada turística, guiaban los *mokoros*. Con el dinero que ganaban ayudaban a sus familias y aún les quedaba algo para sus gastos.

Aquel grupo de muchachos era de lo más díscolo, pero tenían fama de conocer muy bien el interior de la marisma y Cowboy los conducía con mano dura para evitar problemas.

—A veces, de noche —le confesó Keny a Rita—, nos escapamos con los *mokoros* y entramos por los canales. Hemos visto cazar a los leones y a los leopardos, a los cocodrilos pelear entre sí, y una vez vimos a un hipopótamo destrozar la pata de una leona.

Antes de partir, los guerreros guardianes de la piedra, Rita y Visconti hablaron con Cowboy y le dijeron qué era lo que buscaban en el delta:

—Son un grupo de hombres que han escogido este lugar para ocultarse; deben de haber montado un campamento —dijo el francés—. El jefe es gordo y grande como un…

—… hipopótamo –le ayudó Rita.

—Así es. Calculamos que serán entre quince y treinta hombres. Tienen a uno de los hermanos de mi congregación y hemos venido aquí para hablar con ellos.

Cowboy se quedó unos instantes reflexionando.

—De acuerdo –aceptó–. Estoy pensando en algunos sitios donde acamparía alguien que quisiera ocultarse. Los llevaré hasta ellos si me prometen que no se trata de un asunto peligroso.

—No te preocupes, Cowboy –dijo Newala.

—Son completamente inofensivos –corroboró Rita.

Total, otra mentirijilla más…

Al reanudar la marcha, el jefe de los guías dio órdenes muy estrictas: a partir de ese momento debían ir todos en completo silencio y obedecer sus señas; comenzaban a internarse en el corazón del delta.

—Ah, y otra cosa –los advirtió–: no metan las manos en el agua del río.

—¿Hay algún tipo de contaminación? –preguntó Visconti en voz baja a Keny.

—No: cocodrilos –respondió el chico.

—¡¡¡Oh!!! ¿Por qué no me habré quedado en la ciudad esperando? ¡¡Este lugar es un infierno!! –gimió el profesor.

—¡¡¡Chisssssssssssssssssss!!!

Los ramales se multiplicaban y el propio Cowboy a veces se tomaba su tiempo antes de decidir por cuál de ellos avanzar, y en algunos casos consultaba a varios de los jóvenes.

A veces atravesaban lugares donde apenas había vegetación en las orillas y, si tenían suerte, podían ver claramente algunos animales. Vieron a varios leones tumbados a la sombra, hienas que los miraban con sus ojos desconfiados desde un prado, cebras, búfalos, jirafas, facóqueros y una manada de unos sesenta elefantes.

—Eso… parecen hienas pequeñas –dijo Rita al ver varios animales que corrían junto al río.

—Son licaones, perros salvajes –le respondió Keny–. Siempre van en manadas.

—¿Peligrosos…? –preguntó tímidamente Visconti.

—Peligrosísimos —le aseguró el joven—. Sobre todo para los italianos.

Poco después de que un grupo de ñus cruzara el río al galope ante ellos, se internaron por uno de los canales en los que se separaba la vía que habían seguido. La vegetación se volvió más espesa y nada hacía pensar que en aquel lugar pudiera haber presencia humana.

De vez en cuando se oían los chapoteos de los cocodrilos cuando se lanzaban al agua.

Llegaron a una nueva laguna.

Cowboy hizo una señal.

—Cuidado —les advirtió Keny.

Los *mokoros* se enfilaron y avanzaron muy despacio entre dos masas oscuras que salían del agua: se trataba de las cabezas de decenas de hipopótamos.

Visconti y Rita aguantaron la respiración al pasar.

Todas las canoas superaron el obstáculo sin ningún percance.

Los guías siguieron impulsando las embarcaciones con un ritmo monótono y sin descanso.

Se detuvieron de nuevo y vieron a Delacroix hablar con Cowboy. Este ordenó continuar hasta que vio un lugar que le pareció apropiado para montar el campamento.

Aquella noche no encendieron fuego y tomaron la comida que llevaban preparada. Montaron todas las tiendas. Nadie dormiría a la intemperie y harían guardias; así lo habían decidido los guerreros tras consultar con el jefe de los guías.

—Quédate en el campamento y no te vayas por ahí a dibujar; este sitio no es seguro –advirtió Delacroix a Rita mientras se sentaba a su lado.

—Sí, gracias por avisarme –dijo Rita–. ¿Sabes? Es extraño… Desde que estoy en África, siento que este es un sitio agradable y acogedor; pero otras veces…

—¿Sí…?

—Otras veces creo que es un lugar salvaje y duro.

El francés asintió con un gesto y comentó:

—Es un lugar extraño hasta que te acostumbras. Los niños sonríen sin parar y piensas que son felices, y al rato los ves rogar por una botella de plástico.

—A mí también me las pedían cuando íbamos en el todoterreno; ¿por qué lo hacen?

—Si cortan una botella de esas por la mitad, pueden obtener un recipiente.

—¿Para qué?

—Les puede servir de maceta, de vaso, de lugar para guardar cosas; o, incluso, lo pueden vender. La gente por aquí no tiene muchas cosas, ya lo has visto, y le saca partido a todo con tal de cuidar a su familia. Por cierto, ¿te has tomado la pastilla de la malaria?

—Sí –le confirmó Rita.

—Este lugar tan húmedo es propicio para que el maldito mosquito anófeles que transmite la enfermedad viva a sus anchas.

—Aún me quedan varias: ¿necesitas alguna? –le ofreció Rita.

—No, yo hace años que no las tomo.

Ella le miró más aterrada que sorprendida.

—Ellos tampoco las toman –agregó Delacroix, señalando a los guías de los *mokoros* y al resto de los guerreros.

—Entonces, ¿vuestro cuerpo se ha acostumbrado y ya no os afecta la picadura?

—No hay forma de acostumbrarse, Rita. Podemos coger la enfermedad en cualquier momento. Aún no se ha descubierto una vacuna eficaz. Las pastillas ayudan a combatirla, pero no hay para todo el mundo y son caras. África es pobre y no tiene dinero para combatir la enfermedad que la mata poco a poco.

—A veces he oído en la tele que hay organizaciones que trabajan en programas de ayuda contra las enfermedades en África y otros lugares.

—Y es cierto; pero esas organizaciones están allí, y la malaria y las enfermedades están aquí, todos los días y a todas horas. Pero tú debes tomarlas. Tienes que cuidarte y, cuando todo esto termine, regresar a casa.

Las sombras se adueñaban del campamento.

—Vamos a comer algo, Rita; la cena está lista, no le des más vueltas. Estás siendo muy valiente y arriesgas mucho por ayudarnos a todos –le dijo el hermano blanco mientras se levantaba.

—Espera, ¿por qué son tan pobres?

Delacroix guardó silencio antes de responder con un gesto amargo.

—No lo sé, Rita. A veces quieres saber cosas que nadie puede contestar. No les hagamos esperar; recoge tu mochila y el cuaderno, esto está lleno de babuinos. Los monos roban todo lo que ven a su alcance –añadió al ver su cara de no comprender.

Comieron sentados sobre unas mantas, al amparo de un árbol en torno al cual habían montado las tiendas. Una cena casi a oscuras y sin lujos.

Rita y Visconti tomaban el agua mineral embotellada que habían llevado para ellos en los *mokoros*, ya que si bebían agua del río o de los manantiales podían coger infecciones. Llevaban varias semanas en África, pero su cuerpo aún no se había acostumbrado a las bacterias que campaban por allí.

Ella tampoco se acostumbraba a estar tan lejos de su familia y de sus amigos. Y es que aquella noche silenciosa en que le había dado por pensar en lo injusto que le parecía todo, la niña se sentía una guerrera vulnerable y frágil y los echaba de menos como nunca antes lo había hecho.

18
A la deriva

Cuando se despertaron, vieron a Cowboy y a Delacroix regresar al campamento montados en uno de los *mokoros*.

—Hemos visto el humo de algunas fogatas. Tal vez sean ellos, no están lejos –dijo el francés mientras saltaba de la canoa a la orilla.

Mientras recogían el campamento, los guerreros guardianes de la piedra no pudieron disimular la tensión propia de los momentos previos a un combate.

El jefe de los guías se dio cuenta de que en todo aquello había algo raro.

—Señor misionero –le dijo a Delacroix, señalando a los guerreros que se habían reunido en un círculo y parecían pintarse la cara–. Esos hombres son guerreros, ¿verdad?

—Sí, y ella también –admitió el francés señalando a Rita.

—¿Y el señor gordo?

—No, ese no.

—Han venido a luchar, ¿no es cierto?

—No te he engañado… del todo –contestó Delacroix.

Los demás guías descansaban, observando al grupo de guerreros con curiosidad. En realidad, tenían casi todos sus sentidos puestos en pillar algo de aquella conversación.

—Hemos venido a intentar liberar a nuestro hermano. Su vida y también la de otras muchas personas están en peligro —continuó diciendo el hermano blanco—. Intentaremos hacerlo hablando con los que lo han capturado. Pero somos guerreros y hemos hecho un juramento. Si las cosas no salen como hemos pensado, tal vez haya que combatir.

A Cowboy aquellas palabras no le pillaron por sorpresa.

—Yo también he hecho un juramento: he de regresar con todos estos chicos sanos y salvos —dijo, señalando al grupo de los guías que se había acercado y escuchaba el diálogo de los dos hombres ya sin disimulo. Su jefe se acarició el mentón y los miró de reojo mientras seguía reflexionando.

—Comprendo. No tenéis por qué arriesgaros. Este es un asunto nuestro —admitió Delacroix—. Solo os pedimos que nos dejéis lo más cerca posible del campamento y que esperéis a cubierto nuestro regreso.

—Permaneceremos alejados y, si hay lucha, pase lo pase, no participaremos —advirtió Cowboy.

—Así se hará, te doy mi palabra —le dijo el francés.

—De acuerdo —aceptó Cowboy.

Después, eligió al más joven de los chicos para que se quedara en aquel lugar, a cargo de la embarcación con el equipo, y permaneciera oculto y alerta. Utilizarían ese sitio como punto de reunión en caso de que hubiera problemas. Luego, obligó a los demás guías a memo-

rizar bien la forma de una palmera de gran altura que había a unos metros, con el fin de tener una referencia para poder regresar sin dificultad.

Mientras, Delacroix acudió junto al resto de los guerreros para pintarse las marcas de guerra.

—Rita, tú también… –le avisó.

—Pero si yo todavía no he hecho el juramento…

—Ya eres una guerrera, ven.

Visconti no pudo ni quiso disimular su indignación.

—Vaya, parece que solo hay repelente de mosquitos para los guerreros y que los demás podemos morirnos devorados a picotazos –soltó con ironía.

—Profesor, son pinturas de guerra. Usted también puede pintarse si pasa la prueba del guerrero: podemos organizar una aquí mismo. No tenemos máscaras, pero la sustituiremos por la prueba de la garra del león –observó Delacroix divertido.

—Ooooh, no… No, por favor, no es necesario. Ya he tenido suficientes leones en este viaje –se excusó el profesor alejándose de ellos.

Rita tenía la misma sensación que cuando se pintaba la cara en las celebraciones de carnaval, pero cuando vio el rostro de los demás guerreros, serio y concentrado, fue consciente de que no iba a una fiesta.

Montaron en los *mokoros* y se aventuraron por un estrecho canal que se retorcía en continuas curvas. En las orillas los cocodrilos eran testigos del silencioso avance de las embarcaciones.

Ocultos por una vegetación muy variada y exuberante, los guerreros no dejaban de escudriñar entre los árboles y los juncos en busca de una pista que los condujera al campamento de *Merluzus* Lucius.

—Más despacio –le pidió Rita a Keny. Creía haber visto algo apoyado en el tronco de un árbol.

No era nada: tan solo una pareja de hienas que se asustaron al darse cuenta de su presencia.

Su *mokoro* era el último de la fila cuando llegaron a una balsa de la cual partían numerosos cauces.

Cowboy hizo una indicación y embocó por una de las bifurcaciones. Todas las embarcaciones lo siguieron.

Keny, Rita y Visconti habían advertido la presencia de los hipopótamos. Se habían separado unos metros del grupo y ahora el chico intentaba acercarse a la fila de *mokoros* moviendo la pértiga con fuerza.

—Tranquilo, chaval, ayúdate con el cuerpo –le indicaba Visconti.

Tres o cuatro de los *hipos* que habían permanecido con el resto del grupo en el centro de la laguna comenzaron a moverse.

—¿Los habéis visto? –preguntó Rita.

—Sí –asintió Visconti.

El grupo de embarcaciones había entrado ya en el canal y seguía su camino, mientras a ellos les faltaba aún cierta distancia para salir de la balsa y seguirlo.

Tan solo unos metros, casi nada.

Los hipopótamos continuaban avanzando. Lo hacían de modo transversal al movimiento de su canoa. Les faltaba poco para colocarse en la entrada del canal que habían tomado los demás y cerrarles el paso. Keny hizo un esfuerzo.

Los *hipos* iban a llegar antes que ellos.

—¡Vamos! –susurró Rita.

Eran centímetros.

Demasiado tarde: ¡los animales les habían cerrado el paso!

—Hacia la izquierda –gritó el veneciano al joven guía antes de que la embarcación chocara con una de aquellas moles de carne.

El chico, con un quiebro imposible, logró desviar la trayectoria del *mokoro,* evitando por muy poco la colisión con el hipopótamo que se encontraba más cerca.

La embarcación embocó por un nuevo canal que estaba a pocos metros y sus ocupantes quedaron aterrados al volver la vista atrás.

—¡Mirad, los hipopótamos se han colocado en la entrada de este cauce! ¡No podremos volver atrás y reunirnos con los demás! –dijo espantado Keny.

—No te preocupes, los llamaremos. Han entrado por un canal cercano, nos oirán sin dificultad –lo consoló Visconti.

—Ni hablar, profesor –le cortó Rita–. Es muy posible que *Merluzus* y sus hombres se encuentren cerca. Si grita, ellos también le pueden oír y en ese caso estaríamos perdidos.

—¿Entonces…?

—La única opción que nos queda es seguir este cauce y tomar el primer canal que encontremos a la derecha para buscarlos. Los demás han ido en esa dirección –señaló la guerrera.

—De acuerdo –aceptó el veneciano.

—Keny, ¿tú qué dices?

—Yo también pienso lo mismo, pero… –dijo tímidamente el guía.

—¿Te ocurre algo? –preguntó ella.

—El hombro, me he hecho daño al esquivar a los hipopótamos –dijo el joven sin poder evitar un gesto de dolor.

La embarcación flotaba sobre un agua limpia que dejaba ver plantas y algunos peces en el fondo somero y arenoso del cauce.

Multitud de insectos volaban en vuelo rasante sobre la superficie.

El *mokoro* había aparecido ante ellos como una nave espacial gigantesca que, venida de otro planeta, ocupara casi todo su mundo conocido. Un universo de mosquitos, abejorros y arañas en el que la frágil embarcación se mecía a la deriva.

—Confieso que estaba deseando que llegara este momento, y no lo digo por ti, Keny; siento mucho lo de tu hombro… –exclamó Visconti con una sonrisa enérgica, incorporándose en la barca.

—¿Qué hace, profesor…? –le preguntó Rita.

—Yo remaré. No me había atrevido a pedirlo hasta ahora, ya que temía molestar a Cowboy o a alguno de los chicos, pero desde que vi las góndolas en la avioneta era algo con lo que soñaba.

—¿Lo ha hecho alguna vez…? Si quiere, le enseño cómo se hace –le indicó Keny.

Visconti no pudo disimular una sonrisa paternalista dirigida hacia los dos jóvenes:

—Amigos, también yo en mi época de estudiante trabajé guiando una góndola en la serenísima Venecia. Fui uno de los más grandes gondoleros de la laguna. No es por presumir, pero… je, je, era el más rápido y hábil de los que hacíamos el recorrido de la plaza de San Marcos al palacio Grassi. En uno de estos recorridos llevé a una hermosa joven, oh, mi palomita. Mi querida Nicoletta, la primera vez que la vi yo conducía una góndola como esta y…

—Vale, profesor, ya nos contará la historia más tarde –le interrumpió Rita–. ¿Cree que puede manejar el *mokoro* sin problemas?

—"Góndola", Rita. Es un modelo algo primario, y algo… singular; pero no deja de ser una góndola, y las góndolas, amiga mía, no tienen ningún secreto para Giusseppe Visconti, ¡campeón de gondoleros de la laguna de Venecia! –exclamó emocionado el italiano.

Rita inmovilizó con un pañuelo que tenía en la mochila el hombro del joven y luego, con cuidado para no volcar, Keny y Visconti intercambiaron sus posiciones y continuaron navegando por el cauce.

Era sorprendente: el profesor conducía el *mokoro* con gran destreza y la canoa se deslizaba suavemente sobre la superficie del agua, avanzando a gran velocidad.

—O, *SOLE MIOOOOOOOOOOOOOOOOOOOOOOOOOO, STA 'NFRONTE A TEEEEEEEEEEEEEEEEEEEEE…!* –comenzó a cantar de repente Visconti con voz potente.

—¡Chisssssssssst! Baje la voz, los hombres de Lucius pueden oírle.

—Oh, perdón, no lo he podido evitar —se disculpó el profesor bajando la voz—. En mis tiempos de gondolero no podía remar si no cantaba; era la costumbre.

Recorrieron el ramal sin encontrar otros cauces ni animales peligrosos, hasta desembocar en una nueva laguna, de gran tamaño esta vez, en la que confluían más canales.

Miraron a su alrededor para ver si divisaban alguna de las embarcaciones del resto de la expedición, pero no encontraron indicio alguno que los pudiera llevar al reencuentro con sus amigos.

—¿Por dónde? –preguntó Visconti.

—Sigamos hacia el centro de la laguna; desde allí podremos ver bien las rutas a seguir –opinó Rita.

—Sí, es lo mejor –confirmó Keny.

Con dos golpes de pértiga el veneciano empujó el *mokoro,* que avanzó con fluidez.

Apenas se oían ruidos, salvo el rumor lejano del motor de una avioneta.

Las aves habían callado.

—Mmm…, este silencio… –murmuró Rita alerta.

—¿Crees que serán leones? –preguntó Keny preocupado.

La laguna era muy extensa y habían recorrido un gran trecho desde su salida del canal, dejando atrás varias entradas a otros brazos de agua.

—¡¡Hombres!! ¡¡Allí!! –avisó Visconti, señalando uno de los canales que desembocaban en la laguna.

Una embarcación se acercaba a la desembocadura.

Solo veían la pértiga y la cabeza del guía de la canoa.

Cuando el *mokoro* se hizo visible tras superar una pequeña barrera de maleza, vieron sus uniformes de camuflaje y sus armas.

—¡Son hombres de *Merluzus*! –gritó Rita.

—Y hay más allí –aulló Keny, indicando las bocas de otros canales por los que comenzaban a aparecer más *mokoros*.

Los mercenarios, alertados por el canto de Visconti, se habían dirigido al lugar de donde procedía la voz y habían dado con ellos. No habían fallado.

Los bandidos los habían visto y avanzaban hacia ellos a gran velocidad, mientras más *mokoros* intentaban cerrarles el paso a sus espaldas.

—¡Alto, manos arriba! —les ordenó uno de los uniformados.

—¡VISCONTI, SÁQUENOS DE AQUÍ! —suplicó Rita con un chillido.

Con un desplazamiento espectacular de la pértiga, el profesor dio la vuelta a la embarcación en un suspiro y comenzó a remar con energía.

Sin embargo, los *mokoros* de los mercenarios venían lanzados y no tardaron mucho en echárseles encima.

Dos embarcaciones se acercaban por la izquierda y por la derecha, y en unos instantes una de ellas se colocó a su nivel.

—Vaya, te has pintado la cara; ¿vas a alguna fiesta? —le preguntó a Rita uno de los mercenarios, sonriendo con ironía mientras la amenazaba con su rifle.

Pero ella los había visto acercarse y les había preparado algo.

—¡Sí, cara de huevo! ¡A una de cocodrilos, y tú también estás invitado! —exclamó a la vez que le lanzaba una piedra que le acertó en toda la cabeza.

El pillo cayó redondo al agua e hizo que volcara la embarcación.

—¡Profesor, más rápido! —gritó Rita.

El veneciano se esforzó al máximo y el *mokoro* comenzó a coger gran velocidad, dejando atrás las canoas que lo perseguían.

Sin embargo, una les cerraba el paso al frente y otras más acudían en su ayuda.

—¡Sujetaos fuerte! —les chilló Visconti.

Fue increíble.

El antiguo gondolero remó con fuerza enfilando su *mokoro* hacia la canoa y, cuando estaban a punto de abordarla, la evitó pasando entre esta y las demás embarcaciones a gran velocidad, como hacen los esquiadores en los eslalon.

Varios mercenarios cayeron al agua desconcertados ante el movimiento endiablado del *mokoro* del profesor.

—¡Quietos o disparamos! —les gritaron los que aún se mantenían sobre las canoas.

Visconti no dudó, ni Keny ni Rita.

¡¡Adelante!! Las balas comenzaron a silbar a su alrededor. Pero, aun agachado para evitar ser diana de los proyectiles, Visconti los conducía a toda pastilla hacia la entrada de uno de los canales.

Derrapando en el agua, el *mokoro* entró por el cauce y continuó su marcha a toda velocidad.

Cuando las voces de sus perseguidores se oyeron lejos, el profesor paró para recuperar un poco el aliento.

—¡Es usted magnífico! —exclamó Keny—. No había visto nunca nada igual.

—¡Gracias! ¡Giuseppe, nos ha salvado! —dijo Rita exultante.

—Uuuffff… Sí…, de nada. Una cosa, Rita… —respondió él mientras recobraba el resuello—. ¿Qué le has lanzado a ese tiparraco para tirarle de la canoa?

—Oh, nada, una de las piedras que había en su mochila, la más grande de todas. ¿Ocurre algo? —añadió la niña al ver la cara de alcachofa de fuera de temporada que ponía de Visconti.

—Era una piedra prehistórica del periodo lupembiense; una pieza que perteneció al hacha de un hombre primitivo. La había recogido en los alrededores de Kalambo Falls… —dijo con algo de pena el profesor—. En fin, no os olvidéis nunca de que la arqueología nos ha salvado, chicos —agregó con aire docente—. ¿Qué hacemos ahora?

Habían llegado a un espeso cañaveral.

—Podemos escondernos entre los juncos hasta que se cansen de buscarnos —sugirió Keny.

Todos aceptaron y Visconti metió el *mokoro* en la espesura. Luego cortaron algunas cañas y se camuflaron entre la vegetación.

Desde su escondite pudieron oír cómo pasaban muy cerca algunas canoas de los mercenarios. Uno de los *mokoros* de los bandidos pasó tan cerca que incluso tocó el extremo de las hierbas que los ocultaban. De repente, la canoa se paró.

Rita, Keny y Visconti respiraron sin hacer ruido, muy despacio. Ocultos en el cañaveral veían hasta las costuras de las camisas de los mercenarios. Estaban a su lado.

—¡Maldita sea, se han esfumado! —dijo uno de ellos.

—¿Os habéis fijado? Eran la niña y el gordo que se nos escaparon en la reserva de caza de Selous —dijo el bandido que manejaba la pértiga.

—Sí, y están buscando al misionero, sin duda; recordad lo que nos contó el comandante sobre ellos —confirmó su compañero.

El que parecía el jefe intervino entonces hablando con tono seguro:

—Tenemos que regresar e informar al comandante Lucius. El experto en yacimientos mineros está tardando más de lo previsto y tal vez haya que mover el campamento. Puede que esos dos no hayan venido solos.

A una orden suya, el *mokoro* se puso de nuevo en marcha y los tres amigos vieron desde su escondite cómo la embarcación desaparecía en una revuelta del canal.

—Vaya, vaya… —murmuró Rita.

Tras esperar unos minutos, salieron de entre la maleza y se aventuraron por el cauce con mucha precaución; todo parecía indicar que los mercenarios habían regresado a su campamento.

—¡Chiss! ¿Habéis oído eso? —advirtió Visconti—. Ahí —dijo señalando al otro lado de la espesura que cubría un lateral del canal donde se encontraban.

Aguzaron el oído. Parecían hombres de Lucius, pero no eran los tipos del *mokoro* que habían estado a punto de descubrirlos.

Escucharon claramente la conversación de aquellos mercenarios:

—¡Quédate aquí y cuida de la canoa! ¡Vamos a hacer pis y ahora volvemos! —ordenó una voz desagradable.

—Y mantén los ojos abiertos por si se acerca algún animal, pedazo de gandul. Vamos detrás de aquellos árboles; si ves a alguien, avísanos —dijo otra.

Luego escucharon como dos hombres desembarcaban y se alejaban con pasos pesados de la orilla.

—Tengo una idea: podríamos capturar al tipo que se ha quedado solo y llevárnoslo. Así luego nos indicaría el lugar donde está situado el campamento –sugirió Rita.

—El plan es bueno, pero ¿cómo vamos a hacerlo? –preguntó Keny.

—No tengo ni idea –respondió ella.

—Yo sé cómo –intervino Visconti–. Pero esta vez, Rita, nada de arrojar hallazgos arqueológicos, ¿de acuerdo?

—Vale.

—Manteneos agachados mientras nos acercamos y, en cuanto haya reducido al tipo, coged las armas que queden en la canoa –les indicó el italiano.

Con mucho sigilo, Visconti deslizó la canoa hacia la espalda del mercenario que cuidaba del *mokoro*.

Cuando este se percató de que algo se acercaba por detrás, ya era demasiado tarde. Con dos golpes certeros de pértiga, Giusseppe lo tiró de la embarcación.

Rita y Keny observaron cómo los babuinos se les adelantaban y se llevaban el arma del mercenario.

El pillo emergió del agua con las manos en alto. Estaba muy asustado ante la posible aparición de los cocodrilos y no opuso la menor resistencia.

Visconti, con un gesto amenazante, lo obligó a subir a la barca. Cuando le vieron de cerca, se llevaron una sorpresa: era un niño, apenas dos o tres años mayor que Rita.

Sin embargo, no tenían tiempo para impresionarse por nada; sus compañeros podían regresar de un momento a otro.

El profesor comenzó a impulsar la pértiga en silencio y en unos instantes se alejaron de allí a "remo" ligero.

Visconti siguió por varios ramales de agua, dando vueltas durante un buen rato. Atravesaron algunas lagunas, evitando a los cocodrilos e hipopótamos por aquel laberinto de canales.

El prisionero, que iba sentado entre Keny y Rita, y se mantuvo callado y tranquilo durante todo el trayecto; no parecía que tuviera intención de escapar, ni ganas de hacerlo.

De repente, Keny exclamó:

—¡La palmera! ¡Allí!

Era el punto de referencia que había dado Cowboy para localizar su campamento y el lugar de reunión.

A salvo, por fin.

19
El ataque

Delacroix y el resto de la expedición los recibieron con abrazos de alegría y cierta sorpresa al ver al prisionero que traían.

Tras saludar a todos, Keny no esperó a que le examinaran el hombro; se sentó en una piedra y comenzó a contar a sus compañeros, con todo lujo de detalles y de un modo un poco exagerado, la maestría de Visconti en el gobierno del *mokoro*.

El italiano, sentado cerca del grupo de jóvenes, clasificaba y revisaba las piedras prehistóricas del hallazgo de Kalambo mientras escuchaba complacido el relato.

En otro corro, Rita contaba lo sucedido a los demás guerreros y a Cowboy, que como guía de la expedición exigía estar al corriente de todo. Vigilado por Chemba, el mercenario capturado también escuchaba.

—Cuando oímos los disparos y nos dimos cuenta de que no estabais al final de la columna, nos alarmamos y decidimos volver al punto de reunión, ya que pensábamos que en caso de peligro regresaríais aquí –le explicó Delacroix cuando ella hubo terminado de contar su aventura.

Luego, todos se fijaron en el niño vestido con el traje militar, que miraba al suelo con ojos inexpresivos.

Cowboy parecía furioso y a la vez dolido.

—¿Desde cuándo estás con ellos? –le preguntó.

Pero el niño mercenario no contestaba.

—No te vamos a hacer nada, solo queremos saber dónde está el campamento –intervino Delacroix, dirigiéndose a él con amabilidad–. Tienen secuestrado a un misionero que no ha hecho nada.

—Ayúdanos y nosotros te ayudaremos –añadió Cowboy.

Pero el muchacho seguía cabizbajo.

—Llévanos al sitio donde tienen al hermano blanco, por favor; no te haremos nada –lo intentó de nuevo el francés.

—No te vamos a canjear por el misionero. No volverás con ellos –le prometió Newala.

—¿Seguro…? –gimió él.

—Seguro –le aseguró Delacroix–. Tienes nuestra palabra; somos guerreros.

—Y la mía –afirmó Cowboy.

—¿Y tú? –dijo el pequeño mercenario mirando a Rita.

—Te prometo que nadie te hará nada malo.

El niño aceptó y se comprometió a indicar a los guerreros el camino al campamento de *Merluzus* Lucius.

Los guerreros se prepararon mientras Cowboy charlaba con el chico.

—Come algo y descansa un poco, Rita. Saldremos dentro de un rato. Hemos de llegar antes de que se trasladen y les perdamos la pista –le dijo Delacroix.

—Oye, Michel, es un niño…; ¿por qué…? –preguntó ella con un gesto desolado señalando al joven soldado de *Merluzus*.

—No empieces con tus preguntas sin respuesta…

—¡No! ¡Sí empiezo! –respondió levantando la voz–. ¡Hay cosas que sí puedo entender! Estoy harta de que por ser una niña me tomen por tonta.

El hermano blanco se quedó tan sorprendido de su reacción como el resto del grupo, pero sabía que ella tenía razón.

—De acuerdo, me he equivocado, pero tranquilízate –la calmó.

Luego, mientras ella comía, se sentó a su lado.

—Te contaré algo. Hay cosas que ocurren en todo el mundo, no solo en África, y que son fantásticas, y otras que son terribles. Algunas ya las has conocido en este viaje…

—No te líes, cuéntame lo de ese niño –le dijo Rita.

—No es fácil…

—Cuéntamelo y ya está.

Delacroix asintió.

—A menudo secuestran a los niños de las aldeas y poblados y los obligan a hacerse soldados, a combatir y a luchar. Con armas de verdad, en guerras de verdad.

—¿Y no se pueden escapar?

—No, los amenazan.

—¿Cómo?

—Con unas amenazas muy gordas, créeme.

—¿Y Cowboy por qué habla con él…?

—He charlado con él mientras iba en el *mokoro*. Me ha contado algunas cosas de su vida. No es de aquí, vino huyendo con su familia de un país en guerra. Le duele mucho este asunto de los niños soldados. Estoy seguro de que intentará ayudar a ese chaval.

—¿Por qué?

—A uno de sus hermanos se lo llevaron.

—Todo esto es muy injusto.

—No empieces con eso. Has llegado a África hace unas semanas y no puedes querer solucionar todo lo que te parece injusto, ni siquiera entenderlo en unos días. Ya te he dicho que nos estás ayudando mucho, deja que Cowboy se encargue del chico. Él conoce el problema mejor que nosotros.

—Ya, pero… –intentó decir Rita.

—Confía en él.

Tras unos segundos de silencio, Delacroix añadió:

—Ahora debemos ocuparnos de otras cosas; recuerda que eres una guerrera. Tenemos que ir a rescatar al hermano Obudu.

—Vale.

Descansaron y comieron un poco. Luego, se pusieron de nuevo las pinturas de guerra.

Todos estaban listos.

Esta vez el niño soldado acompañaba a Cowboy y a Delacroix en su embarcación.

Estaba anocheciendo y la hilera de *mokoros*, guiados por el pequeño mercenario, era una sombra que avanzaba sigilosa y segura evitando los lugares donde se bañaban los hipopótamos.

No tardaron mucho en ver el resplandor de un fuego.

Cowboy, siguiendo el consejo del niño, mandó que se aproximaran a la orilla para desembarcar, cosa que los guías hicieron de forma ordenada y en silencio.

Tras descender de los *mokoros*, ocultaron las embarcaciones y los guías quedaron a su cuidado, al amparo de las espesas sombras de los arbustos y los árboles de la orilla. Estaban en una pequeña playa de arena. Desde allí se podía llegar con facilidad a la retaguardia del campamento de *Merluzus* Lucius, atravesando una franja de tierra seca y matorrales.

—Buena suerte –les deseó Cowboy.

—Gracias –respondieron todos.

—A ti también –añadió Delacroix, mirando al niño que permanecía en todo momento al lado de Cowboy.

El grupo de guerreros partió acompañado de Visconti, quien, animado por los acontecimientos del día, no se quería perder el jaleo.

Se aproximaron con mucho sigilo y se escondieron tras unos arbustos.

El campamento estaba en una pequeña explanada rodeada de vegetación, a la orilla de un cauce de agua. Varios *mokoros* se hallaban amarrados a unas grandes piedras, y dos mercenarios hacían guardia junto a ellas. Sin duda, ni Lucius ni los suyos esperaban un ataque por tierra.

Varios hombres, entre los que destacaba la figura del comandante, charlaban sentados en bancos plegables a la luz de una gran hoguera. Los guerreros y el profesor podían escuchar de forma nítida su charla.

—¡Ya te digo! ¿Estáis seguros de que eran ellos?

—¡Es *Merluzus*! –dijo Rita.

—Chiss…

—Sí, comandante; la mocosa llevaba la cara pintarrajeada, pero eran ellos –contestó otra voz.

—Mañana temprano trasladaremos el campamento; tendremos que llamar al experto en minas para indicarle la nueva posición. Espero que no se retrase más. En cuanto aparezca ese tipo con su maldito laboratorio, nos vamos con él y el misionero para comprobar si el curita nos ha dicho la verdad y la mina está allí. ¡Estoy harto de él!

—Le ha dicho dónde está la mina –dijo en voz baja Visconti.

Pero Delacroix ni se inmutó.

—Todos a sus puestos –dijo en un susurro–. Esperaremos a que estén dormidos. Luego reduciremos a los guardias e iremos a por ellos. Lo primero es liberar al hermano Obudu; hay que averiguar dónde lo tienen.

Chemba y los demás asintieron.

El campamento estaba rodeado de varios árboles de ramas altas y fuertes, que lo cubrían y ocultaban. Los guerreros se encaramaron a algunos de ellos sin hacer ruido, y desde allí vigilaron y esperaron. El profesor prefirió quedarse escondido entre unos matorrales, y ver desde allí la pelea.

El tiempo transcurrió lento.

Desde sus puestos, los guerreros vieron cómo dos mercenarios entraban en una tienda con un hombre joven de raza negra, vestido con pantalón y camisa ancha de color claro. Al rato, los dos bandidos salieron y se colocaron a los lados, haciendo guardia.

Delacroix miró a Chemba y a Newala y les hizo una seña de asentimiento.

Aquel era el hermano Obudu.

Los dos guerreros respondieron con un gesto: habían comprendido.

Los guardianes del secreto de la piedra negra y Rita siguieron al acecho.

Poco más tarde, observaron cómo el comandante Lucius y sus hombres se retiraban a sus tiendas, vencidos por el sueño, sin darse las buenas noches y sin cepillarse los dientes.

Solo tres mercenarios, además de los que vigilaban al misionero, estaban de guardia.

Se acercaba el momento.

Todo estaba en calma.

Esperaron un poco más.

De repente, Rita, alarmada, hizo una señal a Delacroix.

¿Qué era eso?

¡Un babuino estaba en una de las ramas jugando con un rifle!

El cañón del arma apuntaba hacia el suelo, y el mono no paraba de enredar tocando una y otra vez el gatillo.

"Párate, monito, estate quieto", le decía Rita con el pensamiento. Pero aquel mono del delta del Okavango no sabía nada de telepatía ni de leer en los pensamientos de la gente que anda por los árboles.

¡Bang!, resonó el disparo en toda la marisma.

Lucius y sus hombres salieron como rayos de sus tiendas con las armas preparadas.

"Todo está perdido", pensó Delacroix.

¡Bang!, retumbó otro disparo.

¡Bang! ¡Bang! ¡Bang! ¡Bum!, se oyeron más tiros acompañados de varias explosiones.

¡No podía ser!

De la oscuridad del río habían surgido varias personas que atacaban al mercenario y a sus hombres, quienes huían despavoridos por entre los árboles.

La escaramuza apenas duró unos minutos.

Dos tipos se acercaron a la tienda y sacaron al misionero. Luego, abandonaron el lugar y desaparecieron en la noche con el mismo sigilo con el que habían aparecido.

Cuando todo estuvo en calma, los guerreros descendieron de los árboles y deambularon por el campamento.

—Michel, yo sé quiénes eran los tipos que han sacado al hermano Obudu de la tienda de campaña. Se movían muy rápido, pero he podido ver sus caras a la luz del fuego –dijo Rita–. Son Kuyt y Mobutu.

—¿Quiénes?

—Los hombres de van Strassen.

—¡Van Strassen aquí! ¿Cómo puede haberse enterado? –preguntó Visconti, a quien habían ido a avisar cuando el peligro había pasado ya.

—Es un hombre rico, tiene muchos medios a su disposición y una red de informadores por todo el continente –comentó Delacroix.

—¿La avioneta que hemos visto esta mañana sería de alguien que trabaja para él? –dijo ella.

—Es posible, Rita –le respondió el francés.

Se disponían a marcharse, pero antes dieron un último vistazo al campamento, que estaba destrozado.

—¡Esperad! ¡Hay un teléfono ahí tirado! –advirtió Rita–. Por favor, dejadme hacer una llamada a mi tío Daniel. Quiero saber si él y los otros están a salvo –pidió a sus compañeros.

Delacroix y los demás asintieron con un gesto de comprensión.

Rita marcó el número. Escuchó la señal de llamada:

Tuuuuuuuuu… Tuuuuuuuuu… Tuuuuuuuuuuu…

"Vamos, cógelo", pensaba.

Tuuuuuuuuu… Tuuuuuuuuuu… Tuuuuuuuuuu… Tuuuuuuuuuu… Tuuuuuuuu… Tuuuuuuuuuu… Tuuuuuuuuuu…

—No contesta –se dio por vencida sin poder ocultar su cara de tristeza. Había perdido a su tío y habían perdido al hermano Obudu.

Las ruinas del campamento eran el escenario de la tragedia de aquellos guerreros derrotados.

—¡Un momento! —saltó Visconti—. ¡No todo está perdido! —y comenzó a rebuscar en su mochila. Yo guardo todos los tiques de los gastos que tenemos, para que luego nos los pague la universidad. ¡No se me escapa ni uno! —dijo—. ¡Ajá, aquí está! —añadió triunfante, enseñando un papelito—. El tique de la compra que hicimos en Dar es Salaam en el supermercado donde trabaja Jessie, la novia de tu tío.

Rita comprendió lo que quería decir.

—Es buena idea, pero tal vez a estas horas no esté trabajando o no sea su turno —le advirtió.

—Ese sitio anunciaba que abría casi toda la noche; prueba…

Marcó el número del supermercado.

—Buenas noches —contestó una voz al otro lado.

—Hola, ¿puedo hablar con Jessie, por favor? Soy su prima.

—Un momento.

Rita guiñó un ojo a Visconti y a los demás, que miraban expectantes.

—Hola, ¿dígame? —respondió una voz dulce.

—Hola, soy Rita, la sobrina de Daniel.

—Pero ¿no habías dicho que eras mi prima?

—Era por si te ponían pegas por recibir muchas llamadas en el súper.

—No, aquí puedo hablar sin problemas.

—Valeee, perdona, Jessie. Soy la sobrina de Daniel.

—¡Y cómo sé que ahora no me estás mintiendo?

—Porque es verdad, en serio.

—¿Seguro que no eres una que se quiere ligar a mi Daniel? Tú no tienes voz de niña.

Rita se estaba poniendo nerviosa.

—¡Que soy yo, Rita! ¡Jolín, hazme caso!

—Oiga, señorita, a mí no me grite —soltó Jessie.

—¡Pero si yo no te grito!

—Sí que me gritas, y aún no sé quién eres.

Visconti, preocupado por cómo iba el asunto, le pidió a la niña que le pasara el teléfono.

—¡Ejem! ¿Jessie?… Hola, soy Giuseppe, el amigo de Daniel, el que estuvo el día en que nos conociste en el supermercado, ¿te acuerdas de mí?

—No mucho, la verdad.

—Bueno, da lo mismo… Pero supongo que Daniel te habrá hablado de mí.

—Sí, señor Visconti, y de su sobrina; pero me había contado que era una niña dulce y alegre, y no que tenía mal genio como la señora que se ha puesto antes.

—Escúchame, Jessie, estamos en una situación un tanto delicada…

—Sí, Daniel me ha contado que estáis buscando a un misionero.

—Las cosas se han complicado un poco últimamente. ¿Sabes algo de Daniel?

—Señor Visconti, lo cierto es que las he notado muy raro en las últimas llamadas. Ha llamado muy poco y en las breves conversaciones que hemos tenido me hablaba muy bajito. Decía que no quería que lo oyeran.

—Pero ¿sabes dónde está?

Unas interferencias provocaron que la comunicación se entrecortara.

—Sigue con van Basten…

—¿Con van Strassen?

—Sí, ese, el señor rico. Y lo acompañan sus dos amigos, pero me contó que usted y la niña se habían ido. Daniel me dice que no me preocupe, pero yo noto que está asustado, señor Visconti.

Los ruidos que interferían la comunicación eran cada vez más fuertes. El italiano casi no oía nada y gritaba para hacerse entender al otro lado del aparato.

—¡Espera, Jessie, no cuelgues! ¿Te ha llamado hace poco? ¿Te ha dicho dónde está o hacia dónde se dirige?

—Sí, me ha llamado hace cinco minutos. Pero alguien le ha quitado el teléfono y ha cortado la comunicación. Pero antes me ha dicho…

El profesor apenas podía oírla.

—Me ha dicho –repitió Jessie– que los iban a llevar a un sitio llamado <small>Costa Esqueletos</small> o algo así.

—¿Quéeeeeeee?

En ese instante la comunicación se cortó definitivamente.

Rita y los demás guerreros taladraron con la mirada al profesor.

—La chica dice que Daniel, Nadim y Sarewa siguen con van Strassen –les dijo Visconti.

—¿Sabe adónde han ido? –le preguntó Delacroix.

—No lo creo, ha dicho algo sin sentido… Ha dicho algo parecido a "Cóa épueleto".

—Vaya tontería, esa chica no se entera de nada –comentó Rita con retintín.

—Tranquila, Rita –le indicó Michel–. Profesor, haga un esfuerzo por recordar –pidió Delacroix, mirando al italiano.

—Ya lo hago… Mmmmm… Bueno, sí… –reflexionaba en voz alta el profesor–. Creo que más bien… lo que ha dicho ha sido…, ha sido…

—¿El qué?

—"Csta equeleto"… Algo así.

En los ojos de Delacroix brilló una luz.

—Solo puede tratarse de un sitio: ¡Costa Esqueletos, en Namibia! –exclamó.

—En marcha, nos toca de nuevo viajar; y esta vez no podemos dejar que se nos escapen –dijo enérgicamente Delacroix, haciendo un movimiento con el brazo para que los demás lo siguieran.

Sin tiempo que perder, se encaminaron hacia el lugar donde los esperaban Cowboy y el resto de los guías, ocultos junto a los *mokoros*.

—Vamos, Rita, cambia de cara. ¿Te ha picado un mosquito o qué? –le preguntó Visconti mientras andaban a paso ligero.

—Oye, Giuseppe, esa Jessie no es muy guapa, ¿verdad ? –le dijo ella por toda respuesta.

Una vez que el grupo hubo abandonado el campamento, el lugar quedó desierto. El fuego, que se consumía poco a poco, iluminaba aquella desolación, dejando ver los destrozos de las explosiones y los restos calcinados de las tiendas de campaña.

Pasaron unos segundos que pudieron haber sido horas.

Y una masa de carne oscura surgió de la orilla: empapada de barro y con los ojos rojos; no era un hipopótamo, pero se le parecía mucho.

—Costa Esqueletos, ¡ya te digo! –dijo *Merluzus* Lucius.

20
Costa Esqueletos

Era una suerte.

O no, no lo era.

Delacroix había pasado largos años trabajando de pueblo en pueblo por todo el continente negro.

Era un hombre de acción y sentimientos apasionados, y allí respiraba cada bocanada de vida como si fuera la última, tal como lo hacían el resto de los africanos. Por eso se había quedado a vivir en aquellas tierras y por eso no volvería a su país. Durante ese tiempo había ayudado a muchas personas de toda condición y ahora algunas de ellas le correspondían.

Una mujer los llevó en avioneta a Windhoek, la capital de Namibia, donde los esperaba un camión que los condujo hacia el desierto del Namib.

—Oiga, Delacroix, ¿no tuvo usted un antepasado cantante de ópera o algo así? Su apellido me suena mucho –le comentó Visconti, mientras circulaban por una carretera.

—No. Hubo un gran pintor que se apellidaba del mismo modo, pero él se llamaba Eugéne. Era extraordinario y, cuando viajaba, también llevaba un cuaderno de viaje para pintar –respondió el francés.

—¿Cómo yo? –preguntó Rita.

—Sí, *mademoiselle*.

Rita miró su cuaderno: apenas quedaba sitio para poder hacer ningún dibujo más. Buscó la página donde había apuntado los presagios del brujo de Rumsiki; él ya le había hablado de aquel lugar: de un costa llena de esqueletos y de un barco con el casco de color rojo.

No entendía bien todas aquellas predicciones y prefirió no decir nada.

Después de circular durante varias horas por una carretera en buen estado, se internaron en el desierto del Namib, pasando varias zonas de dunas y evitando algunos pozos de arenas movedizas.

En más de una ocasión, las ruedas del camión en el que se desplazaban quedaron atrapadas en la arena, y tuvieron que ayudar a sacar el vehículo de aquella trampa utilizando unas planchas de metal.

—Definitivamente no contesta —dijo Rita tras intentar una vez más contactar por teléfono con su tío. Les habían prestado material de acampada, equipo y también dos teléfonos.

—Tal vez le hayan quitado el aparato —advirtió Visconti.

—Seguramente; ven que el final está cerca y no quieren correr riesgos —comentó Delacroix.

—No me refiero a tu tío y a vuestros amigos, pienso que los retienen como rehenes por si les podéis causar problemas vosotros dos –agregó al ver la cara de preocupación de Rita–. Imagino que van Strassen ha elegido este lugar para reunirse con alguien experto en yacimientos mineros e interrogar al hermano Obudu.

Ella y Visconti escuchaban atentos, sentados en los últimos asientos del camión. A su lado, el hermano blanco continuó hablando:

—Más al sur está la región de minas de diamantes más importante del mundo, y también los mayores expertos en explotaciones de minerales. Recordad que desaparecieron varias piedras negras de nuestras misiones y es probable que estén en poder de van Strassen.

—Eso es seguro –asintió Rita.

—Claro, necesitan un geólogo experto en yacimientos mineros para analizar las piedras y descubrir su composición –intervino el profesor.

—Así es. Y Costa Esqueletos es un lugar ideal para concertar una reunión clandestina. Es un sitio muy solitario, por aquí no hay más que…

—¿Esqueletos…? –preguntó ella algo asustada.

—Sí.

—Bueno, por lo menos no hay animales –comentó Visconti, aliviado.

—No creas.

—No me dirás que aquí también hay…

—Focas, algún pingüino… y elefantes, leones, hienas…

—Pero en un desierto no puede haber leones.

—Sí, sí, son leones del desierto –intervino Newala–, muy fieros.

—Ay, Dios mío… Mi querida Nicoletta, mi palomita, espero encontrarme pronto contigo tomando un café *capuccino* en Venecia, lejos de este infierno –clamó el profesor mirando al techo del camión.

El conductor dio un rodeo y evitó los caminos frecuentados por los pocos visitantes, biólogos, aventureros o bandidos que viajaban por allí.

Habían salido de Windhoek al amanecer, después de haber pasado allí dos días descansando tras las duras jornadas en el delta del Okavango.

El viaje desde la capital a la costa se hacía largo, a pesar de que las carreteras de tierra por las que circulaban a través de Namibia estaban en mejor estado que las de otros lugares.

Después de varias horas de trayecto, la pista se volvió más arenosa y el vehículo se desplazaba con mayor dificultad.

Atardecía. Pronto se haría de noche.

El chófer, un surafricano de mediana edad que parecía un jugador de *rugby,* llamó su atención:

—Ya hemos llegado, está detrás de esa gran duna –dijo.

Una corriente de inquietud recorrió a todos los que iban en el camión.

—He oído hablar mucho de esta costa, pero confieso que nunca he estado en ella –admitió Delacroix.

—Ni yo.

—Ni yo.

Nadie.

Descendieron del camión y subieron la duna con cuidado para no ser vistos.

Asomaron las cabezas.

Y vieron la costa sembrada de esqueletos junto a un mar que rugía.

Eran de todos los tamaños. Roñosos y abandonados.

—S..., s..., son... –intentó decir Visconti.

—¡¡¡Son barcos!!! –exclamó Rita.

Estaban ante el mayor cementerio de barcos del planeta.

Gran cantidad de ellos yacían varados en la arena, oxidados por un viento cortante y abandonados a su suerte, a la deriva en plena tierra firme.

—Los vientos y el oleaje del mar en esta zona son tremendos y no es difícil que atrapen a los barcos que navegan cerca y los empujen contra la costa. Además, la niebla que suele haber por estas latitudes hace que los navegantes se pierdan y entren con facilidad en la zona de peligro –les contó el conductor, que se llamaba Bryan y que había ascendido la gran duna con ellos.

—Las corrientes hacen imposible que los barcos puedan retornar a su ruta; cualquier intento de pelear contra este mar es inútil –añadió.

—... Los esqueletos se referían a los barcos –suspiró el profesor.

—Bueno, y también a las personas. Los que lograban salvarse del naufragio, si querían sobrevivir debían atravesar este desierto habitado por fieras –le aseguró el conductor.

—Agggggggggg...

—Así es; y muchos de ellos preferían morir antes que aventurarse por el desierto.

—¡A menudo sitio hemos venido a parar! –dijo Rita.

Costa Esqueletos parecía un lugar de otro planeta, remoto y abandonado a su suerte por la vida que tal vez alguna vez existió allí. Un sitio misterioso que encendía la imaginación de las personas, pero al que nadie acudiría para dar un paseo un domingo por la tarde, ni tampoco un sábado por la mañana.

Eran barcos, sí, pero aquellas masas herrumbrosas no dejaban de ser cadáveres de algo que alguna vez navegó por el mar, junto a los delfines y a las ballenas.

El viento frío, que azotaba la costa sin piedad y corría entre los pecios, provocaba un silbido lúgubre que se hacía más intenso por la noche.

Hacía frío; se habían abrigado.

—¿Qué…, qué es eso? –preguntó Visconti algo asustado.

—Es el ruido que hace el viento al pasar entre las ruinas de los navíos, no se preocupe. ¿Tiene frío? –le preguntó Delacroix.

—Bu… bu… bueno, un poco; no estoy acostum…, tum…, tumbrado a estos cam…, cam…, cambios de tiempo.

Estaban en el hemisferio sur y allí los días eran más cortos en esa época del año. La noche, que en el África negra llega sin un largo atardecer que la anuncie, los sorprendió mirando hipnotizados el cementerio de navíos.

Era algo difícil de explicar. La visión de aquel lugar los sobrecogía y atemorizaba por una parte, pero por otra los fascinaba.

La luna, que iluminaba la inmensa playa, le daba a la escena un aire irreal.

—¡Qué lugar tan siniestro! –dijo Rita.

—Es tétrico –añadió Visconti.

—Y lúgubre –intervino Chamba.

—Esperemos que no sea trágico –dijo Delacroix levantándose de la arena–. Lo mejor será que regresemos al camión para pasar la noche y mañana busquemos a van Strassen y compañía. Claro que, si lo preferís, podemos ir ahora… –propuso con una sonrisa maliciosa.

Rita sintió un escalofrío en cuanto su cerebro asoció aquellas palabras: noche, luna, cementerio, ir…

—Je, mejor lo dejamos para mañana, ¿no…? –soltó.

—Po…, po…, po…, por favor…, ustedes son gue…, gue…, guerreros y deben descansar –respondió Visconti sin parar de temblar y dirigiéndose al lugar donde habían ocultado el vehículo.

—Profesor, apague el frontal, por favor –advirtió Michel al italiano, que descendía con agilidad la duna.

Aquella advertencia llegó demasiado tarde.

A cientos de metros, alguien había visto el destello.

—Allí, jefe, una luz. Hay más gente.

El día que amaneció fue muy parecido al anterior: el viento, el frío y aquel silbido que les anunciaba que al otro lado de las dunas el cementerio de barcos no se había movido de allí.

—Lo primero que debemos hacer es rastrear con mucho cuidado el cementerio para dar con su campamento –les anunció Delacroix durante el desayuno.

—Una cosa… –le interrumpió Rita.

La niña contó a los guerreros su visita al brujo de Rumsiki y lo ocurrido posteriormente. Detalló cómo sus predicciones se habían cumplido punto por punto, y finalmente les enseñó la que le había dicho en último lugar y que ella había escrito en su cuaderno.

—El adivino me advirtió de un barco de color rojo. Me dijo que allí estaría atrapado mi tío –confirmó enseñando su cuaderno.

—Mmm…, es la predicción de un brujo… –comentó Delacroix.

—He de confesar que me parece sorprendente, pero lo cierto es que hasta ahora las cosas se han cumplido tal y como Rita ha dicho –intervino Visconti.

También Newala y los demás guerreros quedaron pensativos. Ellos se habían guiado en innumerables ocasiones por los presagios y consejos de los hechiceros de su tribu, pero no por los de otras.

—De acuerdo –consintieron finalmente–. Buscaremos ese barco.

Se dividieron en dos grupos y establecieron una serie de señales para mantenerse en contacto. No podían confiar en los teléfonos en un lugar como aquel, lejos de toda señal de civilización y, probablemente, sin cobertura.

Rita y Visconti irían con Newala y cinco guerreros más, mientras Delacroix se internaría en el cementerio con el resto del grupo. Bryan se quedaría a la espera, oculto en el camión tras la gran duna.

Tras rodear la duna con precaución para no ser vistos, llegaron por separado a los primeros pecios.

La ligera neblina que llegaba del mar le daba a todo un aspecto tenebroso.

—Que…, que…, que…, qué grandes so…, so…, so…, son de cerca, ¿eh? –dijo Visconti sin poder ocultar una pizca de temor.

—Chiss…

—Va…, va…, vaya… Ya…, ya…, ya estamos otra vez.

—No se asuste, profesor –le intentó tranquilizar Rita.

Las embarcaciones medio hundidas eran inmensas moles de hierro, castigadas y carcomidas por el viento salino.

La arena las devoraba milímetro a milímetro con sus millones de dientes, en una digestión silenciosa y continua, que cada día las enterraba un poco más.

—Parece como si la playa se las tragara –observó Rita.

—Bajo nuestros pies debe de haber muchas más –le comentó Newala.

Buscaban el barco del casco rojo y también huellas en la arena que los pudieran conducir al lugar donde se hallaban los hombres de van Strassen.

Caminaron con precaución entre los cadáveres oxidados, buscando incansables.

De repente, oyeron el canto de un pájaro.

—Es la señal, vamos.

Guiados por Newala, recorrieron el cementerio en dirección al lugar de donde procedía el sonido.

Por fin llegaron; Delacroix y los demás guerreros habían encontrado el barco.

Los esperaban escondidos tras los restos de una nave que apenas asomaba en la arena y que estaba a cierta distancia del barco de color rojo. La embarcación parecía no llevar allí mucho tiempo, pues aún se podía ver parte de la pintura del casco y la arena aún no había devorado la mitad de su superficie.

—Ahí lo tenemos… –les dijo Michel.

—No parece que haya señales de gente –señaló Chamba.

—Ninguna, pero tal vez eso es lo que se proponen. Acerquémonos con mucho cuidado.

Rita, Visconti, Delacroix y tres guerreros más, ocultos tras los restos de una nave, se quedaron a la expectativa.

Mientras, a las órdenes de Newala y Chemba, varios guerreros rodearon el barco del casco rojo, y con agilidad felina subieron a él y desaparecieron en su interior.

Al cabo de un rato oyeron el canto de un pájaro.

—Pista libre, vamos —indicó Delacroix saliendo del escondite.

—No hay nadie, ni parece que ninguna persona haya estado en su interior en años —les comentó un guerrero cuando llegaron al barco.

Rita no comprendía.

—¡No puede ser! El brujo de Rumsiki me dijo que mi tío estaría aquí… —soltó decepcionada la niña.

—No hay nadie —insistió Newala—. Es cierto; si quieres, lo puedes comprobar.

La bruma se había hecho más espesa y ahora los rodeaba por todos lados.

Ayudada por uno de los guerreros, Rita se metió entre los restos del barco con ansiedad.

—¡No lo entiendo! —exclamó tras subir a lo que quedaba de la cubierta.

—¿El qué? —oyó la voz de Delacroix a su espalda.

—¡Siempre se habían cumplido los vaticinios del brujo!

—Sí, aunque en esta ocasión ha fallado.

—Pero ¿por qué?

—Otra vez buscas respuestas imposibles. Las cosas son así, no todo es infalible. El brujo no ha acertado esta vez.

—¿Qué quieres decir?

—Creo que lo sabes: el adivino falló en su última predicción.

Sí, lo sabía, pero no quería aceptarlo. Se había aferrado a aquel vaticinio como a una barandilla segura, después de que se hubieran cumplido todos los anteriores. Y precisamente aquel pronóstico era el que más necesitaba su corazón: volver a ver a sus amigos y a Daniel. Echaba mucho de menos a su tío.

¿Dónde estaría él ahora?

—Vamos, Rita, tenemos que seguir buscando a tu tío y a tus amigos —le animó el hermano blanco, sacándola de sus pensamientos.

La niebla era muy intensa: apenas se veía a unos metros.

Se reunieron al pie del barco.

—Seguiremos con la búsqueda —señaló Delacroix.

—Pe…, pe…, pero ¿con es…, es…, es…, esta niebla? –preguntó Visconti sin poder ocultar el miedo.

—Esto nos facilita las cosas; así no nos podrán ver y será más fácil tomarlos por sorpresa –comentó Newala.

—Sí, pero id con cuidado, no os disperséis; manteneos a la vista de los demás miembros de vuestro grupo –advirtió Michel.

Se separaron de nuevo.

Los guerreros buscaban huellas en la arena y, en un momento dado, Rita creyó advertir un gesto de tensión en el rostro de Newala.

—¿Has visto algo? –le preguntó con discreción.

—No, me había confundido.

—Vamos, dímelo.

El guerrero vaciló unos instantes.

—No le digas nada al profesor Visconti…

—Vale.

—He visto las huellas de un león.

La niebla flotaba a su alrededor, rasgándose con sus cuerpos a cada paso.

Rita oyó el trino lejano de un pájaro. Iba a decir algo, pero prefirió asegurarse.

Se detuvo para oírlo de nuevo.

Sin embargo no percibió nada más.

Tal vez había sido el sonido del viento o el canto de un ave de verdad que se había… ¡perdido!

Miró a su alrededor, pero no vio a nadie, solo el manto blanco que la envolvía por todas partes.

¡Se había despistado!

Debía mantener la calma. Había salido de situaciones peores.

Buscó las huellas en la arena, pero el espesor de la niebla era tal que apenas podía ver sus pies.

—Chiss… ¿Estáis ahí? –preguntó en voz baja mientras caminaba.

Nadie contestaba.

—Eh, Newala, Giuseppe, ¿dónde estáis? –insistió. No veía ni torta. Aun así, siguió avanzando–. ¡Giuseppeeeeee, soy Ritaaaaaa! ¡Contesta!

—Aquíiiiiiiiiiii –le avisó una voz.

La niña se acercó al lugar de donde procedía; pero con aquella bruma…

—¿Dóndeee estáiiiiiis? –preguntó.

—Aquí al ladoooooooooo…

Era cierto, la voz sonaba a pocos metros de ella.

Se acercó y una mano la tomó por el brazo.

—Uf, me había perdido; menos mal que os he encontrado de nuevo –dijo al notar el contacto.

—Nosotros también nos alegramos de verte, ¡ya te digo!

—¡*Merluzus* Lucius!

—¡Niña, ya está bien de insultarme, siempre igual!

—¡Suéltame!

—¡Ni hablar, esta vez no te escapas!

El comandante la sujetaba con fuerza por el brazo y, al instante, varios de sus hombres aparecieron a su alrededor.

—¡Mirad, la niña de la cara pintarrajeada del Okavango! –dijo uno.

—¿Qué? ¿Ya te has quitado el maquillaje? –le soltó otro.

—Ya está bien, cerrad el pico o nos descubrirán —les ordenó *Merluzus*—. Y tú estate quieta, estarás más segura a mi lado. Por tu culpa, uno de mis chicos tiene ahora un garfio en lugar de una mano. Lo tiraste del *mokoro* y un cocodrilo se la zampó. Tiene muchas ganas de verte —le advirtió.

—Vaya, fue sin querer.

—¡Ya te digo! Él no piensa lo mismo, mocosa.

—No me insultes, ladrón. Ya me he enterado de que secuestras niños, además de matar animales y de robar.

—Vaya, veo que sigues con tu manía de convertirte en salvadora del mundo.

—¿Qué pasa si es así?

—Que es patético. Tú y tus amigos buscáis el secreto de la piedra para enriqueceros, igual que hacemos todos los demás; así que no sigas con tus lecciones de chica concienciada. Habéis venido a África para sacar tajada y te parece mal que lo hagamos nosotros.

—No es así, nosotros nos metimos en esto para ayudar.

—Sí, claro, ¡ya te digo!

—Eso no lo podéis entender ni tú ni tus mercenarios de pacotilla porque no pensáis más que en vosotros mismos. Sois unos truhanes, sois peor que la malaria, sois… –les imprecó Rita.

—Comandante, ¿tenemos que aguantar a esta pesada? –preguntó uno de los bandidos.

—Eso: ¿por qué no la dejamos atada por ahí o se la damos a Dongo para que salde cuentas con ella por lo de la mano? –propuso otro.

—Nada de eso, cabeza de alcornoque, la necesitamos como rehén por si las cosas se tuercen. El gordo de las gafas no andará lejos, y seguro que hay más gente con ellos –advirtió *Merluzus*.

—¡Algún día os atraparán y pagaréis por todo lo que estáis haciendo!

—Cállate ya, pequeñaja –le espetó uno de los soldados.

—Ja, ja –sonrió Lucius–, no creo que eso ocurra, ¡ya te digo! Anda, quítate la mochila y dámela –le ordenó.

—¿Me la vas a robar también? Pero si no llevo nada…: un cuaderno y dos cositas… –protestó ella.

—Huyyyy, no te creas, seguro que le sacamos algún partido a lo que llevas ahí dentro, ¿sabes? La cámara de fotos la vendimos muy bien y el crucifijo nos resultó de gran utilidad en la misión de Ujiji –*Merluzus* dijo esto último señalando la cruz de bienvenida de los hermanos blancos que llevaba colgada al cuello–. Estoy convencido de que nos resultará muy útil en un día como hoy –añadió el bandido.

—Vale, te daré la mochila, pero suéltame el brazo. Si no, no puedo –le pidió al comandante.

Sería un espacio de tiempo muy breve: dos segundos como mucho.

Debía ser decidida como el león, rápida como el guepardo y escurridiza como una serpiente.

La niebla haría el resto.

Bien.

Hizo ademán de quitarse la mochila de la espalda, liberándose de las dos correas a la vez, y notó que el brazo que la retenía se aflojaba y luego la soltaba. Un instante.

¡Ahora!

¡Un empujón, la patada de taekwondo reglamentaria y un salto!

Se dejó rodar por el suelo, clavándose la mochila en la espalda, pero soportó el dolor.

La niebla la ocultaba. Se levantó y corrió con todas sus fuerzas.

—¡Quieta ahí, maldita niña! –bufó Lucius.

—Alto, o disparo –la amenazó un soldado.

—¡Bajad las armas, cenutrios! ¡Oirían los disparos! –ordenó con un bramido el comandante–. ¡Id tras ella! ¡Paga *quindoble* y *cuatriple*, o lo que sea, para el que la coja! –gruñó.

Los mercenarios se lanzaron a la carrera tras ella.

Rita no veía nada, pero corría casi a ciegas a través de la niebla. Estaba haciendo un gran esfuerzo y no podía más.

Oía los pasos cerca, muy cerca.

—¡Yo estoy aquí! –gritaba un mercenario para que sus compañeros lo situasen entre la espesa niebla.

—¡Y yo aquí!

—¡Aquí!

—¡Presente!

La estaban rodeando.

Quería correr más, pero las fuerzas le fallaban. Vio ante sus narices una masa oscura inmóvil.

"Eso debe de ser un barco, tal vez pueda ocultarme ahí", se dijo.

Parecía una columna; tal vez era el mástil de una nave enterrada. Al lado había más.

—¡Yo aquí!

—¡Aquí!

—¡Aquí!

— ¡Aquí!

Los hombres de Lucius se acercaban por todos lados. Estaban tan solo a unos metros.

—¡La veo, la tengo delante! –aulló uno de ellos.

En ese momento ocurrió algo raro.

Le dio la impresión de que una de aquellas partes del barco sepultado en la arena se había movido. Pero, en realidad, no sabía si era la columna o ella que temblaba.

—¡¡¡La tenemos!!!

—¡A por ella! –comenzaron a gritar los mercenarios con gran algarabía.

El mástil, columna o lo que fuera cambió repentinamente de posición.

Se estaba moviendo.

Y lo mismo ocurrió con todas las que estaban a su lado. Además, se oían unos extraños bramidos.

Aquellas columnas que había tomado por las partes de un barco eran las patas de varios elefantes que estaban descansando y, asustados por los gritos de los hombres, comenzaron a embestirlos.

—¡¡¡Socorroooo!!!

—¡¡¡Comandanteeeee!!! –gritaban los mercenarios mientras huían.

Rita se agachó en el suelo e imploró para que la estampida de los elefantes no la aplastara.

Y alguien escuchó sus ruegos –acaso los propios elefantes– porque los oyó alejarse a toda velocidad, precedidos por los gritos de los mercenarios.

—Fiuu, me he librado por los pelos –exclamó la niña levantándose.

—De ellos tal vez sí… –le dijo una voz conocida a su espalda. Sonaba sosegada pero áspera–. No te muevas, te estamos apuntando con varias armas.

Sabía quién era: Thomas van Strassen.

—La verdad es que no pensaba que nos volveríamos a ver… al menos tan pronto –continuó la voz, que ahora parecía desplazarse a través de la niebla–. ¿Sabes? Algo me decía que eras la más peligrosa del grupo; fuiste la única a la que no pude seducir. Descubriste lo de mis empresas, ¿no es cierto?

—Sí, y me he enterado de lo de los hospitales que construye y de cómo utiliza a la gente para probar sus medicamentos. ¡Usted es un criminal! –le contestó Rita.

El empresario se movía en la niebla, aunque ella no podía verlo.

Sin perder la calma y en tono sarcástico, le contestó:

—Vamos, vamos, no es para tanto, je, je.

—¡Van Strassen, es un asqueroso! –le espetó ella.

—No; soy rico, y eso es lo que cuenta donde vivimos. No lo olvides, pequeña. Allí soy una persona respetable: salgo en la tele, doy conferencias, ayudo en Navidad en un comedor de pobres y no fumo. Y además, tengo pensado fundar una ONG, ¿qué te parece?

—¡Pienso que algún día pagará por todo lo que está haciendo y que ese día me gustaría ver su cara de gusano! –bramó ella muy enfadada.

—¿Ahora te las das de justiciera? Vamos, Rita, eso no da dinero, no es práctico, no pierdas el tiempo con esas cosas. Habrías sido una buena artista, dibujas bien. Si te hubieras limitado a tus dibujos, todo te habría ido mejor –dijo van Strassen empleando un tono enigmático.

La niebla comenzaba a disiparse poco a poco y Rita empezaba a ver la silueta del empresario delante de ella.

—¡Pero tuviste que meter las narices donde no te importaba y convenciste a Visconti para que te ayudara! –agregó de modo amenazante–. He tenido que retener a tu tío y a tus amigos porque no me fiaba de ti. Eres escurridiza y lo cierto es que temía que todavía me hicieras alguna jugarreta; y ya ves, has aparecido aquí, donde menos me lo esperaba.

Ya podía ver sus dientes artificiales perfectamente alineados, mostrando aquella falsa sonrisa bajo su calva.

Van Strassen insistió:

—Pero ahora ya es demasiado tarde. Esta mañana ha llegado el experto en yacimientos minerales que necesito para explotar las minas de la piedra negra.

Rita se estremeció.

—No te inquietes –continuó él–. El hermano Obudu no me ha contado nada aún, pero lo hará: no te puedes imaginar la cantidad de métodos que conocen mis chicos para hacerle hablar. Además, dispongo de drogas para conseguir que me cuente cuanto deseo… En fin, pronto, todo el mundo podrá disponer de un frasquito con su piedra negra para curar las mordeduras de serpiente; siempre que antes pague, claro. He pensado que tal vez en la etiqueta pongamos que la piedra cura también las mordeduras de cualquier animal. Con una buena campaña de publicidad todo el mundo se lo creerá, ja, ja.

—¿Le he dicho que es usted un puerco repulsivo? –soltó Rita.

—Oh, vamos, ¿qué forma de hablar es esa para una señorita? Es una pena que tus últimas palabras sean tan poco elegantes. Rita, tengo todo lo que necesito para ser un poco más rico, pero me sobra algo. ¿No adivinas qué?

Al decir esto, van Strassen hizo una señal, y Kuyt y Mobutu aparecieron armados tras él, empujando a Daniel, Sarewa y Nadim, y a un joven de raza negra. Todos estaban maniatados y con la boca tapada con cinta adhesiva.

—¡Tío Daniel, Nadim, Sarewa! A Rita casi se le saltan las lágrimas.

—Sí, Rita. Aquí están todos, incluido el hermano Obudu; solo falta el veneciano. Y tú nos ayudarás a capturarlo si no quieres que empecemos a hacerle unas cosas un poco desagradables a tu tío. Sabéis demasiado y no puedo dejar que regreséis…, pero de eso nos ocuparemos más tarde.

Rita miró a su alrededor.

La niebla comenzaba a disiparse poco a poco y eso le permitió ver las siluetas de los empleados de van Strassen que la rodeaban, apuntándole con algo que suponía eran armas de diverso calibre.

Van Strassen estaba más cerca y ahora aparecía nítido ante sus ojos: su figura enclenque, su piel blanca, los guantes cubriéndole las manos.

—¡Cogedla! —ordenó secamente—. La llevaremos al barco y con ella atraeremos al italiano hacia el lugar y le tenderemos una emboscada.

—Eso no es muy educado para un cocinero —dijo una voz oculta por la niebla, a varios metros de ellos.

—¡Profesor Visconti! —gritó Rita.

—¡Maldita sea, disparad! —bramó van Strassen.

¡¡Bang!! ¡¡Bang!! ¡¡Bang!!

Los disparos se perdieron en la bruma y resonaron entre los cascos de los pecios.

—¡Habéis fallado! —volvió a decir el profesor.

—¡Van Strassen, estáis rodeados! ¡Entrégate, no tienes salida! —dijo otra voz desde otro lugar. ¡Era Delacroix!

—¿Disparamos ya? —preguntó la voz de Newala.

"No tienen armas, pero ellos no lo saben —pensó Rita—. O tal vez las tengan y las han ocultado todo el rato".

Van Strassen se mantuvo firme, pero uno de sus hombres tiró el rifle, y luego otro y otro y otro, y comenzaron a levantar las manos.

Solo Kuyt y Mobutu permanecían armados.

—Tirad las armas —les ordenó Delacroix.

Van Strassen se tambaleaba, parecía haber perdido la energía.

Hizo una señal a sus dos ayudantes y estos dejaron caer sus ametralladoras sobre la arena.

Los guerreros aparecieron súbitamente de entre la niebla y, con la velocidad de un relámpago, se apropiaron de las armas.

—¡Tío Daniel! —exclamó Rita echando a correr hacia él.

Delacroix y Visconti fueron los últimos en surgir de la bruma.

—Por fin damos contigo, Emanuel —le dijo cariñosamente Michel al hermano Obudu, quitándole la cinta que le impedía hablar.

Daniel Y Rita se estrujaron en un abrazo interminable mientras los demás se saludaban con efusividad.

—Vaya, vaya, qué escena más enternecedora, ¿eh jefe? –dijo una voz burlona surgida de la niebla.

—¡Ya te digo! Se me rompe el corazón –le respondió el comandante.

—¡*Merluzus*!

—¡Niña, estoy harto de tus insultos! –tronó la voz del comandante–. Vamos, ¡¡manos arriba todo el mundo!!

Delacroix y algunos guerreros titubearon, pero Rita les advirtió:

—Tienen armas, lo he visto, antes me han capturado.

Soltaron las armas y obedecieron al bandido, quien se aproximó a ellos con paso alegre y sin poder ocultar su buen humor.

—Vaya, vaya…, tenemos aquí a la plana mayor del generalato de la piedra negra, je, je, ¡ya te digo!

Los mercenarios también se hicieron visibles y apuntaron con sus rifles a todos los presentes.

—No me sentó nada bien que se llevara a mi invitado, señor van Basten –dijo en su tono burlón.

—Me llamo van Strassen –respondió el empresario recuperando la compostura.

—¡Aquí se llama como yo diga, van Basten!

—De acuerdo, como usted desee, señor…

—*Merluzus*…, digo Lucius: comandante Lucius. ¡¡¡Maldita sea esta niña, me está volviendo loco, ya no sé ni mi nombre!!! –bufó el mercenario.

—Es una niña peligrosa, al igual que los amigos que la acompañan –observó el empresario empleando un tono seductor–. Son gente obsesionada con idioteces que generalmente es inofensiva, pero cuando se empeñan en jugar a ser héroes pueden resultar molestos, ¿no cree?

—La niña es un poco pesada, sí…, y maleducada, desde luego –le respondió *Merluzus*.

—En cambio, nosotros, señor comandante –continuó el empresario–, sabemos que lo que mueve verdaderamente el mundo es el dinero.

—¡Ya te digo!

—… Y creo que entre hombres de negocios lo mejor es llegar a acuerdos beneficiosos para ambas partes.

—¿Ah, sí? ¿Tiene algo que proponerme?

—Verá, yo… –comenzó a decir van Strassen.

Pero algo le impidió terminar la frase. Era una nueva voz que surgía de la niebla:

—Nosotros sí tenemos algo para ti, *Merluzus*, digo Lucius: la cárcel –oyeron todos. Ese timbre de voz era totalmente desconocido. Rita no lo había oído nunca, ni sus amigos tampoco.

—Soltad las armas –les dijeron varias personas ocultas en la bruma.

Un vez más, los asaltantes eran desarmados.

—Somos la policía de Namibia –anunció una voz.

—Y de la Interpol –aclaró otra.

—¡Je! –exclamó Rita con una sonrisa de desplante, que era como una bofetada dirigida a *Merluzus* Lucius.

Daniel, Nadim, Visconti, Sarewa, Rita y Delacroix, así como los guerreros y el hermano Obudu, bajaron los brazos, aliviados.

—Eh, che… che… che…; ¡los brazos, arriba! –los amenazó una voz.

—Pero ¡si nosotros no hemos hecho nada! –protestó Daniel.

Un hombre vestido de traje, y acompañado por otros muchos de uniforme, salió de la niebla y, sin que sus hombres dejaran de apuntar al grupo, dijo:

—Ustedes están denunciados por robar al menos un vehículo y sospechamos que forman una banda de ladrones de vehículos que opera en todo el continente. Llevamos siguiéndoles la pista desde Tanzania.

—Yo les aclararé… –intentó decir Delacroix a la vez que mostraba un pequeño crucifijo de bienvenida que colgaba de su cuello.

—Vaya, misioneros, lo que faltaba… –le interrumpió el jefe de los policías–. No se preocupe, hermano, nadie va a salir de este cementerio hasta que no se aclare todo este lío.

—Gracias a Dios que han llegado… –exclamó van Strassen utilizando todas sus armas de simulación–. Soy un empresario muy importante y ustedes me han salvado de un verdadero apuro. Les estoy agradecido por lo que…

—Cierre el pico, van Strassen –le cortó el policía–. A mí no me puede sobornar. Soy el capitán Gambosi, de la Interpol: la policía internacional, ¿me comprende? –dijo mostrándole la placa–. Con nosotros no funcionan sus trampas. Además, hemos escuchado todo lo que ha dicho ¿y sabe?: uno de los agentes lo ha grabado todo. Lo tiene claro, colega.

—¡Llamaré a mis abogados!

—Lo hemos pillado –le dijo por toda respuesta el policía, sin poder evitar una sonrisa.

Parecía que no iban a surgir más voces de la niebla, y así fue.

Mientras algunos agentes vigilaban a van Strassen y a los mercenarios, los oficiales se alejaron con Rita y sus amigos hasta un barco, junto al que habían aparcado varios todoterrenos con grandes antenas e instalado algunas mesas con ordenadores y aparatos de comunicaciones.

Delacroix relató a los policías con todo lujo de detalles la increíble peripecia que tanto Rita como Daniel, Nadim, Visconti y Sarewa habían vivido por toda África solo con el fin de ayudarlos.

El oficial y varios agentes hablaron vía satélite con sus jefes, y más tarde lo hicieron con los superiores de la congregación de los Hermanos Blancos en Francia.

Estos, después de conversar con Delacroix y de que el misionero les explicara lo sucedido, asumieron la tarea de defender a los cinco amigos en el esclarecimiento del asunto.

Y, así, tras recibir una llamada urgente de teléfono, el importante grupo de abogados que a veces colaboraba con la congregación de los Hermanos Blancos comenzó a trabajar frenéticamente para esclarecer punto por punto todo lo acontecido.

Cuando habló con los agentes de policía, Michel no desveló ciertos detalles, como la existencia del poblado de Kalambo Falls, el secreto de los guerreros, ni el de la piedra negra.

Las llamadas de los policías se sucedían y, poco a poco, las cosas se fueron aclarando, igual que el día.

Rita y Visconti habían hecho las presentaciones de rigor y ahora todo el grupo de amigos charlaban contándose lo ocurrido mientras tomaban el té que les habían ofrecido por orden del capitán Gambosi.

Los rayos de sol comenzaban a filtrarse entre la niebla.

¡¡Bang!! ¡¡Bang!!

Unos disparos sonaron cerca del lugar donde habían quedado retenidos los bandidos y van Strassen y sus hombres.

Al momento, llegó un agente corriendo para informar a sus superiores de lo ocurrido.

—¡¡Se ha escapado uno!! —gritó.

—¿Quién? —preguntó Gambosi.

—*Merluzus,* digo, Lucius! —contestó el agente.

—¡Maldita sea! Coged un coche y perseguidlo —ordenó el oficial—. Pediremos el apoyo de un helicóptero. La niebla está desapareciendo y creo que ya no tendrán problemas para volar.

El oficial de la Interpol se sentó de nuevo con gesto contrariado y llamó por radio inmediatamente para pedir refuerzos a sus superiores.

—Ese Lucius es muy peligroso —dijo luego.

—Sí, lo conocemos bien —confirmó Daniel.

—Sobre todo, ella —añadió Visconti.

—Es un malvado; atrápenlo, por favor —le pidió Rita.

—Eso intentaremos; aunque no será fácil, es tan escurridizo como tú… —le comentó el policía guiñándole un ojo—. ¿Sabes? Por mucho menos de lo que has hecho se reparten medallas. Hemos hablado con mucha gente por teléfono, ya sabemos toda la verdad de vuestra aventura.

—Yo… —dijo tímidamente ella poniéndose roja de repente— solo quiero estar con mis amigos y…

—¿Y?

—Volver a casa.

—No te preocupes; cogeremos a Lucius y tú, muy pronto, regresarás a casa.

Llegaron más policías, les dieron comida y les dejaron mantas y ropa limpia.

Habían recorrido el continente de norte a sur y de oeste a este, saliendo de Libia con lo puesto e improvisando por el camino.

Habían conocido muchos paisajes e infinidad de gente, y habían disfrutado y sufrido, llorado y aprendido.

Y todo lo habían hecho sin apenas equipaje.

Rita con su cuaderno, que guardaba como la mayor de las riquezas porque para ella atesoraba con sus manchas, sus dibujos y sus notas, los verdaderos recuerdos de aquella aventura. De una forma más nítida y clara que miles de fotografías.

—Señor profesor, le llaman por teléfono –avisó un policía.

—¿A mí? –se extrañó Visconti.

—No, al otro.

Daniel se levantó, radiante y presumido, y se dirigió al coche que le indicó el agente.

—Holaaaaaa… ¿Cómo has podido localizarme, pichurriii? –preguntó con un tono cantarín y empalagoso cuando cogió el aparato.

—¡Profesor Bengoa! No me llame *pichurri*, ¡es lo último que me faltaba!

—¡Profesor Walloski!

—El mismo –le contestó la voz al otro lado del aparato.

—Oiga… Estoy en…

—No me interesa saberlo. Déjeme hablar, Bengoa –le ordenó el jefe de la excavación de Wadi Methkandoush con su habitual tono huraño–. Solo quiero decirle que esta vez se ha librado por-los-pe-los.

—¿Qué…, qué quiere decir?

—No sé qué clase de amigos ha hecho usted por esos mundos de Dios por donde ha ido, pero deben de ser importantes. ¡Brrrrrr! ¡¡Usted y el profesor Visconti quedan readmitidos en la excavación y en su puesto en la universidad!!

—¡Mira qué bien!

—Y la denuncia por el robo del vehículo y el material de la universidad queda completamente anulada.

—Je, je, gracias, profesor –respondió risueño Daniel.

—No se ría, ni me dé las gracias: me han obligado a hacerlo desde las altas instancias de varias universidades. Alguien importante debe de haberlos llamado. Dicen que, por lo visto, usted, su niña y sus amigos han ayudado a capturar a una banda de delincuentes internacionales y han colaborado para salvar muchas vidas.

—Bueno, creo que así ha sido más o menos, aunque en realidad Rita…

—¡No me interesan los detalles, Bengoa! –gruñó Walloski interrumpiéndolo–. A usted le pagan por su trabajo como antropólogo y no por ir salvando a la humanidad.

—Señor Walloski…

—¡¡No cante victoria!! Le tengo calado, sé que usted es un aventurero y no una persona seria. ¡Ha arrastrado a Visconti a uno de sus viajes y hemos perdido mucho tiempo por su culpa aquí, en Libia.

—¡¡No crea!! Visconti ha descubierto un yacimiento prehistórico del periodo lupembiense al lado de unas cataratas. Yo he visto las piedras: son magníficas, ¡¡¡no había visto antes nada igual!!!

—¡No me venga con cuentos!

—Es cierto.

—¿En serio?

—Sí, profesor.

—¡Ya hablaremos de esas piedras más adelante, ahora regrese inmediatamente!

—No se preocupe, no tardaré.

—¡Brrrr! No empiece, profesor Bengoa, ¡¡¡quiero que le quede claro que no le toleraré una escapada más!!! –chilló Walloski antes de colgar.

Visconti presenció el final de la conversación.

—Era Walloski –le anunció Daniel–. ¡Je!, estamos readmitidos, todo aclarado.

Los dos profesores se dieron un abrazo.

—¿No estabas comiendo? –preguntó el tío de Rita después.

—No, ejem, los agentes amablemente me permiten hacer una llamada –contestó el veneciano en tono meloso.

—Ah, ya –comprendió Daniel y regresó junto a su sobrina mientras Visconti iniciaba la conversación:

—¿Nicoletta? Palomita…, amor mío… ¡Soy yo, tu Giuseppe!

Rita se estaba tomando un colacao, sentada en una silla junto a un coche, mientras miraba su cuaderno.

—¿Qué tal estás? –le preguntó su tío.

Apenas habían tenido tiempo de hablar desde su reencuentro.

—Aún he de pedirte disculpas por no creerte cuando me hablaste de tus sospechas de van Strassen y, sobre todo, por haberte tratado como lo hice en alguna ocasión –añadió Daniel.

Ella se dejó caer a su lado, apoyándose en su hombro con los ojos cerrados. Sentía de repente lo lejos que había estado de él y los peligros que había tenido que sortear.

Luego contó a su tío con detalle todo lo que le había ocurrido desde su separación en Kigoma, la noche que huyó junto a Visconti del hotel.

Con el paso de los minutos, la niebla desapareció del todo y se hizo visible el movimiento de los coches de policía por el cementerio de barcos.

Un helicóptero sobrevolaba el lugar.

Varios vehículos se llevaron detenidos a los mercenarios y a van Strassen y a su gente.

A media mañana el capitán Gambosi informó a los cinco amigos de que oficialmente no pesaba ningún cargo contra ellos.

Visconti, Nadim y Sarewa lo celebraron con el hermano Obudu y los guerreros guardianes.

Mientras, Rita, Daniel y Delacroix subieron a la duna que dominaba el lugar.

—¿Lo van a meter en la cárcel? –preguntó ella cuando se sentaron en lo alto de la duna.

—¿A quién? –dijo Daniel.

—A van Strassen.

—Es lo que se merece –admitió Delacroix.

—¿Entonces…?

—Van Strassen lleva razón en una cosa: tiene mucho dinero y abogados a su servicio que utilizarán todas las tretas posibles para evitar que vaya a la cárcel. Aunque, esta vez, parece que va a tener difícil escaparse. Mmm…, veremos qué se puede hacer.

—¿Qué quieres decir? –quiso saber Daniel.

—Necesitan pruebas para acusarlo. Las autoridades internacionales me han propuesto que los ayude a conseguir que algunas personas testifiquen en un juicio.

—¿Y qué vas a hacer? –preguntó Rita.

—Los ayudaré, pelearé como un guerrero, como has hecho tú.

Rita no pudo evitar que se le escapara una lágrima, y luego otra y otra… y otra más. No sabía por qué lloraba.

Aquello no tenía explicación, como otras muchas cosas que había vivido a lo largo del viaje por África.

Delacroix sonreía con su risa radiante. Parecía que también tenía lágrimas en los ojos, a punto de estallar, pero tal vez fuera su mirada cristalina que se reflejaba en el mar Atlántico.

Un policía llegó hasta ellos andando pesadamente por la arena.

—¿Quieren que los llevemos a alguna parte? El jefe pone a su disposición varios vehículos. Hemos hablado con sus amigos y nos han dicho que ustedes deciden.

Delacroix miró a Daniel.

—Lo que vosotros dos digáis –asintió el profesor.

—Nos quedaremos aquí esta noche. ¿Pueden esperar hasta mañana? –preguntó Delacroix al policía.

—No hay problema.

—Ah, y avisen, por favor, al conductor de un camión que está oculto tras la duna, al oeste del cementerio –le advirtió antes de que se alejara.

Luego, se quedaron en silencio contemplando el mar.

—Oye, ¿por qué nos quedamos esta noche? –preguntó Rita.

—Hay luna llena.

21
El secreto de la piedra negra

El señor Gambosi, el oficial al mando de la operación policial, los ayudó y puso todos los medios para hacerles la estancia lo más agradable posible.

Daniel pudo hacer varias llamadas y mantener una larga conversación con Jessie, y Rita finalmente llamó a casa y habló con sus padres.

Nadim y Sarewa también hablaron con sus familias, y Delacroix charló con varias personas, utilizando los teléfonos vía satélite de la policía.

Habían pasado algo más de dos meses desde la noche en que abandonaron el yacimiento de Wadi Methkandoush para ir en busca de un remedio que salvara a Íñigo, el joven estudiante, del veneno mortal de aquella víbora.

Eso le habían dicho a Rita por teléfono, pues ella había perdido toda noción del calendario durante aquella aventura.

Debía regresar cuanto antes. Eso también se lo habían dicho.

El nuevo curso comenzaría en unos días.

Sin embargo, aún estaba en África.

Le quedaban unas horas.

Los oficiales de la policía les habían conseguido billetes de avión para el día siguiente. Era un caso especial; los trataban como a héroes. Tal vez lo fueran.

Pero Rita se había sentido más cómoda y más libre mientras fue una más entre los que caminaban por las carreteras de Camerún, en la cubierta del Liemba, o cuando paseaba por Kasanga, a orillas del lago Tanganica. Y eso que en aquellas ocasiones no disponía de mucha ropa, ni de teléfono, ni de ordenador portátil.

No le llenaba aquello de ser una heroína, pero lo aceptó como muestra de agradecimiento.

—¿Qué vais a hacer? –preguntó Daniel mientras tomaban un té en torno a una mesa plegable.

—Yo volveré a mi poblado con los demás –dijo Newala.

Chemba y el resto de los guerreros asintieron a sus palabras con un gesto de la cabeza.

—¿Y tú, Sarewa?

—Mi idea es ir a Tanzania –respondió el chico–. Hice amigos en el mercado de Dar es Salaam y creo que pasaré una temporada conociendo aquello. Luego, tal vez vaya a Malawi o a la isla de Zanzíbar; me han dicho que allí hay un gran tradición comercial. Quiero poner una tienda en Rumsiki –añadió–. ¿Sabéis? Nunca había montado en avión hasta que salimos de Garoua y ahora, como recompensa por ayudar en la captura de van Strassen, podré viajar por el continente y adquirir mercancías. Con ellas haré un buen negocio.

—Y en Tanzania, ¿cómo te las apañarás? –le preguntó Daniel.

—No hay problema; Sarewa se las arreglará –respondió con una sonrisa aquel joven desgarbado.

—Gracias por todo, no habríamos sido capaces de llegar hasta aquí si no es por ti –le agradeció Visconti.

—Sí, muchas gracias, Sarewa –añadió Rita.

—¿Y tú, Nadim? –preguntó Daniel.

—Regreso a Libia.

—¿Tienes planes?

—No sé… Volveré a la agencia que me contrató para ayudaros en la excavación, aunque… seguramente me habrán echado del trabajo. Mi sueño era llegar a ser algún día guía de viajes… Pero me parece que todo se ha ido al traste.

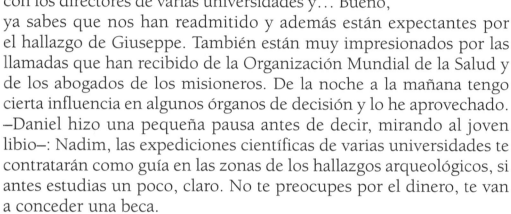

—No creas –lo interrumpió Daniel–. He hablado con los directores de varias universidades y… Bueno, ya sabes que nos han readmitido y además están expectantes por el hallazgo de Giuseppe. También están muy impresionados por las llamadas que han recibido de la Organización Mundial de la Salud y de los abogados de los misioneros. De la noche a la mañana tengo cierta influencia en algunos órganos de decisión y lo he aprovechado. –Daniel hizo una pequeña pausa antes de decir, mirando al joven libio–: Nadim, las expediciones científicas de varias universidades te contratarán como guía en las zonas de los hallazgos arqueológicos, si antes estudias un poco, claro. No te preocupes por el dinero, te van a conceder una beca.

Parecía que Nadim iba a estallar de alegría y se abalanzó sobre el profesor para abrazarle.

—Sin tu ayuda, ni siquiera habríamos podido salir de Wadi Methkandous –le dijo Daniel, intentado calmar su efusividad–. Esto no es un regalo. Serás un gran guía, la universidad tiene suerte de poder contar contigo.

Cuando el joven libio se calmó, le tocó el turno a Visconti. Todas la miradas se dirigieron a él. El italiano, sabiéndose observado, tomó la cuchara con la que había estado removiendo el té y habló haciendo ademanes con ella.

—Ejem, yo regresaré a Wadi Methkandoush, por supuesto. Recogeré mis objetos personales y me iré directamente, lo antes posible, en vuelo directo, rápido, ipso facto a Venecia. Allí me espera mi querida, mi amada, la mujer más bella de toda Italia, Nicoletta… Ooooohhh –soltó el profesor.

—Oooooooh –repitieron todos a coro en tono meloso.

—¿Y lo del hallazgo? –le inquirió Daniel.

—Oh, sí, claro. Después de pasar unos días con mi amada, informaré a la universidad del hallazgo de los restos prehistóricos y comenzaré a trabajar en ello. Creo que puede tratarse de un yacimiento único. Claro que el descubrimiento lo hice con la inestimable ayuda de nuestra amiga guerrera Rita —dijo, haciendo una reverencia, como si la presentara ante un auditorio.

—Sí, fue cerca de la gran catarata de Kalambo —asintió ella.

—¿Y qué tiene que recoger que es tan importante en la excavación de Libia? —le preguntó intrigado Sarewa.

—Oh, las camisas con mi nombre bordado que me regala Nicoletta siempre que voy de viaje a trabajar. Nunca me las pongo, pero si aparezco en Venecia sin ellas, se puede enfadar. Tiene un gran temperamento mi Nicoletta —agregó el italiano—. Ahora dinos qué harás tú, Daniel.

—Primero, acompañaré a Rita a casa y, luego, volveré a Libia para finalizar el trabajo. Claro que antes haré escala en Dar es Salaam para ver a Jessie —dijo con una sonrisa—. Tengo que hablar con ella cara a cara: está enfadada porque un día la llamó una chica que se hizo pasar por su prima y luego dijo que era mi tía o algo así. No sé, había interferencias y no la he entendido bien. Pero creo que tengo un buen lío que solucionar.

—Vaya, qué cosa más rara —exclamó Visconti.

—Rarísima —le apoyó Rita.

—Luego ayudaré a Giuseppe con el hallazgo del que habla —añadió Daniel.

—Se lo he pedido y él ha aceptado. Será un honor para mí trabajar con el profesor Bengoa —anunció Visconti.

—Y para mí comer todos los días *fettuccine,* tallarines y espaguetis —respondió Daniel.

Mientras charlaban, dos policías habían comenzado a hervir el agua tal como les había indicado el italiano. Esa noche cocinaría la pasta que habían llevado entre las provisiones en el camión.

—¿Y vosotros, hermanos? –preguntó Sarewa dirigiéndose a Obudu y a Delacroix.

—Yo volveré a los montes Mandara –contestó el primero.

Visconti lanzó una mirada de afecto a Delacroix.

—¿Y tú?

—Seguiré como hasta ahora, este es mi sitio. Y colaboraré con la justicia internacional para ver si pueden meter entre rejas a van Strassen.

Tal vez también os llamen a vosotros para declarar.

—Yo ya le he dicho al agente Gambosi que cuente conmigo –aseveró Daniel.

—Y yo.

—Y yo.

Todos estaban de acuerdo.

—La cena estará lista en unos instantes –anunció el italiano–. Voy a ver cómo va la cocción del agua…

El resto del grupo hizo ademán de levantarse, pero Nadim los detuvo:

—¡Esperad, falta Rita!

Todos la miraron con expectación.

—Yo soy una niña –dijo ella con un gesto de fastidio.

—Ya, pero ¿qué planes tienes? –le preguntó el hermano Obudu.

—No tengo planes; bueno, sí: Matemáticas, Lengua, Gimnasia y Conocimiento del Medio.

—Son sus asignaturas del colegio –aclaró Daniel a los amigos africanos haciendo esfuerzos por contener la risa.

—¡No te rías, a mí no me parece tan divertido!

—No te pongas así –se disculpó su tío acariciándole el pelo.

—Aquí hay muchos niños que no tienen la suerte de poder ir al colegio ni tener libros, ni… –intervino Sarewa.

—No tienen nada, vale, ya lo sé –le cortó Rita.

—Ni en tu país hay muchos niños que puedan viajar como lo has hecho tú –intervino Visconti.

Delacroix sonreía.

—Yo creo que en los dos continentes, por suerte, hay más niños como ella, valientes, leales y generosos…, aunque no sé si con ese genio. Sin embargo, ahora lo que te toca es estudiar en el colegio y aprender. El camino es largo, Rita, y tendrás tiempo de recorrerlo. Tú ya sabes cómo hacerlo –luego, el francés añadió–: Lo que es cierto es que ella es el único niño guerrero guardián del secreto de la piedra negra que existe. Es además una guerrera muy especial y, esta noche, conocerá el secreto.

La cena estaba deliciosa.

—Lo siento, amigos, reconozco que las dichosas especias me han fallado otra vez, pero he hecho lo que he podido –se disculpó Visconti zalamero.

—Oh, estaba muy rico –dijo Chamba.

—Impresionante –añadió Newala.

—Excelente –corroboró el hermano Obudu.

—¿Qué era? –preguntó Nadim.

El veneciano tomó aire antes de explicar teatralmente:

—Se trata de tallarines al delta del Okavango con salsa de tomate reducida al estilo Fondaco dei Tedeschi y pequeñas virutas de queso camerunés con un tratamiento de especias al modo de la serenísima república de Venecia –el veneciano cogió aire y añadió–: cocinado y preparado en honor de la gran guerrera, Rita.

Todos estallaron en aplausos.

—Gracias, Giuseppe.

—Querida amiga, come mucha pasta; es un alimento completísimo, sobre todo para los guerreros. A lo largo de la historia desde Aquiles hasta Napoleón…

—Por favor, profesor... –lo interrumpió Nadim–, ya sabemos que es bueno comer pasta.

Charlaron y rieron, y una vez que se relajaron, pasado el peligro y las tensiones, notaron cómo la comida los embriagaba.

Delacroix y los guerreros hicieron una señal a Rita.

Había llegado el momento.

El resto del grupo estaba avisado.

La ceremonia debía hacerse en privado, y Daniel, Visconti, Nadim y Sarewa se despidieron de ella con una sonrisa de admiración.

Subieron la gran duna y se alejaron hasta encontrar un lugar solitario. Allí, Newala y otro guerrero encendieron un fuego con los troncos secos que llevaban y luego todos se sentaron alrededor. Junto a la lumbre, colocaron algunos huesos de animal.

Rita permaneció de pie, frente a Delacroix, que era quien ejercía de jefe de ceremonias. Los guerreros guardianes se pintaron la cara y uno de ellos comenzó a cantar una canción que parecía una letanía. El resto del grupo se fue sumando al cántico, mientras Michel arrojaba unos puñados de polvo que, al contacto con el fuego, lanzaban llamaradas de colores.

El canto cesó de repente y Delacroix recibió de manos de otro de los guerreros el recipiente con la pintura.

Era el momento clave de la ceremonia.

El francés decoró la cara de Rita del mismo modo que las tenían pintadas el resto de los guerreros. Luego, la tomó por los hombros y la sacudió fuertemente. Puso las manos sobre su cara y las apartó, y repitió este movimiento varias veces.

Cuando cesó, le dijo en tono ceremonioso:

—Eres la guerrera elegida. En ti descansará el secreto de la piedra negra y tú decidirás sobre él. Todos los guerreros guardianes del secreto de la piedra negra te saludamos, te respetamos y aceptaremos tu decisión.

El resto de los guerreros confirmaron las palabras del francés.

—Rita, puedes sentarte –le indicó Delacroix sin abandonar el tono solemne.

Los guerreros guardianes parecían más relajados.

Michel le contó en ese momento el modo en que, desde tiempos inmemoriales, los hechiceros de aquella tribu habían fabricado las piedras con huesos.

—Puedes hablar –le indicó Chemba al verla indecisa.

—Entonces, ¿no hay una mina…? –preguntó ella.

—No.

—Claro; por eso la noche del ataque en el Okavango te quedaste tranquilo al oír que *Merluzus* aseguraba a sus hombres que el hermano Obudu le había desvelado el lugar de la mina… –dedujo.

—Así es –le confirmó Delacroix–. Estaba claro que el misionero le había dicho una mentira para ganar tiempo. Creo que tendrá que pasar por el confesionario.

—Eres la guerrera elegida, Rita, acataremos tu decisión –le dijo un guerrero.

—¿Qué quiere decir eso?

Otro de los guerreros le contestó:

—Los Elegidos son guerreros que surgen muy rara vez cada cierto tiempo y deciden si el secreto de las piedras se desvela o no. Hace años que no ha habido ninguno, nadie de los que estamos aquí ha conocido un Elegido en persona.

—Normalmente son anunciados por un presagio a los hechiceros y confirman que lo son tras superar una prueba de extraordinario valor. Tú superaste el baile de las Máscaras, algo que nadie antes había conseguido; y lo hiciste horas después de que los hechiceros recibieran el augurio –dijo un tercero.

Newala intervino entonces:

—Tú eres uno de ellos y por eso tienes la capacidad de disponer sobre el secreto de la piedra negra. Nosotros obedeceremos fielmente lo que decidas, así como el resto de los guerreros y los dos hechiceros del poblado de la catarata.

—Pero has de hacerlo antes de que se apague el fuego –le advirtió uno de los guerreros.

La mirada de Rita fue en busca de la ayuda de Delacroix y leyó en sus ojos transparentes lo que le decía su amigo: "Haz lo que sientas, no tengas miedo.".

Luego miró a la luna, que era una disco de luz silencioso y distante.

La hoguera se consumía lentamente.

Ella podía decidir sobre el secreto. Pensaba qué hacer. Reflexionaba con la mirada puesta en el fuego.

Al lado, vio los huesos de los animales con los que se hacían las piedras y se acordó de las fieras. Sin embargo, algo le decía que aquella era una noche de guerreros y no de animales, y que no tenía de qué preocuparse.

Las llamas cada vez eran más pequeñas y su oportunidad de hablar se apagaba poco a poco.

Si no lo decía ahora, tal vez pasaran muchos años hasta que surgiera una nueva oportunidad de romper aquella norma que ordenaba que el secreto de la piedra negra debía mantenerse oculto, únicamente en manos de los guerreros y de dos hermanos blancos. Y era

muy posible que aparecieran nuevos van Strassen o comandantes Lucius.

Pero la norma se había mantenido durante años, intacta…

Sin embargo…, se podían salvar muchas vidas.

No era más que una niña.

Dudaba.

Buscó de nuevo a Michel, pero este permanecía sentado con los ojos cerrados. Ya le había dicho antes con la mirada lo que pensaba.

Ella tenía la palabra.

El fuego se apagaba.

Apenas una llamita…

—No podemos mantener por más tiempo en secreto el origen de la piedra negra –dijo antes de que la fogata moribunda muriera del todo–. Guerreros guardianes del secreto de la piedra negra, habéis cumplido vuestro juramento y habéis arriesgado vuestra vida para salvaguardar el secreto, pero ya no es necesario que sigáis haciéndolo –añadió–. El secreto no debe ser escondido por más tiempo, porque entonces solo podrán acceder a él algunos afortunados, y personas poderosas y ambiciosas intentarán descubrirlo para enriquecerse, como ha sucedido en esta ocasión –los guerreros la escuchaban atentos a sus palabras. Ella tomó aliento y continuó–: Seguramente vuestros antepasados hicieron bien en preservar el secreto, pero los tiempos han cambiado.

Delacroix la miraba con una sonrisa de cristal.

—Guerreros de la piedra negra –agregó Rita–: así es como os llamo yo, la guerrera elegida, y os emplazo a que a partir de ahora difundáis y deis a conocer el secreto de la piedra negra.

Todos los guerreros, incluida ella, se pusieron en pie y juraron solemnemente, sobre los rescoldos humeantes de la fogata, cumplir lo que la guerrera elegida había propuesto.

Luego, en silencio, recogieron todo y regresaron, iluminados por la luna que ahora parecía un faro seguro y acogedor en la costa de los esqueletos.

22
La despedida

El viento azotaba la costa también aquella mañana.

El grupo de policías que se habían quedado con ellos comenzó a recoger el campamento una vez que todos hubieron desayunado.

Ellos, que ya habían preparado sus cosas, charlaban tras los vehículos y el casco de un barco protegidos de la ventisca.

Hacía frío.

Rita notó que Visconti temblaba.

Sabía que no tenía frío. El veneciano era un hombre apasionado al que le era imposible ocultar sus sentimientos. Lo conocía bien. Había vivido aventuras y momentos asombrosos a su lado y sabía que aquella ligera tiritera la provocaba la emoción de la despedida.

A ella le pasaba lo mismo y no sabía dónde meterse.

Se sentó en la arena, junto a la rueda de un coche, y miró su cuaderno; le quedaba aún alguna página en blanco.

"Al final me va a sobrar algo de espacio", pensó.

En ese momento se acordó de una cosa.

—Hola –la interrumpió Delacroix, sentándose en una banqueta frente a ella–. ¿Qué haces?

—Hola, Michel. Quería anotar una cosa, pero no estoy segura de acordarme bien…

—¿Te puedo ayudar?

—Sí. Aún me queda un poco de espacio en el cuaderno y quiero escribir la manera exacta de fabricar la piedra negra: yo también debo enseñárselo a la gente.

—No te preocupes. Intentaré resolver tus dudas para que quede claro en el cuaderno.

Delacroix la ayudó y en pocos minutos Rita escribió el método de fabricación de la piedra, ilustrándolo con dibujos.

—Ha quedado muy bien –le dijo sonriente el francés–. ¿Cuándo salís?

—Ahora. Me ha dicho mi tío que, en cuanto carguen el primer coche, Visconti y nosotros dos nos vamos. Nuestros aviones son los primeros que salen.

—Ya.

—Sí.

—Dibujas muy bien; sigue haciéndolo de vez en cuando, aunque en la vida de allí tengas menos tiempo por las clases, los cursos, los deportes y todo eso.

—Lo haré.

—Y si te acuerdas, busca en la biblioteca algún dibujo de Delacroix, de Eugéne. Son muy bonitos, seguro que te gustan. Ya te dije que también él dibujaba durante sus viajes –añadió Michel.

—Vale.

—Bien…

—… ¿Sabes? Tienes razón, hago deporte, voy a clases de taek-wondo –añadió Rita.

—¿Qué es eso?

—Artes marciales: soy cinturón rojo fosforito. Voy a un gimnasio cerca de casa los martes y los jueves.

—Muy bien…

Se acercaba el momento. Era la despedida.

Con voz un poco temblorosa, Rita dijo a su amigo:

—Si alguna vez quieres ir a Europa…

—Gracias, tal vez vuelva algún día a dar una vuelta.

—Y si yo regreso a África…

—Regresarás –aseguró Delacroix–. Dejas muchos amigos…, más de los que te imaginas. Volveremos a vernos, Rita; sabrás cómo encontrarme, estoy convencido de ello.

¡MOOOOOOOOOOOOOOCCCC!

Los sorprendió el sonido del claxon.

Un vehículo esperaba con las puertas abiertas. Dos policías ocupaban los asientos delanteros, charlando y haciendo tiempo, mientras Daniel se acomodaba en la parte posterior.

—Ya va, ya vaaaaaa –dijo Visconti, que corría hacia al vehículo listo para partir.

—¡Rita, vamos! –la llamó su tío.

—Adiós, Michel… –se despidió ella emocionada encaminándose hacia el coche, arrastrando sus pies por la arena de África.

—¡¡Rita!! –la llamó Delacroix cuando estaba a punto de subir al vehículo–. ¡¡¡Eres una gran guerrera!!! Lo que hiciste ayer delante del fuego fue…

¡¡MOOOOOOOOOOOOOOOCCC!!

—¿Metí la pata…?

—¡No, Rita, todo lo contrario! ¡¡Gracias, gracias por todo, guerrera de la piedra negra!! –chilló Michel con los ojos brillantes, como los de un león.

Las manos se agitaron. Hubo gritos, risas y lágrimas, y miradas de guerreros que hablaban de amistad y de ríos, de montañas y de animales, de sabanas y de baobabs.

Luego, el coche abandonó el cementerio de barcos, dejó atrás la costa y se internó en el desierto, rumbo al aeropuerto de Windhoek, camino de casa.

ÍNDICE

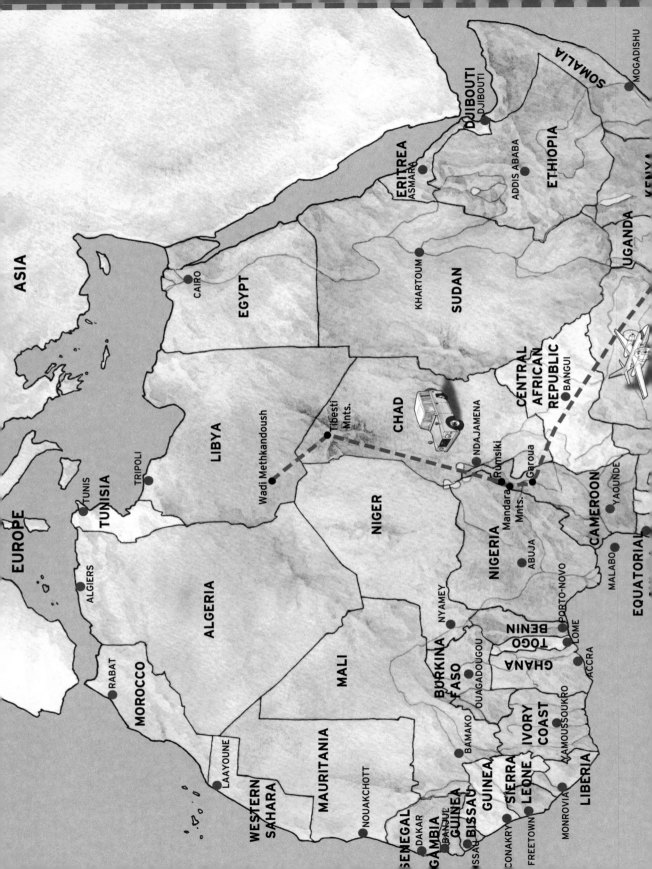

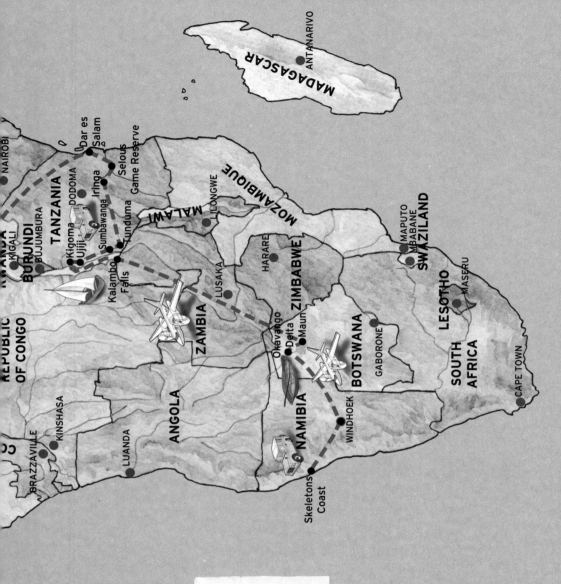

ANTANARIVO

MADAGASCAR

NAIROBI

Dar es
Salam

RWANDA
KIGALI
BURUNDI
BUJUMBURA
TANZANIA
DODOMA
Kigoma
Ujiji
Sumbawanga
Iringa
Selous
Game Reserve
Tunduma
Kalambo
Falls

MALAWI
LILONGWE

MOZAMBIQUE

HARARE

ZIMBABWE

MAPUTO
MBABANE
SWAZILAND

MASERU

LESOTHO

REPUBLIC
OF CONGO

KINSHASA

BRAZZAVILLE

LUANDA

ANGOLA

ZAMBIA
LUSAKA

Okavango
Delta
Maun

BOTSWANA

GABORONE

SOUTH
AFRICA

CAPE TOWN

NAMIBIA

WINDHOEK

Skeletons
Coast

AFRICA

0   1000   2000 km

0   500   1000 miles

"Rita, hace años, antes de que
se inventaran las cámaras
de fotos, los viajeros dibujaban
lo que les llamaba la atención.
Tal vez tú puedas hacer lo mismo."

DESCUBRE DENTRO DEL SOBRE
MI CUADERNO DE VIAJE

Chicas del poblado

El señor Koumakoye

Nos acogió en su casa
una noche y nos dio
provisiones y agua para
continuar el viaje

Aldea en el
sur de Chad

Rita

CHAD

Aldea
donde vive
el Hermano Blanco

La casa del misionero

Chicas del poblado

El señor Koumakoye.

Nos acogió en su casa
una noche y nos dio
provisiones y agua para
continuar el viaje.

Aldea en el
sur de Chad

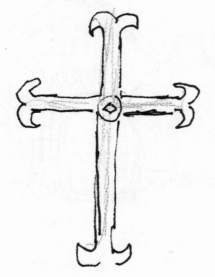

Cruz de Bienvenida
de los hermanos blancos

Mis botas

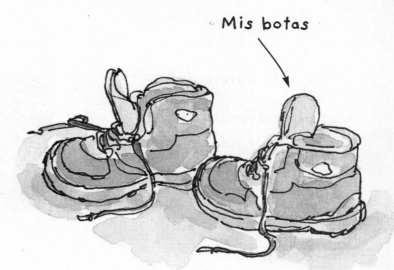

una vaca
de Camerún

CAMERÚN

Mujeres en un mercado
de un pueblo del norte

Nuestro coche

Una mujer con su hija

una niña en
un mercado

MUJERES CALABAZA

Viven al norte de Camerún. Llevan la mitad de una cáscara de calabaza en la cabeza, como si fuera un casco.
Algunas llevan las calabazas pintadas
y decoradas con símbolos

Dos mujeres
con sus niños

Los montes Mandara.-
Cerca de la aldea de Rumsiki

Pueblo ⟶ Rumsiki
Etnia ⟶ Kapsiki
Religión ⟶ animista

Nasara ⟶ cristiano

traje de fútbol de la selección de Camerún

Los del equipo de Rumsiki
juegan el partido vestidos con él.

Una calle de Rumsiki

Las afueras de Rumsiki

Cabañas de los amigos
de Sarewa.

Poblado de Rufta
en los montes
Mandara

La Máscara
del guerrero

PRESAGIOS DEL BRUJO:

-Policía
-Comerciantes en el mercado
-Sangre en el río
-Gran lago
-Valle perdido
-Playa llena de esqueletos
-Barco de color rojo- un familiar atrapado
-hacer caso al espíritu guerrero
-Pelear — no rendirse nunca

-ELEGIDA — YO

-Hombre con cicatrices en las manos —muy
peligroso— tener mucho cuidado con él

Cabañas
en poblados
cerca
de Rumsiki

Cocina
de una
cabaña

Fetiche Pigmeo
(Camerún)

Fetiche de Nigeria

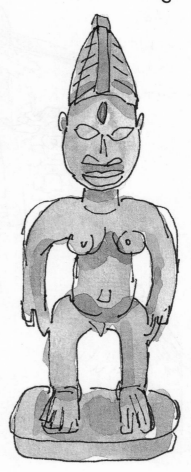

Mototaxis.-
Hay muchos.
Los motoristas utilizan las motos
como taxis para llevar a la gente.
Antes de montar hay que negociar
el precio hasta llegar a un acuerdo.

Saidou. ──➤
El motorista más enrollado
de Camerún. Nos dio
una vuelta gratis a mi
tío Daniel y a mí

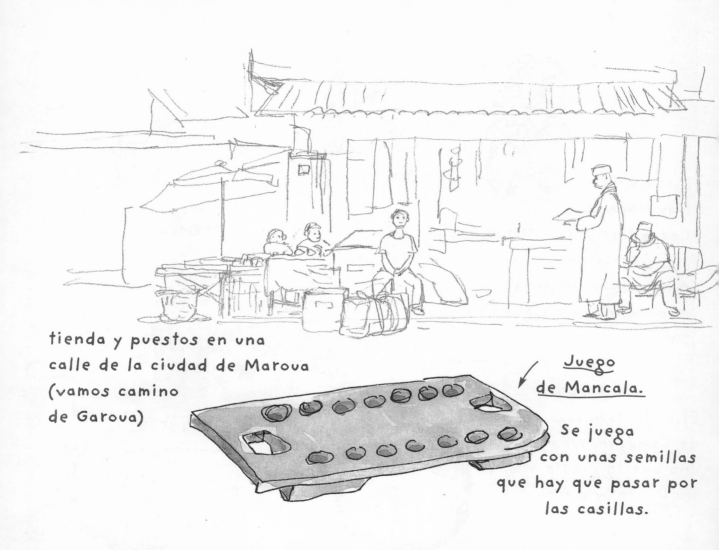

tienda y puestos en una
calle de la ciudad de Maroua
(vamos camino
de Garoua)

Juego
de Mancala.

Se juega
con unas semillas
que hay que pasar por
las casillas.

Cabañas de tejados
cónicos

Adorno Bamileke

Carretera de Camerún
(camino de Garoua)

Taburetes tallados.
Hay muchos y de todo tipo

Un pueblo de Camerún-
se ve la torre
de la mezquita-
se llama minarete

Niño

Una calle
de Garoua

TANZANIA

Parada de matatus
en Dar es Salaam
(matatu: furgoneta que se utiliza
como transporte)

Chicas de Dar
es Salaam

Tanzania:
Cultura swahili

Las telas y los pareos que visten
las mujeres aquí se llaman kangas.
Los kangas llevan una frase o un
refrán escrito en Swahili en uno
de los bordes

Una calle de
Dar es Salaam

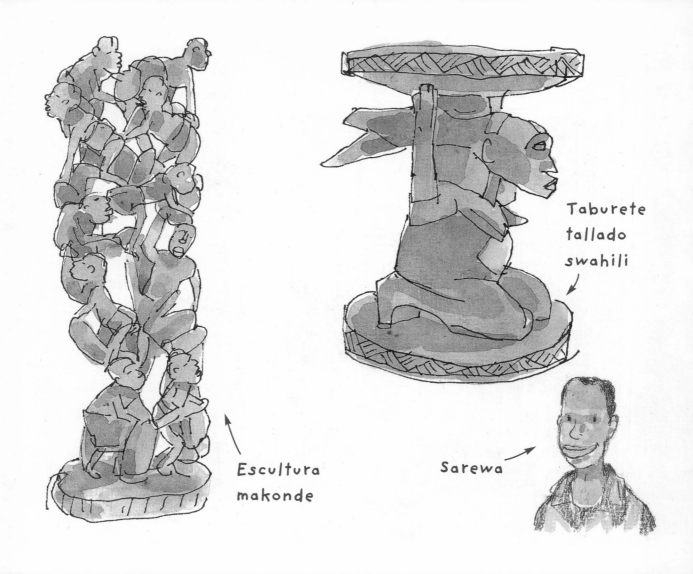

Escultura
makonde

Taburete
tallado
swahili

Sarewa

PALABRAS EN SWAHILI:

- Tuende: ¡Vamos!
- Pole-pole: despacio-poco a poco- tranqui
- Rafiki: amigo
- Kiboko - Hipopótamo
- Jambo - Hola (se pronuncia Yambo)
- Avari -¿qué tal?
- Msuri - bien
- Msuri sana-muy bien
- Kuajeri - adiós
- Chakula - comida

- Apana - no
- Karibu — bienvenido - de nada (respuesta a "Asante")
- Asante - gracias
- Asante sana - muchas gracias

Hakuna matata - no hay problema

Números:
moya - uno
Mbili: dos
Tatu: tres

- Simba - león

- Tembo - elefante

Árbol de las salchichas—
en la sabana

Puesto de cestos junto al edificio del mercado de Iringa

Cena en el Hotel Africana, en Tunduma. (en la frontera de Tanzania con Malawi) – No hay agua corriente.

Ugali (especie de bola de pan)

Salsa de tomate

Carne de ternera

Vegetales

Vegetales

AFRICANA

la llave de mi habitación

Señor mirando libros
(en el pueblo
de Mpanda)

Vendedora
de plátanos

El Doctor Livingstone era escocés- era médico y misionero.

Hizo muchas exploraciones por África. Primero fue hacia el sur, a Botswana.

Allí atravesó el desierto del Kalahari. A veces viajaba con su familia. Descubrió el río Zambeze y las cataratas Victoria, que son las más grandes del mundo y están en la frontera entre Zambia y Zimbawe.

Denunció el tráfico de esclavos en África. Dirigió una expedición con la intención de descubrir las fuentes del río Nilo. Comenzó el viaje en Ujiji, a orillas del lago Tanganica y se dirigió hacia el norte. Regresó a Ujiji.

En Gran Bretaña estaban muy preocupados, ya que había pasado mucho tiempo desde el inicio de la expedición y no tenían noticias del Doctor Livingstone.

Por ello, se organizó una expedición dirigida por el periodista y aventurero Stanley para buscarle. Cuando le encontró, Stanley le dijo: "Doctor Livingstone, supongo"

Reposa-
cabezas
swahili
en
madera

El pueblo de Uvinza por la mañana

Visconti y tío Daniel ante
el monolito que señala
el lugar donde se encontraron
el Doctor Livingstone
y Stanley

Estación de tren de Kigoma

Mujeres en la estación

(Recordar: Catarata de Kalambo cerca de Kasanga)

Niños a la salida del colegio
en el pueblo de Kasanga

ZAMBIA

La catarata de Kalambo, aunque
está a orillas del lago Tanganica
Pertenece a Zambia.

La señora Bulika haciendo
una taza con arcilla
en la puerta de la choza.

Una señora machacando mijo

niño del poblado

BOTSWANA

Delacroix

Bandera
de
Botswana

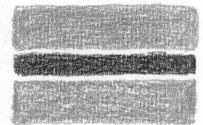

Chiringuitos y tiendas en la ciudad
de Maun vistos desde la carretera

ANIMALES EN DELTA DEL OKAVANGO

Cowboy, el guía de los mokoros nos cuenta muchas cosas de los animales que hay en el delta.

Lagarto Monitor. →

1 mt.

La bamba negra. *Es una serpiente muy venenosa. También la llaman la "siete pasos". Dicen que tras recibir su picadura, apenas da tiempo a andar siete metros antes de que su veneno haga efecto y una persona caiga muerta.*

Puede haber algunas por aquí y tenemos que andar con cuidado cuando vamos a coger leña. Hay muchas más en el desierto del Kalahari

Hemos salido a dar un paseo por los alrededores del campamento.
<u>Cowboy</u> nos dice que tengamos cuidado cuando pasamos delante
de los hormigueros gigantes. Los osos hormigueros a menudo atacan
los hormigueros y se comen a las hormigas que viven allí,
dejándolos vacíos. Allí se pueden esconder <u>los facóqueros</u>.
Estos animales se asustan mucho al notar la presencia humana.
Por eso hay que tener mucho cuidado cuando se pasa delante
de uno, ya que puede estar ocupado por un facóquero.
Si el animal sale huyendo, te puede llevar por delante.
Son muy fuertes y te pueden romper las piernas.

Hormigueros gigantes
del Okavango

Un ñu →

En otro paseo, hemos pasado cerca
de un Elefante. Podemos
acercarnos un poco hacia él, pero
tenemos que hacerlo con el viento
en contra. Si nos acercamos con
el viento a favor, el animal nos huele
y se asusta, o se puede enfadar
y tal vez atacarnos.
Nos hemos acercado en silencio
hasta unos cuarenta metros del
elefante. Era muy bonito, pero
nos miraba moviendo las
orejas amenazante.
Daba algo de miedo

De regreso al campamento, una manada de ñus ha pasado
corriendo muy cerca de nosotros

Atardecer en el delta del Okavango

NAMIBIA

Windhoek es la capital de Namibia. Es una ciudad muy moderna y organizada Hay jardines cuidados y muchas carreteras asfaltadas. Es diferente a las otras ciudades de África donde hemos estado.

Edificios de Windhoek

Chico por una calle de la ciudad

Costa Esqueletos

EL SECRETO LA PIEDRA NEGRA

Cómo fabricar piedras negras:

-Coger un hueso de una de las piernas traseras de un búfalo
y cortarlo. (también puede ser de vaca o de buey) -Son mejores los
huesos viejos, ya que tienen poca grasa.

-Lavar frotando muy bien con mucho detergente. Secar y lavarlo de
nuevo varias veces- Al menos tres- Debe quedar sin restos de grasa.

-Cortar el hueso en pedazos pequeños, de unos 5 cm x 2cm.

-Limar bien los trozos para que se abran los poros del hueso.

-Colocar carbón de leña en una plancha metálica y encender el fuego.

-Cuando la plancha esté muy caliente, abrir el carbón y colocar los
huesos en filas. Luego, volver a tapar con el carbón de leña para
permitir una buena circulación del aire. Así, el carbón arderá mucho.

-Mantener los huesos tapados con el carbón durante 15 minutos.

-Luego, abrir y mirar si los huesos están negritos y brillantes.
Si están de color marrón, hay que volver a tapar los huesos.

-Si los huesos están negritos y brillantes, hay que retirarlos con una pinza o un alicate y ponerlos en agua fría cruda
-el agua tiene que ser de pozo, río o manantial (no hay que meterlo en agua tratada con cloro o hervida). – De este modo la piedra se hará más dura.
-Para probar la absorbencia de la piedra, se puede poner en la lengua de una persona. Si se queda pegada, está lista para ser utilizada-
-se puede retirar la piedra de la lengua con agua, sin que haga daño.

CÓMO UTILIZAR LA PIEDRA DESPUÉS DE UNA MORDEDURA DE SERPIENTE

-Hay que lavar la herida provocada por la mordedura.

-Hacer cortes pequeños en la zona de la mordedura hasta que salgan gotas de sangre.

-Colocar la piedra negra sobre la herida hasta que quede pegada ella sola.

-El herido debe tranquilizarse y guardar reposo mientras la piedra va absorbiendo poco a poco el veneno de la serpiente.

La Piedra Negra puede reutilizarse.

Para ello, después de ser utilizada, debe estar sumergida en un vaso de leche durante toda una noche para que se descontamine.

A la mañana siguiente la Piedra está lista para volver a utilizarse.

La leche del vaso donde ha estado la piedra negra debe tirarse, ya que queda contaminada.